Días sin final

Sebastian Barry

DÍAS SIN FINAL

Traducido del inglés por
Susana de la Higuera Glynne-Jones

SP

AdN Alianza de Novelas

Título original: *Days Without End*

Primera edición: 2018 (febrero)
Primera reimpresión: 2018 (marzo)

Diseño de colección: Estudio Pep Carrió

Copyright © Sebastian Barry, 2016
© de la traducción: Susana de la Higuera Glynne-Jones, 2018
© AdN Alianza de Novelas (Alianza Editorial, S. A.)
Madrid, 2018
Calle Juan Ignacio Luca de Tena, 15
28027 Madrid
www.AdNovelas.com

ISBN: 978-84-9181-023-0
Depósito legal: M. 683-2018
Printed in Spain

A mi hijo Toby

Vi a un caminante agotado
vestido con harapos.
JOHN MATTHIAS

1

La forma de preparar un cadáver en Misuri se llevaba la palma, desde luego. Era como si engalanaran a nuestros pobres soldados de caballería caídos más para el matrimonio que para la muerte. Cepillaban los uniformes y los untaban con una capa de parafina hasta darles un aspecto jamás visto cuando estaban vivos. Los rostros mostraban un apurado afeitado, como si el embalsamador se empeñara en que no apareciera asomo de bigote o barba. Nadie que lo conociera habría reconocido al soldado Watchorn, porque sus famosas patillas se habían esfumado. De todas maneras, a la muerte le gusta convertir la cara de uno en la de un extraño. Bien es cierto que las cajas no estaban hechas más que de madera barata, pero esa no era la cuestión. Levantabas uno de esos ataúdes y el cuerpo lo combaba. En la serrería, cortaban la madera tan fina que parecía más una oblea que una tabla. Pero a los muchachos muertos ese tipo de cosas les traen sin cuidado. La cuestión era que nos alegrábamos de verlos tan atildados dadas las circunstancias.

Me estoy refiriendo al final de mi primera incursión en el tinglado de la guerra. Sería por el año 1851, lo más probable. Puesto que había perdido la flor de la juventud, con diecisiete años me presenté voluntario en Misuri. Si conservabas todas tus extremidades, te admitían. Si eras un chico tuerto, cabía la posibilidad de que también te aceptaran. La única paga peor que la peor paga de América era la paga del ejército. Y te daban de comer cosas raras hasta que tu mierda apestaba. Pero uno se alegraba de tener trabajo porque si no se trabajaba por unos pocos dólares en América, se pasaba hambre; esa lección yo ya la había aprendido. Y estaba harto de pasar hambre.

Créanme cuando digo que hay un cierto tipo de hombre al que le encanta servir en el ejército por miserable que sea la paga. Para empezar, te daban un caballo. Podía ser un rocín renqueante, podía estar asolado por cólicos, podía presentar en el cuello un bocio del tamaño de un globo terráqueo, pero aun así no dejaba de ser un caballo. En segundo lugar, te daban un uniforme. Podía mostrar ciertos defectos en las costuras, pero aun así no dejaba de ser un uniforme. Tan azul como la piel de la moscarda azul.

Juro por Dios que el ejército era una buena vida. Yo tenía diecisiete años o por ahí, no podría asegurarlo del todo. No diré que los años que viví antes de mis días como soldado fueran fáciles. Pero todo ese bailoteo me procuró una musculatura fibrosa. No hablaré mal de mis clientes, intercederé por ellos. Si pagas un dólar por un baile, querrás a cambio unos buenos pasos en la pista, bien lo sabe Dios.

Sí, me enorgullece decir que el ejército me aceptó. Gracias a Dios, John Cole fue mi primer amigo en América y en el ejército, y el último también. Estuvo a mi lado a lo largo de casi todo este tipo de vida yanqui, excesiva y sorprendente, que era buena en todos los aspectos. No era más que un muchacho, al igual que yo, pero incluso con solo dieciséis años parecía todo un hombre. Lo vi por primera vez cuando él tenía unos catorce años; era muy, muy diferente. Eso mismo dijo también el dueño del *saloon*. «Se acabó el tiempo, muchachos, ya no sois unos críos», dijo. Rostro moreno, ojos negros, ojos indios los llamaban entonces. Brillantes. Los tipos mayores del pelotón decían que los indios no eran más que villanos, villanos de cara inexpresiva dispuestos a matarte en cuanto te ponían el ojo encima. Decían que había que borrar a los indios de la faz de la tierra, que sin duda esa era la mejor política. A los soldados les encantan los discursos grandilocuentes. Así se forja el valor, decía John Cole, como buen entendido.

John Cole y yo nos presentamos en el punto de voluntarios a la vez, por supuesto. Supongo que nos ofrecíamos como un paquete conjunto, y él mostraba los mismos fondillos raídos que yo. Como si fuéramos gemelos. Cuando terminamos en el *saloon,* no nos marchamos con vestidos. Debíamos de parecer unos pordioseros. Él había nacido en Nueva Inglaterra, donde la fuerza se extinguió en el cuerpo de su padre. John Cole solo tenía doce años cuando se echó a los caminos. En cuanto lo vi, pensé: «He ahí un amigo». Y así fue. Me pareció un chico con cierto aspecto de lechuguino. Aunque tenía el rostro demacrado por el hambre. Lo conocí bajo un árbol en el condenado estado de Misuri. Nos encontrábamos bajo el árbol porque los cielos se abrieron y cayó un enorme aguacero. Allá lejos, en esas ciénagas más allá de San Luis. Esperaba encontrarme buscando refugio a un pato antes que a un ser humano. Se abrieron los cielos. Corrí a resguardarme y ahí estaba él. Puede que, si no, jamás lo hubiese conocido. Un amigo para toda la vida. Un encuentro extraño y fatídico, podría decirse. Providencial. Pero lo primero que hizo fue sacar un cuchillo pequeño y afilado que llevaba, hecho de una punta rota. Pretendía clavármelo en cuanto yo diera la más mínima impresión de querer atacarlo. Me parece que era un muchacho de trece años de aspecto muy reservado. De cualquier manera, bajo el árbol mencionado anteriormente, cuando nos pusimos a charlar, dijo que su bisabuela

13

era una india cuyo pueblo había sido expulsado del este hacía mucho tiempo. Ahora se encontraba en territorio indio. Nunca los había llegado a conocer. No sé por qué me contó eso así de pronto, pero yo era muy amable y tal vez él pensó que podría perder ese estallido de amistad si yo no sabía todo lo malo enseguida. Bueno, yo le expliqué la mejor manera de mirar aquello. Yo, el hijo de unos pobres irlandeses de Sligo, tan desheredado como él. La verdad es que nosotros los McNulty no teníamos mucho de qué jactarnos.

Quizás, por respeto hacia el alma vulnerable de John Cole, debería saltarme unos episodios sin más y obviar el relato de nuestros primeros años. Solo que puede que él reconozca que aquellos años fueron importantes a su manera y yo tampoco puedo decir que supusieran de modo alguno una época de especial y vergonzante sufrimiento. ¿Fueron tiempos vergonzosos? No estoy en absoluto de acuerdo con eso. Permitan que los llame nuestros días de baile. Por qué no, caramba. Después de todo, no éramos más que unos críos obligados a sobrevivir en territorio hostil. Y sobrevivimos, sí señor, y, como pueden ver, he vivido para contarlo. Tras habernos conocido bajo un árbol anónimo, parecía sencillo y hasta natural unirnos en la empresa de seguir sobreviviendo. Así fue como John Cole, menor de edad, y yo emprendimos camino juntos bajo la lluvia y llegamos al siguiente pueblo en la zona de la frontera, donde trabajaban cientos de rudos mineros y, a lo largo de una calle embarrada, se habían abierto media docena de turbulentos *saloons* que hacían lo posible por entretenerlos.

No es que nosotros supiéramos mucho de eso. Por aquel entonces, John Cole era un chico larguirucho, tal y como me he esforzado en pintarlo, con unos ojos tan negros como un río y una cara fina y afilada como la de un perro cazador al acecho. Yo era yo mismo, pero en jovencito. Es decir, que a pesar de tener tal vez mis quince años, tras mis andanzas irlandesas, canadienses y americanas, parecía tan joven como él. Pero no tenía la menor idea del aspecto que presentaba. Los niños pueden creer que son heroicos y fuertes y, sin embargo, no ser más que una piltrafa a ojos de los demás.

—Estoy harto de ir dando tumbos por ahí —dijo—. Dos andan mejor juntos.

Nuestra idea era encontrar trabajo vaciando los cubos de las letrinas o haciendo cualquier tarea aborrecida por la gente de bien. No sabíamos gran cosa de los adultos. En realidad, apenas sabíamos nada de nada. Estábamos dispuestos a hacer cualquier cosa e incluso regocijarnos con ello. Estábamos preparados para meternos en las cloacas y sacar la porquería a paladas. Hasta es posible que con gusto hubiésemos llegado a cometer oscuros asesinatos si no implicasen detenciones y castigos, a saber. Éramos dos virutas de humanidad en un mundo rudo. Nos pareció que allí estaban nuestras habichuelas si éramos capaces de buscarlas. El pan del cielo, lo llamó John Cole, porque, después de la muerte de su padre, frecuentó mucho esos lugares donde se le alimentaba con himnos y comida escasa a partes iguales.

No había muchos sitios como ese en Daggsville. No había ninguno. Daggsville era todo bullicio, caballos mugrientos, portazos y griterío. Llegado a este punto de mis peripecias biográficas, tengo que confesar que llevaba puesto un viejo saco de trigo atado a la cintura. Más o menos podía pasar por una prenda, aunque no demasiado. John Cole ofrecía mejor aspecto con un viejo y extravagante traje negro que debía de tener trescientos años a juzgar por los agujeros que exhibía. Fuera como fuera, le daba el aire en la zona de la entrepierna, por lo que yo podía ver. Casi se podía meter la mano y medir su hombría, de modo que había que esforzarse por apartar la vista. Ideé un buen método para lidiar con eso y clavaba la mirada fijamente en su cara, algo que no suponía el menor esfuerzo, pues era un rostro bien parecido. Lo siguiente que surgió ante nuestros ojos fue un edificio nuevo y flamante, todo de madera recién cortada y que desprendía incluso una última chispa de las cabezas de los clavos recién remachados. «*Saloon*», ponía en el cartel, ni más ni menos. Y debajo, en un letrero más pequeño que colgaba de una cuerda: «Se buscan chicos limpios».

—Mira eso —señaló John Cole, que no tenía la misma educación que yo, pero que aun así algo tenía—. En fin —dijo—, por el bondadoso corazón de mi madre, nosotros cumplimos la mitad de esos requisitos.

Entramos directamente y nos topamos con una acogedora y nada desdeñable cantidad de buena madera oscura, desde la tarima del suelo hasta el techo, una larga barra tan lustrosa y negruzca como una filtración de petróleo. Luego, nos sentimos como unos insectos en el sombrero de una chica. Unos bichos raros. Unas imágenes de esas distinguidas escenas americanas de grandeza que resulta más cómodo contemplar que protagonizar. Un hombre detrás de la barra, impecable y con una gamuza en la mano, lustraba filosóficamente su superficie, que no necesitaba ningún lustrado. Saltaba a la vista que era un negocio nuevo. Un carpintero estaba terminando las escaleras que subían a las habitaciones y colocando el último tramo de una barandilla. El barman tenía los ojos cerrados, pues debería habernos visto antes. Puede que incluso nos hubiera echado a patadas. Entonces abrió los ojos y, en lugar de echarse hacia atrás y despotricar contra nosotros como esperábamos, este individuo más juicioso sonrió y pareció hasta alegrarse de vernos.

—¿Está buscando chicos limpios? —preguntó John Cole, con una leve pose pugilística todavía vaticinando amenazas.

—Sois bienvenidos —respondió el hombre.

—¿Lo somos? —repitió John Cole.

—Lo sois. Sois lo que buscaba, sobre todo el bajito ese —dijo. Se refería a mí. Después, como si temiera que John Cole fuera a ofenderse y largarse, añadió—: Pero tú también servirás. Os pagaré cincuenta centavos la noche, cincuenta centavos la noche a cada uno, y todo lo que podáis beber, si es que bebéis con prudencia, y podéis dormir en la cuadra allá atrás, sí señor, cómodos y calientes como gatitos. Eso siempre y cuando deis satisfacción.

—¿Y cuál es el trabajo? —preguntó John con recelo.

—El trabajo más fácil del mundo —respondió.

—¿Es decir?

—Pues bailar, solo tenéis que bailar. Eso es todo.

—No somos bailarines que yo sepa —dijo John, ahora desconcertado y extremadamente decepcionado.

—No hace falta que seáis bailarines tal y como define la palabra el diccionario —dijo el hombre—. Además, no se trata de levantar las piernas en alto.

—Está bien —dijo John, ahora perdido y mostrándose práctico—, pero no tenemos ropa para bailar, eso es seguro —añadió, exhibiendo el estado de su propia vestimenta.

—Bueno, se os proporcionará de todo. Se os proporcionará de todo —respondió.

El carpintero hizo una pausa para descansar, sentado en un peldaño mientras esbozaba una amplia sonrisa.

—Acompañadme, caballeros —dijo el barman, y seguramente dueño también, pavoneándose—. Y os mostraré vuestra ropa de trabajo.

Entonces se encaminó por el flamante suelo de tarima con sus ruidosas botas y abrió la puerta de su oficina. Había un cartel que ponía «Oficina», por eso lo supimos.

—Hala, chicos, vosotros primero —dijo sujetando la puerta—. Tengo buenos modales. Y espero que vosotros también los tengáis, porque hasta a los mineros más rudos les gustan los buenos modales, sí señor.

Así que entramos en tropel con los ojos bien abiertos. Descubrimos un perchero que parecía un montón de mujeres colgadas. Porque era ropa de mujer. Vestidos. Allí no había otra cosa, y echamos un buen vistazo a nuestro alrededor.

—El baile empieza a las ocho en punto —anunció—. Elegid algo que os quede bien. Cincuenta centavos a cada uno. Y todas las propinas que os den, os las podéis quedar.

—Pero, señor —intervino John Cole, como si se dirigiera a un lastimoso chiflado—, no somos mujeres, ¿no lo ve? Yo soy un chico, y también lo es Thomas aquí presente.

—No, no sois mujeres, ya lo veo. Podría haberlo asegurado en cuanto entrasteis por la puerta. Sois unos chicos jóvenes y estupendos. El cartel dice que se buscan muchachos. Con mucho gusto contrataría a mujeres, pero no hay mujeres en Daggsville, salvo la esposa del tendero y la hija pequeña del mozo de cuadra. Salvo ellas, aquí todos son hombres. Pero los hombres sin mujeres languidecen. Una especie de tristeza se les mete en el corazón. Yo pretendo sacársela y ganar por ello unos pavos, sí señor, al gran estilo americano. Solo necesitan la ilusión, la ilusión del sexo más dulce. Eso seréis vosotros, si aceptáis el puesto. Solo hay que bailar. Nada de besos, caricias, tocamientos ni manoseos. Vamos, tan solo bailar bonito y elegante. Os costaría creer la suavidad y delicadeza con las que baila un tosco minero. Verlo te hace llorar. Desde luego, sois bastante apuestos a vuestra manera, si no os importa que lo diga, sobre todo el más bajito. Pero tú también servirás, tú también servirás —dijo, al ver cómo le brotaba a John Cole su recién adquirido orgullo profesional. Después arqueó una ceja, interrogante.

John Cole me miró. A mí me daba igual. Era mejor que morirse de hambre vestido con un saco de trigo.

—Está bien —aceptó.

—Os pondré una tina en la cuadra. Os daré jabón. Os proporcionaré ropa interior, *muy importante*[1]. La traje de San Luis. Os quedará muy bien, chicos, sí, creo que os quedará de maravilla, y después de un par de tragos ningún hombre que yo conozca tendrá queja alguna. Una nueva era en la historia de Daggsville. Cuando los hombres solitarios consiguieron chicas con quienes bailar. Y todo ello de una manera preciosa, preciosa.

Y así salimos a la vez, encogiéndonos de hombros, como si dijéramos: es un mundo de locos, pero también se tiene suerte, de vez en cuando. Cincuenta centavos a cada uno. Cuántas veces, bajo cuántas enramadas antes de quedarnos dormidos en nuestra época de soldados, allá en las praderas, en declives solitarios, nos gustaba repetir lo mismo a John y a mí, una y otra vez, y nunca dejábamos de reír: cincuenta centavos a cada uno.

Aquella noche en concreto, en la historia perdida del mundo, el señor Titus Noone, pues así se llamaba, nos ayudó a enfundarnos los vestidos con cierta discreción varonil. Para ser justos con él, parecía saber mucho de botones, lazos y todas esas cosas. Hasta tuvo la cautela de rociarnos con perfume. Yo no había estado tan limpio en los últimos tres años, incluso en toda mi vida. Yo no era conocido en Irlanda por mi aseo, esa es la verdad; los granjeros pobres no ven una bañera. Cuando no hay nada que comer, lo primero que desaparece es incluso el más leve atisbo de higiene.

El *saloon* se llenó enseguida. Habían pegado sin demora carteles por todo el pueblo y los mineros habían respondido a la llamada. John Cole y yo nos sentamos en dos sillas pegadas a una pared. Con una pose muy femenina, educadas, re-

---

[1] En castellano en el original *(N. de la T.).*

catadas y amables. Ni siquiera miramos a los mineros, fijamos la vista al frente. Nunca habíamos visto a muchas chicas formales, pero nos vino la inspiración. Yo llevaba una peluca amarilla, y John, una pelirroja. Debíamos de parecer la bandera de algún país de cuello para arriba, allí sentados. El señor Noone tuvo el buen detalle de rellenar nuestros corpiños con algodón. Nos parecía bien, salvo porque íbamos descalzos; dijo que se había olvidado los zapatos en San Luis. Podrían añadirse al conjunto más adelante. Dijo que tuviéramos cuidado de dónde pisaban los mineros y le contestamos que lo tendríamos. Es curioso cómo, en cuanto nos enfundamos esos vestidos, todo cambió. Jamás me había sentido tan pletórico en toda mi vida. Cualquier tipo de penas y preocupaciones desaparecieron. Ahora era un hombre nuevo, una chica nueva. Me sentía liberado, como aquellos esclavos liberados en la guerra que se avecinaba. Estaba preparado para cualquier cosa. Me sentía refinado, fuerte y perfecto. Esa es la verdad. No sé cómo se sentía John Cole, nunca lo dijo. Había que querer a John Cole por todo lo que prefería callar. Hablaba mucho de cosas prácticas. Pero nunca dijo una palabra en contra de esa clase de trabajo, ni siquiera cuando las cosas se pusieron feas para nosotros, no señor. Éramos las primeras chicas en Daggsville, y no éramos las peores.

Cualquier hijo de vecino sabe que los mineros son almas de toda laya. Llegan a una tierra, lo he visto miles de veces, y le arrancan toda su belleza, y luego solo queda una suciedad negra en los ríos mientras los árboles parecen marchitarse como unas solteronas agraviadas. Les gusta la comida basta, el whisky áspero, las noches salvajes y, la verdad sea dicha, si eres una muchacha india, les gustarás de todas las peores maneras posibles. Los mineros entran en poblados de tiendas y hacen lo indecible. Nunca hubo mayores violadores que los mineros, o algunos de ellos. Otros mineros eran maestros, profesores en tierras más civilizadas, sacerdotes rebotados y tenderos arruinados, hombres abandonados por sus mujeres como si fuesen muebles viejos e inservibles. Cada categoría y gradación de alma, como diría y dirá el medidor de granos. Pero ni uno solo dejó de acudir al *saloon* del señor Noone, y se produjo un cambio, un poderoso cambio. Porque éramos chicas guapas y las damas de sus corazones. Además, el señor Noone vigilaba en la barra con un rifle a mano delante de él, a plena vista. No creerían la laxitud con que se aplicaría la ley en América al dueño de un *saloon* que matase a un minero: es amplísima.

Tal vez fuéramos como recuerdos de otros tiempos. Tal vez fuésemos muchachas de su juventud, las chicas de las que se enamoraron por primera vez. Caramba, íbamos tan limpios y guapos, ojalá me hubiera podido conocer a mí mismo. Quizá para algunos éramos las primeras chicas de las que se encaprichaban. Cada noche, a lo largo de dos años, bailamos con ellos y jamás se produjo un solo gesto indeseable. Esa es la verdad. Puede que resulte más morboso decir que nos restregaban la entrepierna y nos metían la lengua en la boca, o que unas manos callosas manoseaban nuestros imaginarios pechos, pero no. En ese *saloon,* eran los caballeros de la frontera. Se derrumbaban, fulminados por el whisky, a altas horas de la madrugada, bramaban canciones, se disparaban de tanto en tanto por alguna partida de cartas, se peleaban a puñetazo limpio, pero cuando se ponían a bailar, se convertían en ese agradable D'Artagnan de las viejas novelas románticas. Enormes panzas de cerdo se aplanaban para asemejarse a las de animales más elegantes. Los hombres se afeitaban por nosotros, se aseaban por nosotros y se vestían con sus mejores galas, tal cual. John era Johana, y yo, Thomasina. Bailamos y bailamos. Dimos vueltas y más vueltas. De hecho, al final terminamos siendo buenos bailarines. Podíamos bailar el vals, lento y rápido. Jamás se vieron mejores chicos en Daggsville, me atrevería a decir. Ni más bonitos. Ni más limpios. Dábamos vueltas con nuestros vestidos y la esposa del señor Carmody, el tendero, conocida por supuesto como la señora Carmody, que era costurera, fue soltando las costuras de nuestros trajes con el paso de los meses. Puede que sea un error dar de comer a unos vagabundos, pero nosotros sobre todo crecimos hacia arriba más que a lo ancho. Puede que estuviéramos cambiando, pero seguíamos siendo las mismas chicas que habíamos sido a ojos de nuestros clientes. Nuestra fama nos precedía, y acudían hombres desde muchos kilómetros a la redonda para vernos y anotar su nombre en nuestro pequeño carné de baile de cartón. «Oiga, señorita, ¿me haría el honor de concederme un baile?» «Claro, señor, tengo diez minutos libres a las doce menos cuarto, si tiene a bien ocupar esa vacante.» «Le estaría muy agradecido.» Dos muchachos inútiles y criados en la más sucia indigencia jamás habíamos conocido una diversión así. Nos pidieron la mano en santo matrimonio, nos ofrecieron carruajes y caballos si aceptábamos acompañarlos al campamento con tal o cual fulano, nos hicieron regalos que no habrían avergonzado a un árabe del desierto de Arabia buscando a su futura esposa. Pero, claro, nosotros conocíamos el trasfondo de la historia. Ellos también lo conocían, posiblemente, ahora que lo pienso. Se sentían libres de ofrecerse a la cárcel del matrimonio porque sabían que era ficticio. Todo eran manifestaciones de libertad, felicidad y alegría.

Porque aquella vida mugrienta y miserable de los mineros es una vida deprimente, y solo uno entre diez mil encuentra oro, esa es la verdad. Claro que en Daggsville cavaban en busca de plomo, por lo que esto era aún más cierto. Aquella vida era sobre todo barro y agua. Pero en el *saloon* había dos diamantes, decía el señor Noone.

Pero la naturaleza siempre termina por imponerse y poco a poco fuimos perdiendo la flor de la juventud y pareciéndonos más a muchachos que a muchachas, y más a hombres que a mujeres. Además, John Cole en concreto experimentó grandes cambios en esos dos años. Comenzó a dar un estirón y a ganarles a las jirafas en cuanto a estatura. El señor Noone no encontraba vestidos que le sirvieran y la señora Carmody no era capaz de seguirle el ritmo con la aguja. Era el fin de una época. Dios lo sabía. Uno de los trabajos más felices que yo haya tenido jamás. Entonces llegó el día en que el señor Noone habló. Y nos encontramos estrechando manos en la penumbra e incluso vertiendo alguna que otra lágrima antes de convertirnos en recuerdos de diamantes en Daggsville. El señor Noone dijo que nos enviaría una carta cada festividad de santo Tomás y san Juan[2] para contarnos las últimas noticias. Y que nosotros debíamos hacer lo mismo. Nos marchamos con los pocos dólares que habíamos ahorrado para los días que esperábamos pasar en la Caballería. Y lo más curioso de todo es que Daggsville amaneció desierto esa mañana, sin nadie que nos despidiera. Sabíamos que no éramos más que esquirlas de leyenda y que nunca habíamos existido de verdad en ese pueblo. No hay sensación mejor.

---

[2] Referencia a los santos correspondientes a los nombres de cada personaje *(N. de la T.)*.

2

Todo esto para decir que nos alistamos juntos. Nuestro antiguo negocio se había ido a pique por culpa de lo que la Naturaleza le hace al cuerpo de uno de modo inevitable. Poco después de concluir el adiestramiento, nos enviaron a recorrer a pie la ruta de Oregón hacia California. En principio iban a ser semanas y semanas cabalgando hasta girar a la izquierda en algún lugar que no recuerdo, si no se quería terminar en Oregón. Iban a ser y fueron. Mientras atravesábamos Misuri, nos topamos con muchos indios maltrechos, que incluso remontaban los ríos, y avanzaban sin descanso hasta lugares tan lejanos como Canadá. Una gente triste y de aspecto sucio. También con muchas personas de Nueva Inglaterra que viajaban al oeste, tal vez unos pocos escandinavos, pero sobre todo americanos, que recogían sus bártulos y allá que se marchaban. Más valía mantenerse alejado de los mormones que se dirigían a Utah, no se podía confiar en esos chiflados. Eran los enviados del diablo. «Si pelean con ellos, tienen que matarlos», afirmaba nuestro sargento, aunque no sé si él lo hizo alguna vez. Después estaba el desierto que no era realmente un desierto. Aunque había muchos huesos de ganado de los colonos y, de vez en cuando, por el camino aparecía algún piano tirado por la borda desde una carreta, o un armario, a medida que los bueyes perdían fuerzas. Allí lo peor de todo era la sequía. Era algo verdaderamente insólito ver un piano negro en medio del casi desierto.

—Oye, John Cole, ¿qué diablos hace allí ese piano tirado en el suelo?

—Estará buscando un *saloon* —respondió.

Chico, nos reímos a carcajada limpia. El sargento nos fulminó con la mirada, pero el mayor nos ignoró, absorto sin ninguna duda en el maldito desierto. ¿De dónde saldrá el agua dentro de un par de días, cuando se vacíen las cantimploras? Esperábamos que tuviera un mapa, y algo señalado en él, eso era lo que esperábamos. La gente llevaba cruzando por allí años y años, decían que la senda no dejaba de ensancharse, una huella de kilómetro y medio de ancho en la pradera. Cada vez que un ejército pasaba, se notaba. La mitad de nuestra compañía estaba formada por viejos cascarrabias, y nos preguntábamos cómo algunos sguían siendo capaces de montar a caballo. Los huevos y el trasero duelen del carajo. Pero ¿de qué otra forma iban a poder vivir? O montabas a caballo o adiós muy buenas. No dejaba de ser una ruta peligrosa. Uno de los más jóvenes como nosotros, el ya antes mencionado Watchorn, observó el año anterior centenares de carretas volcadas y vio cómo una estampida de bisontes pasaba por encima de ellas; cientos de viajeros murieron aplastados. Cuando pasamos nosotros, opinó que los bisontes se mantenían lejos, no sabía por qué. Quizás este tipo de seres humanos no fueran de su agrado. No parecían importarles mucho los indios. Tal vez los blancos eran unos ruidosos y pestilentes hijos de perra, opinaba Watchorn. Con todos sus críos llorones, lastimeros y mocosos, que iban rumbo a California u Oregón. «Pero aun así —decía el soldado Watchorn—, me gustaría tener mi propia prole algún día, desde luego que sí». Calculaba que le gustaría tener catorce hijos, igual que su madre. Era un hombre católico, algo poco frecuente en América salvo por los irlandeses, pero claro, él era irlandés, o lo había sido su padre, en un pasado remoto. Eso decía. Watchorn tenía buena cara, una cara hermosa, parecía el presidente en una moneda, pero era condenadamente bajito, quizá no midiera más de metro y medio o un mísero centímetro más. Encima de un caballo eso daba igual, él simplemente utilizaba estribos cortos y le funcionaba muy bien. Era un hombre excepcionalmente agradable, no cabe la menor duda.

Nos encontrábamos allí, en medio de las altas hierbas, cerca de las montañas, avanzando tranquilamente. Nos dirigíamos a algún lugar para recibir órdenes directas. Aunque el mayor ya las conocía, sostenía John Cole, porque le había oído hablar por la noche. En cuanto a las noches, dormíamos en el suelo tal y como íbamos, con los uniformes pestilentes, los centinelas vigilaban los caballos, y los caballos mascullaban hasta altas horas de la madrugada, hablando con Dios, según decía John Cole. Era incapaz de entender esa jerigonza. Todavía nos quedaba una semana de camino, a las trescientas almas que éramos, cuando llegaron nuestros exploradores, dos indios shawnees con su lenguaje de signos casi tan claro como si fueran palabras. Nos dijeron que habían visto bisontes a unos once kilómetros al noreste, por lo que se formaría una partida de hombres al día siguiente para ir hacia el norte e intentar matar algunos. Mentiría si dijera que yo no era el mejor tirador de los trescientos. No sé por qué, nunca había disparado un arma hasta que hice el entrenamiento militar. «Tienes vista de lince», dijo el sargento instructor. En poco tiempo fui capaz de alcanzar a una liebre en plena cabeza a treinta metros de distancia y sin la menor dificultad. Más valía no morir de hambre antes de emprender nuestra misión. Sabíamos en nuestro fuero interno que nuestra misión iban a ser los indios. La gente de California quería deshacerse de ellos. Quería aniquilarlos. Los soldados de caballería no podían cobrar la recompensa desde un punto de vista legal, claro, pero alguien en las altas esferas aceptó echarles una mano. Se pagaban dos dólares por cabellera a los civiles, vive Dios. Era una curiosa manera de ganarse el dinero para jugar a las cartas. Los voluntarios se marchaban, mataban tal vez a sesenta machos y traían los cuerpos.

El mayor dijo que le caían bien los indios, que no hacían ningún daño esos indios diggers[3], que así se llamaban. Que no eran como los indios de las llanuras, dijo. Los diggers ni siquiera tenían caballos, sostuvo, y en esta época del año se los podía ver a todos juntos rezando en un mismo lugar. La mirada del mayor era un poco melancólica cuando dijo eso, como si hubiera hablado demasiado o tal vez supiera demasiado. Yo no paraba de mirarle. El sargento, que se llamaba Wellington, bufó por su polvorienta nariz, dibujando una gran sonrisa, como si fuera uno de nosotros, lo que no era el caso. Nadie podía sentir estima por un hombre con una lengua como un taco de cuchillos. Odiaba a los irlandeses, decía que los ingleses eran estúpidos y que los alemanes eran aún peores. ¿De dónde demonios era? John Cole quiso saberlo.

—De Little Village —respondió—, seguro que nunca has oído hablar del lugar.

¿Había dicho Detroit? La mitad del tiempo no sabíamos lo que decía el sargento, porque era como si riera mientras hablaba, salvo cuando daba órdenes, entonces todo quedaba clarísimo. ¡Adelante! ¡En marcha! ¡Descansen! ¡Desmonten! Nos chirriaba en nuestros oídos irlandeses, ingleses y alemanes.

Por ello, al día siguiente, John Cole y yo, así como el mismísimo Watchorn y un hijo de perra pero buen tipo llamado Pearl, subimos con los exploradores en busca de esa manada.

---

[3] Digger, «cavador», es el nombre dado a unas tribus de la meseta noroeste porque se alimentaban de raíces (*N. de la T.*).

Primero dimos con unas tierras pantanosas, pero esos chicos shawnees conocían el camino para atravesarlas y fuimos serpenteando con buen humor. El cocinero había alimentado nuestros estómagos con algunos de sus gorriones cocidos. Pero ahora íbamos tras algo mucho más grande. Los shawnees, uno se llamaba Trino de Pájaro, si mal no recuerdo, eran unos muchachos de piel de color madera y mente fría, que se intercambiaban información en su propia jerga, tras haber preparado sus bolsas de oración la noche anterior. Eran una especie de amuletos de la suerte que introducían en una vieja bolsa hecha con el escroto de un bisonte. Ahora aparecían atados al cuello de sus ponis, que montaban a pelo. Mucho antes de que nos enteráramos, habían aminorado el paso; sabían que algo andaba cerca y nos condujeron hacia un lado a más o menos kilómetro y medio de distancia para que pudiéramos ponernos manos a la obra poco a poco con el viento de frente. Se alzaba ante nosotros una pequeña colina con forma de hoz, cubierta de una hierba oscura. El lugar estaba en silencio sin que soplara apenas el menor viento, salvo por un sonido que a uno se le antojaba quizás el sonido del mar. Sabíamos que no había ningún mar en la zona. Después alcanzamos la cima de la colina, desde la que contemplamos un horizonte de quizás unos seis kilómetros y medio, y se me cortó la respiración, fascinado, porque justo a nuestros pies se extendía una manada de tal vez dos o tres mil bisontes. Debieron de hacer voto de silencio aquella misma mañana. Los shawnees llevaron a un agradable trote a los ponis y nosotros hicimos lo mismo; íbamos a bajar hasta acercarnos lo más posible a los bisontes sin alertarlos. Puede que el bisonte no sea el animal más listo del corral. Teníamos el viento de cara, esa es la verdad. Sabíamos que tarde o temprano, en cuanto percibieran nuestra presencia, habría fuegos artificiales. Seguro que la docena de animales más próximos a nosotros sintió que estábamos allí. De pronto comenzaron a avanzar a trompicones, casi cayéndose. Debíamos de oler a muerte para ellos. Eso esperábamos. Trino de Pájaro espoleó a su montura y nosotros lo imitamos. John Cole era un magnífico jinete, galopó a toda velocidad entre los indios y persiguió a la hembra más grande que pudo divisar. Yo también había echado el ojo a una buena hembra, sería que nos gustaba más la carne de las hembras. Después el terreno descendía de nuevo en una hondonada y los bisontes que estaban cerca pusieron todo en movimiento. De repente diez mil pezuñas martillearon la áspera tierra y la partida entera se abalanzó cuesta abajo. El declive pareció engullirlos, hasta el último, y de pronto el suelo se alzó ante nosotros y apareció de nuevo la marea de bisontes, elevándose como un enorme hervidero de melaza negra en una sartén. Eran tan negros como las condenadas moras. Mi hembra corría, desbocada, hacia la derecha y se dirigía hacia el centro de sus compañeros; no sé si algún ángel le había avisado de que yo iba tras ella. Hay que tratar a los bisontes como si fueran asesinos, como serpientes de cascabel con patas, dispuestos a matarte antes de que tú los mates a ellos. También intentan atraerte con un señuelo para luego embestirte de golpe por el lateral, tumbar a tu caballo en plena huida y, después, volver sobre sus pasos y pisotearte hasta reventarte. Jamás se caigan al suelo mientras cazan bisontes, si me permiten darles esa lección. Mi hembra no se comporta fuera de lo normal, pero tengo que acercarme más, pegarle un tiro en la cabeza lo mejor que pueda; no es tarea fácil mantener el rifle apuntando y listo cuando tu caballo parece aficionado a cada maldita madriguera desperdigada por allí. Más vale que no pierda el equilibrio. Puede que nos moviéramos a cincuenta o sesenta kilómetros por hora, puede que voláramos como el viento, puede que la manada hiciera un estruendo como una fuerte tormenta que se avecinara desde las montañas, pero tenía el corazón en la garganta y no me importaba nada que no fuera pegarle un tiro. En mi cabeza brotan imágenes de los soldados asándola y cortando enormes tajos de carne. La sangre chorreando de la carne. Bueno, ya estoy aullando y veo ahora al otro shawnee, sin nombre en mi memoria, sentado en su poni al estilo indio, persiguiendo a un macho esplendoroso y disparando flechas contra el animal, que no es más que una rabiosa y rugiente masa de carne y pelo. Esa visión se desvanece en un segundo fugaz. Mi objetivo está a mi alcance. Como cabía esperar, arremete contra mí por un lateral en una sabia embestida, justo cuando creo que tengo suficiente equilibrio para golpear. Pero no es la primera vez que mi caballo sale a cazar bisontes y da un salto a la derecha, como un hábil bailarín, y ahora tengo a esa hembra en el punto de mira y disparo, y la preciosa llamarada naranja arroja la bala y el acero negro y ardiente penetra en su hombro. Esa chica es todo hombro. Galopamos a toda velocidad juntos por la hierba, la manada parece dar un brusco giro a la izquierda, como si quisiera escapar del destino que se le avecina; disparo de nuevo, disparo otra vez, entonces veo cómo su anca derecha se hunde un poco, tan solo un palmo, pero, alabado sea Dios, es buena señal, se me hincha el corazón, el orgullo me estalla en el pecho, ahora cae, cae, un resplandor de tierra y poder, y tarda cinco metros en detenerse. He debido de alcanzarle en el corazón. He ahí un bisonte muerto. Después tuve que seguir galopando para alejarme o la manada podría dar la vuelta de golpe y matarme. Así que me puse a galopar y galopar, y a gritar y gritar, absolutamente enloquecido, y supongo que casi llorando de felicidad. ¿Hubo alguna vez mayor emoción que esa? En ese momento me encuentro cuatrocientos metros más allá y mi caballo está agotado, pero me parece que puedo oler también su sentido de la victoria, así que me encabrito y me detengo para vigilar desde una pequeña pista en la colina. Mi caballo se desgarra el pecho intentando respirar y la sensación es realmente gloriosa y loca. Ahora la manada ha pasado, qué rápido se desvanece por completo a lo lejos, pero John Cole, Trino de Pájaro y yo hemos matado a seis, y han quedado atrás como los muertos en una batalla, las altas hierbas aplastadas como el pelaje de un perro sarnoso. Trino de Pájaro se ríe, lo veo; John Cole, al ser devoto del silencio, se ríe sin reírse, sin sonreír siquiera, qué rarito es el amigo; y, a continuación, sabemos que nos arrodillaremos ante la tarea de despellejar los animales, cortaremos los mejores trozos de carne de los huesos, que ataremos a nuestros caballos en enormes y chorreantes tajadas, y abandonaremos las gigantescas cabezas allí para que se pudran, con su aspecto tan noble, tan asombroso, de modo que Dios mismo se maraville ante ellas. Nuestros cuchillos refulgieron. Trino de Pájaro cortó lo mejor. Me indicó por señas, entre risas, que eso era trabajo de las mujeres. De mujeres fuertes, si acaso, respondí por señas lo mejor que pude. Aquello era una enorme chanza para Trino de Pájaro. Se reía a carcajadas, caramba, me apuesto a que está pensando: «Estúpidos blancos». Puede que lo seamos. Los cuchillos cortaban la carne como si pintaran cuadros de un nuevo país, grandes praderas de tierra oscura, con ríos rojos estallando en las riberas por todas partes, hasta que nos encontramos chapoteando en Dios sabe qué y la tierra seca se convirtió de pronto en un fango ruidoso. Los shawnees se comieron los pulmones crudos. Sus bocas eran sumideros de sangre oscura.

Solo el soldado Pearl parecía cariacontecido como un bebé triste por no haber matado ninguno. Pero se llevó el primer trozo de la hoguera esa noche, mientras la carne cruda chisporroteaba y se ennegrecía en las llamas. Los hombres se agolparon en derredor, conversando con la alegría de las almas que se disponen a llenarse la panza, rodeados por la oscura y vacía inmensidad y con el extraño manto de escarcha y viento helado cayendo sobre nuestros hombros y el vasto cielo negro y estrellado sobre nosotros como una enorme bandeja de piedras preciosas y diamantes. Los shawnees cantaron en su propio campamento toda la noche hasta que, al fin, el sargento Wellington se levantó de su lecho con ganas de pegarles un tiro.

3

En el ejército, uno conoce todos los meses a una docena de hombres que vienen de Irlanda, pero nunca se les oye referirse mucho a eso. Se reconoce a un irlandés porque lo lleva escrito por todas partes. Habla distinto, por regla general no es famoso por su corte de pelo y, además, hay algo en un irlandés cuando bebe que hace que no se parezca en nada a ningún otro ser humano. No me vengan con la monserga de que un irlandés es un ejemplo de humanidad civilizada. Quizá sea un ángel con ropa de demonio o el diablo con ropa de un ángel, pero, sea como sea, uno habla con dos personas al mismo tiempo cuando habla con un irlandés. Puede mostrarse de lo más servicial de la misma manera que también puede traicionar como nadie. Un soldado de caballería irlandés es el hombre más valiente en el campo de batalla y también el más cobarde. No sé lo que es. He conocido a irlandeses asesinos con almas nobles; son una misma cosa, ambos tienen un espantoso fuego que les quema por dentro, como si no fueran más que el caparazón de un horno. Eso es lo que le hace a uno ser irlandés. Como usted engañe a un irlandés por medio dólar, prenderá fuego a su casa en venganza. Se empeñará hasta dejarse la vida en ello, llevado por el deseo de causarle una desgracia. Yo tampoco era diferente.

Contaré rápidamente lo que me sucedió y me arrastró hasta América, pero no me apetece mucho entrar en detalles.

Cuanto menos se comente, mejor para todos. Ese dicho tiene más razón que un santo.

Mi padre era exportador de mantequilla, a pequeña escala, y enviaba mantequilla en barricas a Inglaterra desde el puerto de Sligo. Allí se mandaba todo lo bueno. Vacas, reses, cerdos, ovejas, cabras, trigo, cebada, cereales, remolachas, zanahorias, coles y todo el resto de la parafernalia que existiera. Lo único que quedaba en Irlanda para comer eran patatas, y cuando se perdió la patata, ya no quedó nada en la vieja Irlanda. Nuestra tierra se moría de hambre con los pies descalzos. Y no llevaba medias. Solo harapos. Mi padre era un hombre un poco más afortunado y llevaba un sombrero de copa negro, pero hasta este tenía un aspecto maltrecho porque ya había tenido una larga y ajetreada vida en Inglaterra. Enviábamos comida a Inglaterra y ella nos devolvía harapos y sombreros deteriorados. Yo no sé, porque solo era un niño. Pero en el 47 la cosecha fue tan mala que ni siquiera mi padre tuvo nada que llevarse a la boca. Mi hermana murió, y mi madre también, en el suelo de piedra de nuestra casa en el pueblo de Sligo, en una calle llamada Lungey. Lungey significaba *Luaighne* en irlandés, que era el reino del que mis antepasados eran los reyes, o eso al menos decía mi padre. Fue un hombre lleno de vida mientras vivió. Le gustaba cantar, era buen bailarín y le encantaba hacer tratos en el muelle con los capitanes.

La mantequilla siguió fluyendo en los tiempos de la hambruna, pero ¿cómo cayó mi padre en desgracia? No lo sé. Solo sé que perdió ese negocio y que, después, fallecieron mi madre y mi hermana. Murieron como gatos callejeros, sin que nadie se preocupase lo más mínimo. Pero es que el pueblo entero se estaba muriendo. En la ribera, donde se encontraba el puerto, los barcos seguían llegando y cargando mercancía, pero ya no con encargos de mi padre. Los viejos navíos comenzaron a trasladar a gente arruinada a Canadá, personas con tanta hambre que podían llegar a comerse unas a otras en las bodegas. No digo que yo lo haya visto. Pero tenía unos trece años más o menos y supe, en el fondo de mi alma y mi corazón, que tenía que huir. Me colé en uno de los barcos en la oscuridad. Lo cuento lo mejor que puedo. Pasó hace mucho tiempo, antes de ir a América. Estuve entre los indigentes, los arruinados y los muertos de hambre durante seis semanas. Muchos se precipitaban por la borda, así estaban las cosas.

El mismísimo capitán murió de unas fiebres; cuando llegamos a Canadá, éramos un barco sin un solo oficial a bordo. Acabaron llevándonos a lazaretos y allí murieron cientos de personas. Solo quiero contarlo todo por escrito. La cuestión es que no éramos nada. Nadie nos quería. Canadá nos tenía miedo. Éramos una plaga. Tan solo ratas humanas. El hambre te despoja de lo que eres. Entonces todo lo que éramos era nada. Palabras, música, Sligo, historias, futuro, pasado, todo se había convertido en algo parecido a la mierda de los animales. Cuando conocí a John Cole, así era yo, un piojo humano; incluso la gente de peor ralea me evitaba y la buena gente me despreciaba. Así es como empecé. Aquello da una idea de lo importante que fue para mí conocer a John. Fue la primera vez que me volví a sentir como un ser humano. Y pienso que con eso ya es suficiente, no quiero decir nada más. Silencio.

Tan solo lo cuento porque, si no lo hago, no creo que se pueda comprender bien nada de lo que pasó. Cómo fuimos capaces de ser testigos de auténticas matanzas sin inmutarnos. Para empezar, porque nosotros mismos no éramos nada. Sabíamos qué hacer con la nada, era el pan nuestro de cada día. Yo casi era incapaz de decir que mi padre también había muerto. Vi su cuerpo. El hambre es como un fuego, un horno.

Yo quería a mi padre antes, cuando yo era un ser humano. Después, murió y pasé hambre, y luego subí al barco. Después, nada. Después, América. Después, John Cole. John Cole fue mi amor, todo mi amor.

Dejen que vuelva a mis inicios en el ejército. Llegamos a Fort Kearney; se encontraba muy cerca de uno de los nuevos asentamientos mineros en la zona norte de California, que estaba sobre todo en estado salvaje. Una tierra farragosa y salvaje, con fama de tener oro a espuertas. Pertenecía a los indios, al pueblo yurok. Quizá no fuera Kearney, se me olvida. Kearney es un nombre irlandés. La mente es una mentirosa compulsiva y no me fío mucho de lo que encuentro ahí. Para contar una historia, tengo que confiar en ella, pero puedo hacer una advertencia como quien despacha un billete de tren rumbo al oeste y avisa al viajero de que tendrá que enfrentarse a tierras salvajes, indios, forajidos y tormentas. Había una milicia local formada por hombres del pueblo y algunos mineros diseminados por distintas concesiones. Es que no podían vivir con la idea de que hubiera indios, así que organizaban partidas de hombres para rastrearlos por las colinas e intentar matarlos. Podrían haber capturado a los hombres y ponerlos a trabajar lavando la arena o cavando, si hubieran querido, esa era la ley al estilo de California. Podrían haberse llevado a las mujeres y a los niños para convertirlos en esclavos y concubinas, pero en aquellos tiempos optaron sencillamente por matar todo cuanto encontraban.

En Fort Kearney, aquella noche, cuando desempolvamos los catres y acabamos el rancho, llegaron los hombres del pueblo para relatarnos las últimas atrocidades cometidas por los indios. Había un minero, dijeron, en la linde del asentamiento, y los yuroks le habían robado la mula. Tal y como lo contaron, era la mejor mula jamás vista en el mundo entero. Se llevaron su mula y a él lo maniataron, lo dejaron tirado en el suelo y lo azotaron levemente en la cara. Le dijeron que estaba cavando en un cementerio y que debía desistir. Esos yuroks no tenían gran estatura, sino que eran tipos bajitos. Los hombres del pueblo decían que sus mujeres eran las más feas de la Creación. Lo comentó un hombre de Nueva Inglaterra, llamado Henryson, mientras se reía a carcajadas. El mayor escuchaba con gran paciencia, pero cuando Henryson dijo eso de las mujeres, lo mandó callar, no sabíamos por qué. Henryson se calló, obediente. Dijo que se alegraba de ver allí a la caballería. Era una bendición para el pueblo. Entonces nos sentimos muy orgullosos. El orgullo, ya se sabe, es el desayuno de los necios.

El sargento, sin embargo, permanecía en silencio; estaba sentado en un taburete de dos patas con la mirada echando chispas y clavada en el suelo, como si estuviera ansioso por escuchar el final de la denuncia para salir de allí y hacer lo que fuimos llamados a hacer. Y que no era sino acabar lo que la milicia había comenzado. Henryson dijo que quería despejar la tierra, a lo que el mayor no repuso nada. Solo asintió con serenidad, como solía, y su cara parecía más bien agradable y buena, sobre todo en comparación con la de Henryson, que tenía un aspecto mal encarado y sombrío, como si hubiera comido demasiadas setas venenosas en su día. Después los hombres del pueblo dieron a los soldados un barril de cerveza y nos la bebimos hasta altas horas de la madrugada mientras jugábamos a las cartas, surgían esas breves y típicas peleas y los hombres estaban descompuestos como perros enfermos.

Mientras John Cole y yo volvíamos dando tumbos a las duras literas, a sabiendas de que tendríamos el whisky por almohada, nos detuvimos en el lugar indicado para mear cerca del muro exterior. Había un centinela encima del muro y lo único que distinguimos fue la giba oscura de la espalda.

Podría estar durmiendo a juzgar por esa espalda. El mayor acababa de orinar y se estaba ajustando de nuevo los cordones de la bragueta.

—Buenas noches, mayor, señor —dije a su propia espalda oscura.

Nos miró. Le saludé como debía hacerlo. En su estado de embriaguez por el whisky, su cabeza no parecía estar tan anclada en el cuello como de costumbre. Daba la impresión de estar preso de cierta furia. Saludó de forma caótica, agitó la cabeza y luego miró hacia las estrellas.

—¿Se encuentra bien, mayor, señor? —pregunté.

—Hay mucha distancia para venir hasta aquí solo por una mula robada —dijo con virulencia, como un actor sobre un escenario.

Después se puso a farfullar. Oí el nombre de Henryson y algo sobre unas cartas al coronel, y estragos, y asesinatos de colonos y condenadas mentiras. Pero sus palabras parecían dirigidas al muro. Se movía con torpeza, intentando mantener el equilibrio en el suelo embarrado. Trescientos hombres generan bastante fango. Y el hedor era atroz, uno se preguntaba cómo podía soportarlo el centinela.

—Hay mucha distancia para venir hasta aquí solo por una mula robada, y es una paliza —dijo, poniendo énfasis en la última palabra, como si fuera algo que le gustaría dar a Henryson.

Lo ayudamos a regresar a su residencia y luego encontramos nuestro propio camino hasta la nuestra.

—Ese mayor es un buen tipo —dijo John Cole, con la plena convicción del borracho.

Después follamos en silencio y nos dormimos.

A la mañana siguiente, a primera hora, a pesar de los estragos que habían sufrido nuestros cuerpos, preparamos las monturas. Hacía tanto frío como en los sueños más sombríos, porque estábamos a finales de año y el sol ya no era tan intenso como antes. La escarcha cubría toda esa inmensidad, y se podían ver enormes velos de hielo colgando de las secuoyas que crecían en la zona. Allí donde los árboles se habían caído o habían sido talados, no había forma de saberlo, ondeaban alargadas colinas herbosas. Nos aguardaban unas catorce horas de ruta, según nos dijeron. Los exploradores parecían conocer el camino gracias a las instrucciones que habían recibido de la milicia la noche anterior. Nos dijeron que la milicia ya se había adelantado por la noche, lo que irritó sobremanera al mayor. Sacudió la cabeza y despotricó contra los civiles. Bueno, nosotros teníamos los mosquetes a punto y la panza llena, y estábamos dispuestos a afrontar la empresa con buena disposición. Los traseros doloridos del largo viaje al oeste parecían pasar a un segundo plano en nuestra cabeza. Tantas horas a caballo muelen el espinazo hasta el punto de que se amontona en el trasero una gran cantidad de polvo de hueso. Al menos esa es la sensación que me daba. Cada surco, cada paso en falso del caballo es un doloroso latigazo. Pero en esta ocasión mi caballo era una criatura de pelo gris y brillante que no proporcionaba ni un solo disgusto. En cambio, la montura de John Cole era una auténtica pesadilla. Tenía que tirar de la boca para que le hiciera caso. La yegua había roto la gamarra en algún lugar del desierto, de modo que tenía la libertad suficiente para mover la cabeza arriba y abajo como le viniese en gana. Pero él lo aguantó. El animal era negro como el ala del cuervo y a John Cole eso le gustaba.

El aliento de trescientos caballos genera una bruma serpenteante y ensortijada en el aire frío de noviembre. Los cuerpos calientes echaban humo de tanto esfuerzo. Estábamos obligados a intentar avanzar en formación, pero a las viejas secuoyas eso no les importaba lo más mínimo. Nos partían y dividían como si ellas mismas se movieran. Se podría haber atado cincuenta caballos al tronco de algunas de ellas. Los extraños pájaros de América chillaban entre los árboles y desde las alturas caía una miríada de gotitas de escarcha. De vez en cuando, algo crujía en el bosque como el disparo de un mosquete. Nada indicaba que los árboles necesitaran nuestra presencia allí. Desde luego estaban a lo suyo. Armábamos un buen barullo con los arneses, las espuelas, todo el equipamiento y las cosas bamboleándose y golpeándose con el vaivén, y los cascos al martillear contra el suelo, aunque los soldados apenas abrían la boca y avanzamos en silencio la mayor parte del trayecto, como si hubiera habido un acuerdo previo. Pero eran los árboles los que nos oprimían e imponían silencio. El mayor daba las órdenes con los brazos y las manos, y estas se iban reproduciendo a lo largo de la fila. Algo sucedía más adelante, lo percibimos antes de verlo. De pronto nos invadió un enorme nerviosismo; casi se podía oír cómo se nos tensaban y cerraban los huesos en el cuerpo mientras nuestros corazones parecían estar presos dentro de nuestros pechos y ansiosos por escapar. Los hombres tosían para escupir el miedo de sus gargantas. Desde más adelante nos llegaba un gran rugido de fuego, como si diez mil estorninos se aglomeraran allí, y entre los árboles divisamos virulentas llamas amarillas y rojas, y una extensa columna de humo blanco y negro por todas partes. Al fin salimos de entre los árboles. El fuego ardía al fondo de una amplia pradera. Había cuatro o cinco cabañas grandes hechas con troncos de secuoyas, pero únicamente una se estaba quemando; provocaba ella sola toda una tempestad de llamas y humo. El mayor nos desplegó por el campo, como si estuviera considerando la posibilidad de cargar contra esa conflagración. Luego nos dijeron que aminorásemos el paso y tuviéramos los mosquetes dispuestos. Parecía como si los hombres del pueblo estuvieran por todas partes, corriendo a lo largo del campamento indio, gritándose unos a otros, hasta que divisé la silueta de Henryson, quien blandía un gran tizón encendido. Enseguida llegamos hasta allí y Henryson se acercó para hablar con el mayor, pero yo no alcancé a oír lo que le estaba diciendo. A continuación nos dividieron por secciones y nos dijeron que había indios en la arboleda a la derecha. Espoleamos a los caballos y, con la fuerte pendiente, tuvimos la sensación de deslizarnos cuesta abajo. Los soldados Pearl y Watchorn se encontraban cerca de mí, como de costumbre, hasta que la espesura de los árboles más pequeños nos obligó a desmontar y docenas de hombres se adentraron en el bosque a pie. Entonces se oyeron gritos y chillidos, y estridentes aullidos. Calamos las bayonetas a los mosquetes y nos lanzamos hacia adelante, intentando no tropezar con los nuevos brotes de la maleza. Desde la choza en llamas, el humo lo había invadido todo: la arboleda, cada recoveco, de modo que era casi imposible ver nada y nos escocían los ojos horriblemente. Divisamos las siluetas de los indios y les clavamos la bayoneta. Nos abrimos paso, rajando arriba y abajo, entre los cuerpos tambaleantes, procurando matar a todo lo que se movía en la oscuridad. Dos, tres y hasta cuatro cayeron bajo mis estocadas, y me extrañó que no me disparasen, me sorprendió la rapidez y el horror de la faena, y lo excitante que resultaba. El corazón ya no me latía desbocado en el pecho sino que ardía como una gigantesca pavesa. Acuchillé a diestro y siniestro. Vi a John Cole haciendo lo mismo, lo oí gruñir y blasfemar. Teníamos que aniquilar y destruir al enemigo para salvar la vida. Cada segundo pensaba que iba a sentir el famoso *tomahawk* partiéndome mi cráneo irlandés, o la bala fundida atravesándome el pecho. Pero nada pareció suceder salvo nuestros salvajes gruñidos y empellones. Teníamos miedo de disparar los mosquetes por si nos matábamos entre nosotros. De pronto toda la faena pareció terminada y lo único que oímos fueron los gritos de los supervivientes y los terribles quejidos de los heridos. El humo se despejó y al fin pudimos ver algo del campo de batalla. Entonces se me encogió el corazón en su nido de costillas. A nuestro alrededor no había más que mujeres y niños. Ni un solo guerrero indio. Habíamos arremetido contra el escondrijo de las indias, donde habían buscado refugio de las llamas y de la matanza. Yo estaba espantado y, aunque resulte raro, ofendido, pero sobre todo por mí mismo, porque sabía que había disfrutado extrañamente durante el ataque. Era como si me hubiera bebido seis whiskies seguidos. Watchorn y Pearl arrastraban a una mujer entre los árboles. Sabía que iban a abusar de ella. Lo sabía de sobra. Ahora acuchillaban y mataban, como al resto, a los niños que habían caído de los brazos de sus madres. Los soldados se emplearon a fondo hasta que sus brazos ya no pudieron más. Watchorn y Pearl bramaban, excitados, antes de seguir matando sin piedad. Hasta que llega corriendo el mayor, vociferando más fuerte que ninguno, con rostro de auténtico horror, dando órdenes a voz en cuello, desesperado por detener todo aquella barbarie. Entonces nos quedamos todos jadeando, con el sudor frío chorreando por nuestras caras agotadas, los ojos brillantes, las piernas temblorosas, al igual que unos perros tras haber matado unos corderos.

Agotados y con paso cansino, regresamos. Los hombres del pueblo se encontraban a seis metros de las llamas. Aún era un virulento torbellino de humo y fuego, del que saltaban chispas de resina y que crepitaba como una vieja estampa del infierno. Los soldados se reagruparon, sin hablar mucho aún, y observaron las llamas y a los hombres del pueblo. No sabíamos dónde estábamos. En esos momentos ni siquiera recordábamos nuestros nombres. Éramos diferentes, otras personas. Éramos asesinos, peores que cualquier otro asesino que hubiera existido. Después, con un sonoro y extraño quejido, el techo de la cabaña se vino abajo. Se derrumbó con una enorme combustión y fogonazo. Las chispas ascendieron a gran altura en el cielo formando un enorme revoltijo, alegres, negras y rojas. Una gigantesca tormenta de chispas. Acto seguido, las paredes de la construcción se derrumbaron y, en la oscuridad, las feroces llamas abrasaron los cuerpos, guerrero tras guerrero, en una pila de seis hombres; se podían ver los rostros destruidos y oler la carne carbonizada; los cuerpos se retorcían de forma extraña con el calor, caían y rodaban por la hierba chamuscada, ahora que las paredes ya no los retenían. Se alzaron más y más chispas: era una visión apocalíptica del fin del mundo y de la muerte; en esos momentos, no pude pensar nada más, mi cabeza se quedó sin sangre, vacía, trémula y atónita. Los soldados lloraban, pero no eran lágrimas que yo conociera. Unos lanzaban su gorra al aire, como en una desquiciada celebración. Otros se sujetaban la cabeza como si acabaran de enterarse de la muerte de un ser querido. No parecía haber quedado nadie con vida, ni siquiera nosotros mismos. Estábamos trastornados, ya no estábamos allí: ahora éramos fantasmas.

4

Los hombres del pueblo se disponían a organizar una gran celebración para mostrar su gratitud. El pueblo consistía en una corta calle con unos pocos edificios nuevos a cada lado. El mayor había detenido discretamente a los soldados Pearl y Watchorn, y estos ahora estaban arrestados en el calabozo, no me cabía la menor duda de que vertiendo improperios por la escotilla de la comida. El mayor dijo que se ocuparía de ellos a su debido tiempo. Por lo demás, el pueblo bullía con los preparativos y quehaceres generales del día siguiente. Dijeron que había un oso para despiezar y también carne de venado, así como un montón de perros. Por lo visto, los indios tenían un sinfín de perros y los hombres del pueblo los habían rodeado como si fueran ovejas y los habían conducido hasta el pueblo en medio de ladridos estruendosos.

Mientras tanto, el mayor envió de nuevo un destacamento con palas que sacó de la tienda de artículos de hierro y cavamos dos largas zanjas en la maleza cerca del campamento desierto; luego arrastramos los cuerpos hasta allí y los arrojamos dentro. El mayor pretendía impedir que se los comieran los lobos, aunque a los hombres del pueblo aquello les traía sin cuidado. Se mostraron muy sorprendidos por la rectitud del mayor, pero este, por muy educado que fuese, e incluso con su voz de tenor, no se iba a limitar a pensar como todo el mundo. El mayor era de la opinión, y así nos lo comunicó a todos mientras nos poníamos en fila a regañadientes, pala en mano, para comenzar la faena en aquel odioso y maldito lugar, de que los indios poseían alma al igual que el resto de los hombres. Me gustaría explicarles cómo me sentí, solo que eso me llevaría de vuelta a Canadá y a los lazaretos de esos tiempos, y no hay necesidad de recordar aquello de nuevo. También entonces había fosas, y gente arrojada a ellas, a millares, y niños también. Yo ya había visto todo eso de pequeño. Es muy triste que el mundo no te conceda el menor valor ni a ti ni a los tuyos, y la muerte esté al acecho con sus botas ensangrentadas.

Cavamos como héroes asustados. No había duda de que John Cole era el que mejor cavaba; no era la primera vez que removía la tierra, se le notaba. Así que me puse a imitarlo. Yo solo había arrancado patatas con las manos en Irlanda, cuando era un niño, una vez que mi padre removía la tierra con la pala, en una pequeña parcela que había detrás de nuestra casa; no era un granjero de verdad. La escarcha todavía cubría el suelo por completo y las temperaturas habían comenzado a helar el arroyo que serpenteaba junto al campamento, lo que, me imagino, hacía que fuera un buen sitio para asentarse. La hierba estaba marchita e indiferente, y arañaba el cielo a lo lejos con sus afilados tallos. Ese cielo aparecía despejado, limpio y de un azul muy claro. Estuvimos cuatro horas cavando las zanjas. Mientras trabajaban, los soldados cantaban canciones subidas de tono que todos conocíamos. Sudábamos como cristales empañados en invierno. El mayor nos dirigía con sus curiosos modos, entre frío e indiferente, como la hierba. Estaba decidido a hacer algo y lo estaba haciendo. En el pueblo había pedido al capellán que nos acompañase, pero los hombres del pueblo lo vetaron. Tras haber cavado durante horas y horas, nos enviaron a buscar los cuerpos diseminados y trasladamos los cadáveres de las mujeres y los niños hasta la fosa. Después nos dirigimos a la cabaña carbonizada para buscar entre los escombros y la tierra ennegrecida y llevar los huesos, cabezas y demás restos de los guerreros que encontráramos. Los arrojamos también. Uno podría conmoverse al ver con qué delicadeza algunos de los hombres arrojaban los restos. Otros tiraban los restos como si fueran objetos sin importancia. Pero los hombres de carácter amable los depositaban con delicadeza. Como John Cole, por ejemplo. En cuanto a las conversaciones, solo se oían las habituales e insignificantes ocurrencias, aunque de algún modo aligeraban el corazón y el día. Pronto me quedó claro que muchas de aquellas mujeres y niños habían huido de entre los matorrales porque aún se veía el suelo pisoteado en la maleza. Caí en la cuenta de que esperaba que también hubieran escapado muchos de los hombres, pero tal vez solo estuviera buscando problemas al pensar así. Era un sitio muy hermoso para un trabajo tan lúgubre. Resultaba casi imposible evitar tener un pensamiento más humano. La Naturaleza te dicta que vuelvas atrás y olvides cosas. Se desliza bajo tu entraña, endurecida como un roedor. Cuando ya estuvieron dentro todos los cuerpos, tapamos las fosas con la tierra que habíamos apartado, como si cubriéramos dos enormes pasteles con una masa. Fue algo abyecto. Después nos quedamos de pie y nos quitamos la gorra a la orden del mayor y él pronunció unas palabras.

—Que Dios bendiga a esa gente —dijo—, y aunque nosotros hicimos el trabajo cumpliendo órdenes como era nuestra obligación, que Dios nos perdone.

—Amén —respondimos.

Anocheció, y aunque nos aguardaban horas de camino, no fue ningún fastidio coger nuestras monturas y cabalgar de vuelta.

Al día siguiente, nos despertaron temprano en el fuerte, nos quitamos la suciedad en los barriles de agua de lluvia y nos pusimos nuestras mejores galas para la fiesta. Es decir, nuestro uniforme habitual, limpiado lo mejor que podíamos, y Bailey, el barbero, cortó tantas greñas como pudo y afeitó tantos rostros como pudo también. Se había formado una larga cola de hombres en camiseta, aguardando su turno. El pelo se recogía en un saco de tela y luego se quemaba para eliminar los piojos que se corrían allí una juerga. Una vez que estuvimos preparados, pudimos coger nuestras monturas con prestancia y estilo para reunirnos en el pueblo. Trescientos hombres a caballo es algo digno de ver, y todos sentimos la grandeza del momento, supongo. Algunos habían bebido hasta dejarse medio hígado, aunque todavía éramos bastante jóvenes. Yo no había cumplido los dieciocho. Teníamos los traseros molidos por las duras sillas de montar. Nos dolía todo el cuerpo al despertar. Pero la pequeña grandeza que suponía la fila de soldados a caballo también nos afectaba. Nos ocupábamos de los asuntos de la gente, habíamos hecho algo por los demás. Algo así. Aquello, de alguna manera, enardecía los ánimos. La sensación de estar haciendo lo correcto. No era exactamente justicia. Pero sí cumplir los deseos de la mayoría, algo por el estilo, no lo sé. Eso fue lo que sentimos. Aunque aquello pasó hace ya mucho tiempo. Pero parece que lo estoy viendo ahora justo ante mis ojos.

El mayor soltó a Watchorn y a Pearl para los festejos. Por lo visto, pensó que era lo más adecuado. Dijo que se ocuparía de ellos más tarde. ¿Adónde iban a escapar? No había nada a nuestro alrededor, solo la nada.

Tengo que decir que fue maravilloso cómo se organizó el pueblo para recibirnos. Colgaron estandartes a lo largo de la pequeña calle y encendieron varias linternas que habían fabricado con papel de embalaje usado con las llamas ardiendo como almas. El capellán pronunció una emotiva oración al aire libre y el pueblo entero se arrodilló, allí mismo, y cantó alabanzas al Señor. Eran los elegidos de la humanidad para habitar ese lugar: los indios ya no tenían cabida allí. Sus billetes habían sido rescindidos y los alguaciles de Dios habían recuperado los papeles por sus almas. Sentí un leve ápice de tristeza por ellos. Sentí una extraña pena por ellos deslizándose dentro de mí con amargura. Siete horas bajo tierra en las fosas, dominada por las secuoyas y el silencio rasgado por el graznido de los pájaros y el paso de otros animales. El solemne espanto de todo ello quizás. No había ningún capellán que rezara con júbilo por ellos. Eran los chicos con la baza perdedora. Una vez cumplidos esos pormenores, el pueblo se levantó y se puso a celebrar con alegría; y entonces estalló una vorágine de gente comiendo carne y abriendo barriles, y todo el alboroto que cabía esperar. Bailamos, nos dimos palmadas en las espaldas unos a otros, contamos viejas historias. Los hombres escuchaban, todo oídos, hasta que estimaban que podían soltar una carcajada. Entonces no creíamos que el tiempo fuera un bien que tuviera fin, sino algo que duraba para siempre; todo se había detenido en ese momento. Es difícil explicar lo que quiero decir con eso. Echas la mirada atrás a todos esos años infinitos en que nunca tuviste ese pensamiento. Ahora lo hago mientras escribo estas palabras en Tennessee. Pienso en los días sin final de mi vida. Ahora ya no es así. Me pregunto qué palabras dijimos tan a la ligera aquella noche, qué rotundas necedades proferimos, qué gritos de borrachos soltamos, qué estúpida alegría albergamos, y cómo John Cole podía ser entonces tan joven y más guapo que ningún ser humano que haya vivido jamás. Joven, y eso nunca podrá olvidarse. El corazón alegre y el alma cantarina. Lleno de vida y feliz como las golondrinas bajo los aleros de la casa.

El ejército pretendía que afrontáramos el invierno en el fuerte y, con la llegada de la primavera, ver qué más podíamos hacer para apaciguar el país. Aunque haya dado la impresión de que los yuroks eran gente bajita e inútil, escuchar a los habitantes del pueblo, sin embargo, nos hizo sospechar que quizá los indios no siempre fueran tan tolerables. Por todas partes corrían historias de violaciones y robos, como repentinas y feroces incursiones en asentamientos lejanos. A no ser que hubieras sido testigo de ello, ¿cómo saber lo que había de verdad en aquellos rumores? En todo caso, a su debido tiempo llegó una manada de ganado de cientos de reses, conducida desde el sur de California en una requisa para el ejército. Era para nuestro sustento. En el día de san Juan, recibí una carta del señor Noone, tal y como había prometido. Con todas sus noticias. Había agua potable bajo la densa capa de hielo. Todas las tiendas se mantendrían frescas con esas bajas temperaturas. Había un bosque de madera para quemar. Lavamos nuestras camisas y pantalones, y cuando salimos para recogerla de los arbustos, la ropa estaba tan tiesa como cadáveres helados. Unas pobres vacas murieron congeladas de pie, allí mismo, como si hubieran mirado a la cara de la antigua Medusa. Algunos hombres perdieron la paga de tres años jugando a las cartas. Apostaron sus botas y luego suplicaron clemencia al vencedor. La orina se helaba nada más salir de la verga, y ay de aquel con una obstrucción o una mínima vacilación para defecar, porque enseguida se formaba un carámbano marrón en el trasero. El whisky seguía comiéndose los hígados. Era una vida tan buena como cualquier otra que hubiéramos vivido. Watchorn y Pearl se mezclaron con el resto, como si el mayor hubiera olvidado su falta. Los hombres de Misuri cantaban sus típicas canciones de Misuri, los rudos hombres de Kansas cantaban las suyas, y los tipos raritos de Nueva Inglaterra sin duda cantaban las antiguas canciones de Inglaterra, quién sabe.

La lluvia comenzó a caer con una fuerza extravagante y enrabietada. Aunque nos encontrábamos en tierras montañosas, cada pequeño arroyo se convirtió en una enorme y musculosa serpiente, y el agua quiso saberlo todo: el significado de nuestros tristes techos, por ejemplo; el sentido de nuestras literas, que comenzaban a adoptar la personalidad de pequeñas cortezas; el convencimiento de que, si llovía día y noche, ningún ser humano sería capaz de secarse el uniforme. Estábamos empapados hasta los tuétanos.

—Qué tiempo más loco en California. ¿Cómo es posible que alguien viniera aquí alguna vez? —dijo John Cole, con la voz de quien no ha elegido su destino precisamente.

Estábamos tendidos en las literas anteriormente mencionadas. Ahora que se suponía que la primavera estaba al caer, era un alivio que a nadie le quedaran unos dólares que perder a las cartas, salvo al condenado sargento, que se había embolsado casi todo. También había tiburones en otros estamentos de nuestra unidad: Patterson y Wilks, ambos jugadores de cartas condenadamente buenos. Ahora luchaban por mantener secas sus ganancias. Esos dólares yanquis tendían a oxidarse. La gruesa capa de nieve se derritió y esa agua también bajó.

A la mañana siguiente, John Cole me sacudió el brazo para despertarme.

—Tienes que hacer algo más que quedarte ahí tumbado —dijo.

El agua había subido hasta cubrir su catre y estaba a punto de engullir el mío. Olía a orina de rata, si la han olido alguna vez. Ahora que lo pienso, vimos a docenas de esos bichos nadando para intentar salvarse. Chapoteamos en la que llamaban plaza de armas. Los hombres salían de las letrinas mientras intentaban subirse los tirantes. Verán, no teníamos montículos donde resguardarnos. ¿Cómo es que se había inundado?, preguntábamos. Por la manera en que algún genio había construido el sitio. La verdad era que ahora que teníamos la lluvia y el agua del deshielo para verlo, el campamento estaba construido de un modo extraño. Imagínense una enorme forma festoneada, con colinas detrás, y lo que antes era el provechoso arroyo bordeando el muro exterior. Todo aquello se había borrado. Los centinelas nocturnos permanecían de pie en el muro con la mirada titubeante. Algún valiente cornetín tocó diana, pero ya estábamos todos condenadamente despiertos. De hecho, el mayor se abría paso a nado. Los trescientos hombres sopesaban subirse a los tejados, parecía la única posibilidad, y docenas de otros hombres treparon como pudieron a los árboles frondosos. Si tenían miedo a las alturas, no lo mostraron y treparon como monos en uniforme. John Cole y yo avanzamos entre las pesadas aguas y nos subimos a un árbol como el resto.

No habíamos terminado de trepar todos allí arriba cuando algo extraño se removió a lo lejos. Nadie había visto nada igual. Parecía como si alguien hubiese derramado el océano sobre el bosque, lo hubiese arrojado sin más; ahora el océano hacía lo inevitable en un sentido científico y bajaba, torrencial y furioso, hacia nosotros. Nos sentimos como trescientas criaturas diminutas y ridículas cuando vimos esa masa de agua, de pie sobre un puñado de tejados bajos. El mayor lanzaba sus órdenes casi a voz en grito, y después los sargentos las iban repitiendo y los hombres intentaban responder. Pero ¿qué había dicho el mayor? ¿Qué habían gritado los sargentos? ¿Adónde debíamos ir? Ya éramos ciudadanos de un mar poco profundo. La ola que se aproximaba nos parecía seis metros de muerte. La riada llegó a tal velocidad que no dio tiempo a apostar por ella. No se habría podido abrir el libro lo bastante rápido para apuntar la apuesta. Entonces esa criatura maligna y feroz alcanzó nuestro campamento y se extendió por todas partes, llevándose la mitad del bosque consigo. Árboles enteros, ramas, arbustos, osos, ciervos y Dios sabe qué más, pájaros y caimanes, aunque nunca había visto a un solo caimán allá arriba, a decir verdad. Lobos y gatos monteses y serpientes. Todo desaparecía con la crecida, todo lo que se podía desamarrar y mover. Los muchachos que estaban en los tejados tenían las peores cartas de todas; era como si la mano de la Naturaleza los barriera de la mesa de juego. Yo notaba cómo nuestros árboles se doblaban bajo la fuerza del agua, que ya alcanzaba los tres metros y medio de altura a nuestros pies. Dios mío, cómo se doblaba. Después se enderezaba. Parecíamos flechas a punto de salir disparadas. «¡Aguanta, John Cole! ¡Aguanta, Thomas!» Así que aguantamos, nos sujetamos, nos aferramos con todas nuestras fuerzas; el árbol enorme y viejo tronaba en las turbulentas aguas. Dudo que vuelva a oír en mi vida un sonido así: era casi musical.

Docenas de soldados debieron de ahogarse. Quizás Watchorn y Pearl hubieran deseado ser uno de ellos, pero sobrevivieron. John Cole y yo. Gracias a Dios, John Cole. El mayor y otros doscientos hombres más. Se salvaron sobre todo los hombres encaramados a los árboles. Los tejados eran demasiado bajos. Encontramos cadáveres durante las siguientes semanas, más abajo, a medida que iba descendiendo el nivel del agua de la riada. Los hombres del pueblo vinieron para ayudarnos a enterrar los cuerpos. Ellos no habían cometido la locura de levantar su pueblo en un terreno inundable. Creo que entonces comprendimos el origen de los surcos en el suelo festoneado. Malditos ingenieros.

Después, una insólita fiebre arrasó el campamento. Puede que fuera la fiebre amarilla, o algo parecido, un mal con querencia por la humedad. Por supuesto, todo el ganado había desaparecido, y todos nuestros bienes secos ahora eran bienes mojados. La gente del pueblo nos dio lo que pudo, pero el mayor decidió que debíamos regresar a Misuri, aunque la hierba escaseara en las praderas.

—El paseíto ha terminado —dijo secamente. El humor del mayor era lo más seco de todo el campamento.

El invierno apretaba en el mundo en todas partes y nos dirigíamos de vuelta a Misuri. Decir que éramos una tropa zarrapastrosa es quedarse corto. Quizás se nos estuviera castigando por nuestros actos execrables. Esta vez no había presas de caza más abajo en la montaña y pronto nuestras tripas rugieron de hambre. Eran semanas de viaje, así que nos asustaba lo que el hambre podría ser capaz de hacernos. Alguien como yo, que sabía lo que era pasar hambre, se asustaba más que nadie. Conocía de sobra los gélidos estragos causados por el hambre. El mundo engullía a muchas personas en ellos, y cuando se trata de matar o morir de hambre, si es cuestión de vivir o morir, da igual. El mundo tiene tanta gente que no necesita. Podríamos haber muerto de hambre allí mismo en las tierras baldías, en ese desierto que no era un desierto, en ese viaje que no era tanto un viaje como una huida hacia el este. En todas partes, las personas mueren a millares constantemente. Al mundo le importa más bien poco, le tiene sin cuidado. Me di cuenta de eso. Hay un gran lamento y sufrimiento y, luego, las aguas apaciguadoras lo cubren todo, el viejo padre Tiempo se lava las manos. Sigue inexorable hasta la siguiente cita. Nos conviene saber estas cosas, que uno puede esforzarse por sobrevivir. Solamente el hecho de sobrevivir es una victoria. Ahora que ya no puedo esforzarme así, echo la vista atrás a esa solitaria compañía de soldados que intentaba volver. Por muy desamparados y diezmados que estuvieran, había algo bueno. Algo que ni la riada ni el hambre podía aniquilar. La voluntad humana. Hay que rendirle tributo. Lo he visto muchas veces. No es tan infrecuente. Pero es lo mejor que tenemos.

Nos pusimos a rezar como sacerdotes o muchachas vírgenes para que nos cruzáramos con caravanas que viajaran rumbo al oeste. Solo que, en caso de que llegaran a pasar junto a nosotros, podrían estar, claro, escasas de provisiones. Pero necesitábamos ver otros rostros humanos. Kilómetros y kilómetros de arbustos secos de América y un terreno hostil y abrupto. A lo lejos, hacia el sur, a veces nos parecía divisar colinas cuadradas y apiladas; sabíamos que no debíamos internarnos por allí. Aquella era tierra apache y comanche con toda certeza. Los indios te servían de cena en cuanto te ponían el ojo encima. El mayor conocía a los delgados apaches, había luchado contra ellos durante quince años, nos contaba. «Seguramente la peor calaña de la que oirán hablar o que verán jamás», aseguraba. Dijo que hacían incursiones frecuentes en México y que machacaban a los granjeros. Mataban a todo aquel que se ponía en su camino y se llevaban a sus tierras el ganado, los caballos, las mujeres y, a menudo, los niños también. Desaparecían durante un mes, cabalgaban como fantasmas por las tierras espectrales. Se los podía perseguir con hombres y fusiles, pero nunca aparecían por ningún lado. Nunca se los veía. Te despertabas por la mañana y no quedaba un solo caballo atado; cincuenta animales se esfumaban por la noche y los centinelas aparecían tiesos como piedras en el mismo lugar donde habían estado sentados. Dijo que si te hacían prisionero, lo lamentarías. Te llevaban de vuelta a su poblado para divertirse, las mujeres con sus afilados cuchillos te rebanaban en multitud de puntos: era la muerte más lenta que existía. Te desangrabas sobre la cálida tierra de la pradera. O te enterraban hasta el cuello y dejaban que las hormigas te devoraran la cara, los perros te royeran las orejas y la nariz, si las mujeres no te las habían cortado antes. La cuestión era que un guerrero jamás debía gritar. Mostrar tu valentía al no chillar, eso era lo que pensaban que era un final digno. Pero los hombres blancos, los soldados de caballería, se ponían a gritar solo con ver a las mujeres acercarse navaja en mano. En cualquier caso, te esperaba la muerte de todas formas. Lo malo era que si a un guerrero le faltaba algo importante, si la cabeza se separaba del tronco por ejemplo, entonces no podría alcanzar las felices tierras de caza, según sus creencias. Por eso se cuidaban de cortar lo justo. Solo trozos pequeños. La oreja y un ojo, digamos, o te seccionaban los huevos. Para que pudieras ir al cielo a pesar de todo. El problema era que los bandidos mexicanos, los jinetes blancos y los hombres rudos de todo tipo, los malvados forajidos, los cuatreros asesinos y todos esos seres salvajes, omnipresentes en aquella época, pensaban que era mejor cortar en pedazos a un indio cuando lo mataban. Primero le quitaban la cabellera, y el pelo era algo sagrado para los indios. Arrancaban la cabellera. Una melena negra y sedosa, larga hasta la cintura, con parte del cuero cabelludo. Cercenaban la cabeza con un machete. Cortaban los brazos. Eso significaba no mostrar el menor respeto ni la menor consideración por la otra vida del guerrero. Ese tipo de cosas era lo que enfurecía a los apaches y a los comanches, y entonces salían a vengarse. Te cortaban los dedos uno tras otro. Te arrancaban los dedos de los pies, después los huevos y luego la verga. Lentamente, muy lentamente. Por todo ello, más valía no interponerse en su camino.

—Los hombres blancos no entienden a los indios y viceversa —dijo el mayor, mientras sacudía la cabeza con su tono tranquilo—. Eso es lo que trae problemas.

Pues ahora temíamos tanto a los indios como al hambre, aunque el hambre iba ganando de momento.

5

Imaginen nuestro espanto y angustia cuando divisamos en el horizonte a esos muchachos oglalas a lomos de sus caballos. Doscientos, quizás trescientos, allí esperando. Nuestros caballos estaban en los huesos. Les dábamos agua, pero poco más, y necesitan forraje de manera regular, hierba y esas cosas. A mi pobre caballo se le veían los huesos como si fueran barras metálicas que le sobresalían. Watchorn había sido un hombre bajito y rechoncho, pero ya no lo era. A John Cole se le podría haber utilizado como lápiz si hubiese sido posible introducirle una mina. Llevábamos un día en la pradera y los caballos solo tenían para mordisquear los primeros brotes de hierba. Apenas un centímetro. Era demasiado pronto. Estábamos ansiosos por ver carretas. Nuestro deseo más desesperado era toparnos con una manada de bisontes, comenzamos a soñar con bisontes, miles y miles de ellos, atravesando con fuerza nuestros sueños, y entonces despertábamos bajo la luz de la luna y no veíamos nada más, una luna amarilla como el orín y transparente en la gélida oscuridad. Las temperaturas cayeron en picado hasta el punto de que costaba respirar del frío que hacía. Los pequeños arroyos olían a hierro. Por la noche, los soldados dormían arracimados unos contra otros en sus mantas; parecíamos un montón de perros de las praderas, durmiendo juntos para proteger nuestra vida. Roncábamos por unas fosas nasales heladas. Los caballos pisoteaban una y otra vez el suelo y exhalaban zarcillos helados y flores de aliento en la oscuridad. Ahora, en estas otras regiones, el sol salía un poco antes, con más garra, como un panadero prendiendo fuego al horno de madrugada para que las mujeres del pueblo pudieran tener pan a primera hora. Señor, el sol salía puntual y macilento, no le importaba quien lo viera, desnudo, redondo y blanquecino. Después llegaron, atronadoras, las lluvias por los caminos, espoleando los nuevos brotes de hierba, golpeando como pequeñas y temibles balas, levantando la grava y la tierra del suelo en una virulenta danza. Las semillas de las hierbas bebían con ansia. Luego el sol emergía tras el aguacero, la extensa e infinita pradera humeaba con una extensa e infinita calima blanca y las bandadas de pájaros volaban y giraban, un millón de aves formando una nube; necesitábamos un trabuco para atrapar esos pequeños, veloces, maravillosos y negros pájaros. Cabalgamos y, durante todo ese tiempo, a lo largo de quince o veinte kilómetros, los oglalas avanzaron también, sin dejar de observarnos. Puede que se preguntaran por qué no nos deteníamos para comer. Es que no teníamos nada que comer. Fue el soldado Pearl quien se dio cuenta de que eran sioux. Dijo que los reconocía. No sé cómo fue capaz, viendo lo lejos que estaban. La riada se había llevado por delante a nuestros exploradores, que lo habrían sabido. Con nuestro esquilmado número de hombres, éramos doscientos o quizá menos. Hacía días que el mayor no pasaba lista. El sargento Wellington era el único que parecía indiferente. Si no se sabía una canción sobre las montañas de Virginia, se sabía cientos. Si no se sabía una canción sobre una pobre madre sola y moribunda con sus hijos lejos de ella, se sabía miles. Tenía una voz áspera, cruel, escalofriante, rabiosa y despiadada. Kilómetro tras kilómetro. Y los condenados sioux oglalas, o quienes fuesen, estaban allí fuera siguiendo nuestros dolorosos pasos. Yo comenzaba a pensar que supondría un grato alivio que cargaran contra nosotros y nos mataran. Al menos eso pondría fin a ese horrible aullido.

A media mañana de este lúgubre día, el sargento se anima de repente y deja de cantar. Señala a un hombre a caballo en la llanura, que se separa de un grupo a lo lejos. Sujeta un largo palo con una bandera que ondea en la brisa. El mayor manda parar a toda la compañía y ordena que nos agrupemos. Presenta ante el indio que se acerca la imagen de diez filas con veinte hombres a caballo y armados con los mosquetes a punto. El indio no parece dejarse impresionar y sigue avanzando hasta que lo distinguimos con absoluta nitidez. De pronto, se detiene a mitad de camino y aguarda, con su caballo agitándose como suelen hacer. Mueve la cabeza, inquieto, retrocede un paso y, de nuevo, el jinete lo sujeta con firmeza. Se encuentra justo fuera del alcance de los mosquetes. El sargento está deseoso de probar suerte con un disparo, pero el mayor levanta la mano. Después el mayor espolea a su caballo, da unos pasos al frente y cruza esas tierras polvorientas. El sargento se muerde el labio, porque esto no le está gustando nada, pero no puede emitir objeción alguna.

—El mayor se cree que los indios son caballeros como él —sisea.

De modo que esperamos allí sin movernos y, claro, las moscas nos encuentran rápidamente y, si bien nosotros no tenemos nada que zampar, ellas se ponen las botas. Orejas, caras, dorsos de las manos reciben un buen repaso. Malditos bichos negros. Pero apenas les prestamos atención; todos los hombres permanecen inclinados hacia adelante en sus monturas, como si pudieran oír la conversación que se dispone a tener lugar, aunque es imposible. A lo lejos vemos al mayor, que llega a la altura del jinete y se detiene; vemos cómo la boca del indio se mueve, asiente con la cabeza y gesticula con las manos en la lengua de signos. El ambiente es tan tenso que incluso las moscas dejan de incordiar. La pradera se queda en un silencio digno de una biblioteca. Solo se oye el murmullo de las largas hierbas doblándose primero hacia un lado y luego hacia el otro, desvelando sus oscuras entrañas y escondiéndolas, una y otra vez. Con un suave susurro. Pero lo más importante está en el cielo: un cielo infinito, que seguramente se extienda de aquí al paraíso. El mayor y el indio parlamentan durante unos veinte minutos, hasta que, de pronto, el mayor da media vuelta y regresa al trote. El indio lo observa unos instantes; el sargento apunta al indio, pero no hay ninguna premura; el indio hace girar la cabeza de su poni y se reúne tranquilamente con los suyos. El mayor avanza con elegancia, tiene un gran caballo, una de esas monturas caras, aunque también está más flaco.

—¿Qué noticias trae? —pregunta el sargento.

—Quería saber qué estamos haciendo ahí fuera —responde el mayor—. Por lo visto estamos más al norte de lo que pensábamos. Con estos indios no hemos firmado un tratado.

—Estos son unos malditos bastardos hijos de perra, eso es lo que son —replica el sargento, y escupe.

—Bueno, dijo que tenían carne y que nos darían un poco —responde el mayor.

El sargento no parecía tener respuesta a eso. Los hombres estaban perplejos y aliviados. ¿Podía ser verdad? Desde luego, vimos cómo los indios dejaban ahí la carne. Después fuimos a buscarla, cuando ellos ya habían desaparecido por completo. Se esfumaron como suelen hacer. Los cocineros y los encargados de las hogueras se pusieron manos a la obra y pronto tuvimos bisonte asado. Lo arrancábamos algo crudo del fuego, pero nos daba igual.

Comer sin más era un placer demencial y salvaje. Masticar algo sustancial de verdad. Fue como comer por primera vez en nuestra vida. La leche materna. Todo lo que éramos y había comenzado a escurrirse de nosotros por el hambre regresaba. Los hombres volvieron a hablar y luego retornaron las risas. El sargento fingió enfadarse y mostrarse turbado. Dijo que la carne seguramente estaría envenenada. Pero no lo estaba. El sargento añadió que, desde luego, no había quien entendiera a los indios. Habían tenido la oportunidad de matarnos y no la habían aprovechado. Malditos taparrabos estúpidos, hasta los coyotes tenían más sesera. El mayor debió de optar por no decir nada. Se quedó callado. Las doscientas dentaduras masticaban a destajo. Engullían enormes trozos ennegrecidos y las tripas se hinchaban.

—Bueno, tengo que decirlo —declaró el soldado Pearl—. A partir de ahora me caen bien los indios.

El sargento lo fulminó con ojos de lobo.

—Todo hay que decirlo, me caen bien los indios —repitió Pearl.

El sargento se levantó con grandes aspavientos y se alejó para sentarse solo en un montículo cubierto de hierba.

—Habrá que recordar este día como un día feliz.

Calculamos que debíamos de encontrarnos a cuatro o cinco días de distancia de la frontera, a apenas un corto trayecto a caballo hasta Misuri y lo que llamábamos casa, cuando se desató una tormenta sobre nosotros. Fue una de esas negras y gélidas tempestades, que helaba todo lo que tocaba, incluidas las partes del cuerpo que quedaban al descubierto. Nunca he montado a caballo con tanto frío. No teníamos donde resguardarnos, así que nos vimos obligados a seguir adelante. Después del primer día, la tormenta decidió empeorar. Convirtió el mundo en una noche perpetua, pero cuando llegó la noche verdadera, la temperatura descendió posiblemente hasta los cuarenta grados bajo cero, no lo sabíamos con exactitud. Nuestra sangre nos decía que estaba rozando el final de la escala. La sensación de congelarse es muy extraña. Nos cubrimos la boca y el cuello con pañuelos, pero después de un rato dejó de surtir efecto. Se nos helaron los guantes y pronto los dedos se nos quedaron pegados a las riendas como si nuestras manos hubieran muerto y fueran su recompensa. No las sentíamos, lo cual podía ser hasta una bendición. Las gélidas cuchillas del viento habrían afeitado las barbas y bigotes de los hombres si no se hubieran solidificado ya en metal. Todos nos pusimos blancos, congelados desde la punta de los pies hasta la coronilla, y los caballos negros, grises y pardos también se pusieron blancos. Los mantos de escarcha blanca no resultaban en absoluto reconfortantes. Imaginen a doscientos hombres montando a caballo en medio de esa ventisca. Las mismísimas hierbas crujían bajo los cascos de los animales. En lo alto, la luna blanca e incandescente atravesaba, fugaz, el cielo negro y desgarrado por una fuerza invisible. Nos daba miedo abrir la boca durante un segundo por si la humedad se congelaba y nos la dejaba petrificada y abierta. A la tormenta le quedaba mucha llanura por recorrer y todos los días del mundo para hacerlo. Debió de ser tan ancha como dos países. Pasó por encima y a través de nosotros. Pero si no hubiera sido por las vituallas de los indios, habríamos muerto al segundo día. Aportaron suficiente leña a nuestras tripas para llevarnos hasta el otro lado. Después nos topamos con otro problema. Un sol cegador siguió a la tormenta, y parecía como si nuestras ropas estuvieran medio derretidas, deshilachándose. Muchos de los hombres padecieron espantosos dolores en cuanto el hielo se derritió sobre ellos. El rostro del soldado Watchorn estaba tan colorado como un rábano, y cuando le quitamos las botas, vimos que sus pies tampoco tenían buen aspecto. Al día siguiente, tenía la nariz tan negra como el hollín. Parecía como si llevara algo encima, algo ardiendo, negro y doloroso. Se negó a volver a ponerse las botas ni por todo el oro del mundo, y no era el único en estar agonizando. Había docenas de hombres maltrechos. Pronto llegamos a un río que separaba la frontera en aquella parte del mundo y la columna se adentró en esas aguas poco profundas. El río medía tres kilómetros de ancho y tenía más o menos treinta centímetros de profundidad. Los caballos levantaban el agua y enseguida acabamos empapados. Aquello no le sentó nada bien al soldado Watchorn y ahora chillaba de dolor. Atravesaba un calvario que no había hombre capaz de soportar. Había otros en tan mal estado como él, pero a Watchorn en cierta medida le había afectado más a la cabeza, y cuando alcanzamos la otra orilla, el mayor nos ordenó bajarlo del caballo y amarrarlo lo mejor que pudiéramos, porque Watchorn ya no era exactamente una criatura humana. Nos causaba auténtico pavor. Con unos espantosos aullidos y un sufrimiento tan atroz que, de alguna manera, nos parecía sentirlo también en nuestras carnes. Después, lo maniataron porque se puso a darse golpes en la cabeza con las manos y tuvo que sufrir la humillación de verse tirado bocabajo en su montura. Luego, con una extraña misericordia, se sumió en un sueño y en ese estado llegamos a nuestro destino, muy desharrapados y atormentados. En el hospital del fuerte, durante los siguientes meses, los hombres perdieron dedos de los pies y de las manos. Congelación, lo llamaba el médico. Más bien una carnicería por culpa del maldito frío. El soldado Watchorn y otros dos no lograron superar el verano. Se coló la gangrena, y con esa no hay soldado que quiera bailar. Y luego nos encontramos en el velatorio, como ya he contado, todos acicalados con los uniformes de recambio; a Watchorn le habían puesto una nariz de cera y afeitado a conciencia, por cortesía del embalsamador. Pero con aspecto atildado a pesar de todo. Sí señor, se llevaban la palma.

Supongo que al pobre soldado Pearl le tocó peor destino. El mayor no se había olvidado después de todo. Consejo de guerra, y aunque los oficiales que lo presidían no tenían verdadera idea de cuál podía haber sido la ofensa, dado que el soldado Pearl había salido victorioso en un combate contra los indios, algo en el tono altamente moral del mayor se inmiscuyó en el proceso y entonces Pearl tuvo las de perder. Nos ordenaron a otros cinco soldados y a mí ejecutarlo. Lo afrontó con nobleza. Se parecía un poco a Jehová porque en cautiverio le había crecido una larga barba negra que le llegaba hasta el pecho. Le disparamos a través de la barba para alcanzarle en el corazón. Se acabó Joe Pearl. Su padre vino desde Massachusetts, de donde era la familia, y se llevó el cuerpo a casa.

John Cole dijo que ya había tenido bastante lucha contra los indios por el momento, pero debíamos servir el tiempo que habíamos firmado y teníamos que estar conformes con eso porque sí.

—Aunque en el ejército nos hacemos más pobres y más feos, siempre es mejor que morir fusilado —afirmó.

6

Puedes estar harto de cualquier cosa todo lo que quieras, supongo, pero las Parcas dicen que has de volver ahí para que te lo restrieguen en la cara. ¿Cómo era posible que abandonáramos de nuevo la comodidad de Jefferson para vagar otra vez casi por el mismo camino que habíamos recorrido en medio de tantas penalidades? Esa podría haber sido una buena pregunta. Cosas del ejército. En fin, habíamos pasado tres meses en el cuartel y eso era ya un gran legado. Unas manos sabias y ancianas trajeron unas pieles de oso. No iban a congelarse de nuevo como el difunto soldado Watchorn. El ejército no tenía buena ropa de abrigo que ofrecernos. Se supone que nos iban a dar labores de lana, pero nunca las vimos. Primero el condenado sargento Wellington dijo que éramos unos hijos de perra que nos merecíamos morir congelados. Cada hombre sin excepción recibió una hoja de papel impresa con los trajes salvavidas que supuestamente debían llegar al cuartel de inmediato. Nunca llegaron, maldita sea.

—No te puedes abrigar con una imagen —dijo John Cole, mi galán.

Pero ahora había llegado la época en que todos esos corazones esperanzados marcharían a recoger pepitas de oro de lugares prohibidos, como ellos creían. Ese año hubo tantos como nunca se había visto. Si alguna vez han visto a tres mil muchachos blancos con rostros pálidos y sus familias, sabrán a lo que me refiero. Era como si se fueran de pícnic, pero la pradera se hallaba a seis semanas de distancia y la muerte estaba asegurada para muchos de ellos. Nos dijeron en San Luis que tomáramos una ruta por el norte, porque cada brizna de hierba entre Misuri y Fort Laramie había sido devorada por los miles y miles de caballos, ganado, bueyes y mulas. Muchos soldados nuevos del sexto regimiento, muchos irlandeses melancólicos, grandotes y morenos en general. Bromean, con las típicas chanzas de los irlandeses, pero detrás se esconden en alguna parte los siniestros lobos que acechan, los lobos del hambre bajo las lunas del hambre. Debemos aumentar la presencia militar en Fort Laramie porque se espera una importante concentración de indios en las llanuras. El mayor y el coronel les van a pedir que dejen de matar a los condenados inmigrantes.

El coronel envía mensajeros a cada tribu que conoce y haya pisado la senda del hombre blanco. Acuden miles, atraídos por la necesidad y el hambre. Todo el asunto se organiza unos kilómetros al norte del fuerte en un lugar llamado Horse Creek. El coronel despliega el ejército en la margen inferior del río. Allí levantamos las hileras de tiendas. El sol de verano se reclina sobre todas las cosas y achicharra las lonas; y si uno consigue dormir por la noche es que está muerto. En ese punto es un río tranquilo y no cuesta mucho cruzarlo. El coronel envía a los hombres del gobierno y a los comerciantes en busca de oportunidades, de un lado a otro, a cruzar las aguas hasta el lugar donde pide a las tribus que levanten sus carpas. Ahora quizá haya tres o cuatro mil viviendas puntiagudas engalanadas con pieles pintadas y estandartes. Los famosos shoshones, los altivos muchachos sioux tanto tetones como oglalas, los arapahoes, los assiniboines llegados desde Canadá, todos resplandecían bajo el sol del mediodía con sus mejores galas. El mayor conoce a los oglalas porque es la misma gente que nos dio de comer cuando pasamos aquel momento de apuro. Se encuentra aquí el mismo jefe, Atrapó Su Caballo Primero. Y el ruido que nos llega de todos ellos es una sonora música en sí misma. Se levanta un toldo especial y allí se sientan los oficiales con sus mejores uniformes. Se puede contemplar con todo lujo de detalles el amplio abanico formado por las espaldas cubiertas de mantos de los jefes entre las sombras y los rostros quemados por el sol de los oficiales, que miran de manera circunspecta debajo del ala de sus sombreros, cada uno adoptando una postura taciturna y un aire de solemne gravedad. Se pronuncian discursos grandilocuentes, mientras la infantería montada y la caballería aguardan a una distancia respetuosa y, en la otra orilla, las tribus esperan sentadas en un silencio como los que preceden a una tempestad, cuando la tierra inspira profundamente y aguanta la respiración. Por todo el valle retumba la voz del coronel. Se ofrecen rentas anuales y abastecimiento de comida a cambio de dejar pasar a los inmigrantes. Los intérpretes hacen su trabajo y se alcanza un acuerdo. Al coronel se le ve muy satisfecho. Todos pensamos que nace un nuevo día en las llanuras y nos sentimos felices de creer que pueda ser así. Los indios están cansados de tantas matanzas, y nosotros también.

Starling Carlton, uno de los tipos de nuestra compañía, dice que el coronel se da tantas ínfulas que podría salir levitando. Pero a los soldados les gusta verlo todo con malos ojos. Les estimula. No repetiré lo que dijo el sargento de todo esto, solo que fue el único hombre verdaderamente infeliz.

En unas colinas exultantes y teñidas de púrpura, pincelada a pincelada el largo día se va sumiendo en la oscuridad y las hogueras comienzan a refulgir en las praderas. En esa hermosa noche azul hay muchas visitas, y los guerreros indios están orgullosos y dispuestos a ofrecer a un soldado solitario una mujer india el tiempo que le dure la pasión. John Cole y yo nos buscamos un rincón apartado de miradas indiscretas. Después, con la paz de los hombres tras aliviarse de toda ansia, nos paseamos entre las tiendas de los indios, escuchamos la respiración de los niños dormidos y observamos en secreto los asombrosos seres que los indios llamaban *winkte* y los hombres blancos *berdaches*, que son guerreros vestidos con ropas de mujer. John Cole los mira fijamente, pero no quiere prolongar la mirada por miedo de ofenderlos. Pero parece un caballo de tiro ante un montón de tojos. Despierto como nunca lo he visto antes. Los *berdaches* se ponen ropa de hombre cuando van a la guerra, eso sí lo sé. Cuando termina la contienda, vuelven a ponerse el vestido resplandeciente. Seguimos avanzando, pero él continúa temblando como un niño resfriado. Dos soldados caminando bajo los radiantes clavos de las estrellas. La cara alargada y los pasos largos de John Cole. La luz de la luna no puede favorecerle más, porque él ya es hermoso de por sí.

La mañana siguiente consiste en una entrega de regalos a los indios. Un hombre llamado Titian Finch ha llegado con un daguerrotipo para dejar constancia de esos clementes días. Fotografía a las tribus reunidas en grandes asambleas y el mayor se hace un retrato junto a Atrapó Su Caballo Primero como si fueran viejos amigos. Una luz blanca, como el pecho de una doncella, impregna el país. Tienen que acercarse mucho. Un indio desnudo y un mayor con trenzas. Posan de pie uno al lado del otro con cierta seriedad informal; la mano derecha del indio agarra la manga bordada de plata del mayor, como si le advirtiera de algún peligro o le protegiera de él. Titian Finch les pide a ambos que se queden quietos como piedras y, durante un eterno segundo, ahí están, la mismísima imagen de ecuanimidad y gratitud humana.

Después, se acabaron estos actos amistosos, los indios se dispersaron y nosotros volvimos a la rutina de todos los días. Nathan Noland, Starling Carlton y Lige Magan, el tirador de primera, eran muchachos del regimiento que se acercaron a John Cole y a mí en aquella época. Porque fue entonces cuando John Cole comenzó a dar muestras de la enfermedad que lo aquejaba. Se veía obligado a permanecer acostado durante unos días porque no le quedaba ni un ápice de aliento. El doctor no sabía qué le pasaba. Una serpiente de cascabel podría recorrerle el pecho sin que él moviera un músculo para impedirlo. Los chicos que he mencionado anteriormente fueron los que mostraron preocupación por la gravedad de la situación de John Cole. John Cole el *Guapo,* lo llamaban. Pidieron al cocinero que le preparara caldos y más cosas. Se lo llevaban como si fuera un emperador. Por no decir que Lige Magan y el resto de los chicos eran a veces unos pobres borrachos, asolados por la gonorrea, quejumbrosos y derrengados. Vaya sí lo eran. Puedo decir que Lige Magan era el que mejor me caía. Su nombre completo era Elijah[4], por lo que supongo que hacía maravillas. Un chico de Tennessee, de unos cuarenta y cinco años y con una agradable cara de buey. Su familia criaba cerdos hasta que el precio de los puercos se desplomó. Por lo que yo veía, en América siempre se estaban desplomando cosas. Así era el mundo, nervioso, algo despiadado. Siempre en movimiento. No esperaba por nadie. Entonces John Cole recobró fuerzas y era como si nada le hubiera aquejado. Y otra vez se venía abajo. Y otra vez arriba. Era un constante vaivén.

Entrábamos en el otoño y esos indios con los que se había firmado un tratado tuvieron que dar paso en sus poblados a

---

[4] Elijah es la versión anglosajona del nombre Elías, profeta bíblico *(N. de la T.).*

esa vieja asesina llamada Hambruna. Esa asquerosa, descarnada y malvada criatura que viene a cobrarse vidas. Porque los prometidos alimentos del gobierno llegaban tarde o nunca. El mayor se mostraba enfadado y atormentado. Sentía que su corazón honrado había hecho promesas.

Fue durante una época de escandalosos aguaceros cuando llegaron los primeros problemas. Cogimos nuestras monturas para salir en su busca. Las tormentas rasgaron el cielo y del reino celestial cayeron cubos de luz sobre ese paisaje que no tenía muros ni fin. Con su mandil de granjero, Dios esparcía las grandes semillas de luz dorada. Las recónditas tierras más allá de las montañas exhalaban un vigoroso aliento blanco. Nathan Noland, con sus tiernas orejas ya destrozadas por años de disparos de mosquete, se quedó sordo durante tres días seguidos. Cabalgamos en un magullado resquicio de calma entre esa voraz exhibición y el repiqueteo de la lluvia que estaba por llegar. Entonces la lluvia aplastó la hierba como la grasa del oso alisaba el pelo de la mujer india. El sargento Wellington ahora estaba feliz porque los sioux de algún poblado del oeste se habían abalanzado sobre unos inmigrantes extraviados y les habían arrancado su vida llena de esperanzas. De modo que el coronel había puesto a su cargo cincuenta hombres y ordenado que fuera a poner fin a aquello. Al parecer era cosa de esos amigos oglalas del mayor, pero eso no impidió la orden.

Primero el teniente nos divide en dos compañías y se lleva a veinte hombres rumbo al oeste que le marca la brújula, mientras que el sargento y nosotros salimos bordeando las hoces de un pequeño río, donde cree que podría encontrarse el poblado. Parece que el curso del río discurre unos quince kilómetros hacia el noreste. Toda la tierra ha comenzado a soltar vapor porque la luz del sol calienta el agua de la lluvia. Las hierbas vuelven a enderezarse casi a simple vista. Un vigoroso despertar. Se parece a tres mil osos saliendo del invierno. El río mismo fluye con la furia de unos toros aguijoneados, abriéndose paso entre las rocas empapadas. Los sabaneros alborotan por todas partes con aires de satisfacción y los mosquitos revolotean en enormes masas por doquier. No estamos animados porque las rocas que nos dominan favorecen al enemigo. La historia da cuenta de ello. Esperamos ver aparecer a los salvajes del sargento en cualquier momento. Pero seguimos avanzando todo el día y nos adentramos más en la tierra, donde ya no hay arroyos, solo el abrasador silencio de las llanuras. Después el contrariado sargento nos ordena volver sobre nuestros pasos y maldice haber dejado que los nuevos exploradores pawnees se fueran con el teniente. Son unos muchachos muy elegantes con buenos uniformes mucho mejores que el mío. Pero el teniente se los ha llevado.

—Los hombres blancos no sirven para rastrear como ellos campo a través —dice, sobresaltándonos. Suena como una plegaria.

Montamos el campamento allí donde nuestros caminos se han bifurcado y dormimos lo mejor que podemos con los mosquitos a modo de gorros de dormir. Somos hombres felices de levantarse de madrugada. Nos lavamos las exhaustas caras en las aguas del río, que ahora se han calmado tras las horas transcurridas. Las lluvias caídas deben de haber seguido su curso hacia el río Platte y, sin duda, desembocado rápidamente en el Misuri. Resulta extraño pensar en eso mientras intentamos afeitarnos las mejillas con cuchillas romas en las aguas burbujeantes. El guapo John Cole silba un vals que no lo abandona desde Nueva Inglaterra.

Después nos quedamos fisgoneando por allí mientras esperamos a que regrese el teniente. El sargento nos ordena secar las gotas de lluvia que acechan nuestros sables porque de lo contrario lo más seguro es que se oxiden. Luego alimentamos a los caballos lo mejor que podemos. No hay un solo soldado de caballería que no sienta cariño por su caballo. Incluso un animal con esparaván es querido. Y ya no tenemos mucho más que hacer. Lige hace de nuevo gala de sus habilidades con las cartas y deja limpio a Starling Carlton. Pero solo apostamos briznas de hierba, no nos queda dinero hasta finales de mes, si es que llega para entonces. Los exploradores pawnees estuvieron a punto de largarse el mes anterior porque no les había llegado la paga, pero luego vieron que nosotros tampoco habíamos cobrado nada y se tranquilizaron. A veces, cuando uno se encuentra lejos de las dulces campanas del pueblo, no le llega nada. Da la sensación de que se han olvidado de nosotros. Los condenados muchachos de azul.

Así que el sargento nos ordena montar y, cuando estabilizamos a los caballos, enfilamos el mismo camino que tomó el teniente; seguimos las huellas de los caballos lo mejor que podemos teniendo en cuenta que el fuerte aguacero las ha borrado. A la lluvia le gusta mostrarse discreta y no enseñar el camino. Pero seguimos adelante con el sargento profiriendo improperios todo el rato. El sargento se queja de tener la tripa hinchada y dura estos días, dice que es el hígado. Por cómo bebe whisky, bien podría serlo. De todos modos, la juventud le ha abandonado y parece un anciano. Es como si tuviéramos diez caras para lucir a lo largo de nuestra vida y nos las fuéramos poniendo de una en una.

A los tres kilómetros, comenzamos a sentir el peso de los grilletes del calor, tan tórrido que la tierra empieza a centellear como en el desierto. Tenemos el sol casi detrás de nosotros hacia el sur, lo que supone cierto alivio. No hay un solo hombre entre nosotros al que no se le haya despellejado la nariz cientos de veces. La grasa de oso es mano de santo para eso, pero apesta a culo, y además hace mucho tiempo que no vemos ningún oso.

—¡Santo Dios! —dice Starling Carlton—. Qué calor.

Y entonces empieza a hacer aún más calor. Uno nota cómo se va asando la espalda. Una pizca de sal y unos ramitos de romero, y ya está lista la cena. Dios Todopoderoso, qué calor. A mi caballo no le gusta mucho y comienza a dar algún que otro traspié. El sargento monta una bonita mula que se agenció en San Luis porque dice que las mulas son mejores, y no anda equivocado. Avanzamos despacio mientras el sol nos golpea sin que nadie pueda impedirlo. En las llanuras, se podría arrestar al sol por intento de asesinato. Maldita sea. De repente Starling Carlton se cae del caballo. Si él supiera cuándo nació o tuviese un papel que lo dijera, se podría comprobar que no tiene muchos años. Se cae de golpe de la montura sobre la tierra polvorienta. El sargento y otro soldado lo vuelven a colocar, le dan agua de la cantimplora y el pobre pone cara de desconcierto y vergüenza, como una muchacha que se tira un pedo en medio de la iglesia. Pero tenemos demasiado calor como para reírnos de él. Reanudamos la marcha. Entonces el sargento cree ver algo a lo lejos. La verdad es que el sargento es tan bueno como un explorador a la hora de ver cosas, pero no nos gusta decírselo. Así que desmontamos y conducimos nuestros caballos formando una fila, que procuramos mantener lo mejor posible, hacia una hilera de matorrales y pedruscos que serpentea hasta lo que sea que haya visto el sargento. Tenemos los pies hinchados dentro de las botas y ahora nos suda cada centímetro de piel hasta los mismos ojos.

A unos cuatrocientos metros, el sargento se detiene y reconoce el terreno. Dice que no advierte ningún movimiento, solo muchas tiendas indias, y nosotros también las vemos: unas formas negras que despuntan hacia la formidable inmensidad blanca del cielo. No le gusta lo que ve. Brama una rápida orden y nos subimos a las monturas sin dilación; ya no sentimos el menor calor. El sargento manda formar dos filas y, ¡Dios santo!, nos da la orden de cargar. Allí fuera, en la silenciosa pradera, con el permanente viento como música, va y nos ordena cargar. ¿No hay una vieja historia sobre unos molinos de viento? Pero azuzamos los flancos de nuestros caballos hasta dejarles arañazos con gotas de sangre. Los caballos despiertan de su estupor y captan el ambiente. El sargento grita «¡Desenvainen sables!» como hace él y ahora mostramos nuestras treinta espadas al sol y los rayos hacen relucir cada centímetro de las hojas. El sargento nunca ha dado esa orden desde que estamos con él porque, puestos a dejarse ver, lo mismo da encender una hoguera que desenvainar una espada a la luz del sol. Pero algo lo inquieta. De repente nos invade de nuevo un viejo instinto vital que teníamos olvidado. Un aire de hombría impregna nuestra piel. Algunos no pueden evitar chillar y el sargento nos grita que mantengamos la fila. Nos preguntamos qué estará pensando. Enseguida nos encontramos en las inmediaciones del poblado, entrando a saco en cuestión de segundos, como jinetes en un viejo cuento, arrasándolo todo. De pronto observamos el centro. Tiramos de las riendas a toda prisa. Los caballos responden caprichosos y nerviosos, resoplan y dan tantas vueltas que cuesta mantener la mirada en lo que hay que ver. Y lo que hay que ver, según parece, son nuestros veinte soldados de caballería aniquilados. Yacen muertos en el centro del campamento, todos los cuerpos amontonados, como si les hubieran disparado por sorpresa, ya que casi todas las cabezas miran en una misma dirección. Además, la cabeza del teniente ha sido cercenada del cuerpo. Han desaparecido sombreros, cinturones, fusiles, sables, botas y cabelleras. Nathan Noland yace con su barba cobriza y los ojos abiertos de par en par mirando al sol. Un tipo alto y enjuto de Nueva Escocia. D. E. P. Un halo de sangre oscura. Allí solo hay dos indios, muertos y bien muertos. Nos extraña que los indios no se llevaran a sus muertos. Debe de haber algo raro en ello. Por lo demás, el campamento está vacío. Se pueden ver las huellas de los postes que han dejado los indios al marchar. Tuvieron que huir tan rápido que nos les dio tiempo a llevarse las tiendas. Todavía quedan aquí y allá algunos calderos sobre un fuego aún encendido. El sargento desmonta y deja que se aleje la mula. Por él puede irse hasta el mismísimo Jericó. Se quita la gorra y se rasca la calva con la mano derecha. Con lágrimas en los ojos. Que Dios tenga piedad.

7

Recorremos el campamento arrastrando los pies, intentando averiguar lo que ha pasado y buscando pistas. No sabemos si los indios están cerca o si van a volver. De pronto encontramos a un soldado en una tienda, hasta donde debió de arrastrarse en busca de refugio. Es como un milagro, y por un momento un sentimiento de euforia inunda mi pecho. Tiene una bala en la mejilla, pero todavía respira.

—¡Caleb Booth está vivo! —grita el hombre que lo encuentra.

Todos nos arracimamos ante la portezuela de la tienda. Vamos a buscar un poco de agua, luego el sargento le levanta la cabeza e intenta que beba un sorbo, pero la mayor parte del agua resbala por la mejilla.

—Dimos con ellos a primera hora de la mañana —murmura Caleb Booth.

Es joven, como John Cole y yo, así que no comprende eso de morirse. Seguramente cree que saldrá adelante. Quiere contarnos la historia. Dice que los exploradores pawnees se marcharon por alguna razón y entonces el teniente los dirigió directamente al poblado y preguntó al jefe si tenía algo que ver con la matanza de esos inmigrantes. El jefe respondió que sí, porque se movían por tierras prohibidas en el tratado, y preguntó por qué lo hacían y que si, por Dios, eso no le daba todo el derecho a matarlos. Caleb Booth cuenta que el teniente simplemente perdió los nervios al oír mencionar al Señor y disparó al hombre que se encontraba junto al jefe. Entonces el indio lanza un grito y aparece una docena de guerreros que estaban escondidos dentro de las tiendas sin que lo supieran; estos se precipitan fuera pegando tiros y solo tienen tiempo de matar a otro indio antes de que todos los soldados caigan muertos. Caleb yace en la hierba bocabajo y se queda muy quieto. Luego los indios se marchan a toda prisa y Caleb se arrastra dentro de la tienda cuando el sol comienza a elevarse en el cielo, ya que no desea morir achicharrado. Sabía que vendríamos, dice, lo sabía. Se alegra mucho de vernos. Entonces el sargento le palpa alrededor de la herida para ver dónde ha ido a parar la bala, que parece que le ha atravesado y ha salido por alguna parte. Salió volando como una piedra preciosa por las llanuras. El sargento asiente con la cabeza como si alguien le hubiese preguntado algo.

Cavar fosas para diecinueve hombres en una tierra que nunca ha sido removida es un arduo trabajo. Pero los cuerpos ya comienzan a hincharse y no tenemos una carreta para llevarlos a casa. Recogemos las tiendas y todas sus cosas, las amontonamos y prendemos fuego. Lige Magan dice que ojalá los taparrabos vean el humo y vengan corriendo a salvar sus sucios trapos. Dice que lo mejor es enterrar a los muertos y luego ir tras los asesinos. Y matarlos a todos para variar, dice. Yo estoy pensando, pero no lo digo, que no tenemos provisiones para eso, y, además, qué pasa con Caleb Booth. Podrían hallarse a un día de distancia, y la caballería nunca encuentra a los indios así como así, son más astutos que los lobos. Y Lige, que lo sabe tan bien como yo, sigue, dale que te pego, con que lo hagamos. Nos dice lo que cree que podemos hacer cuando los encontremos. Parece tener un montón de planes. Es muy probable que el sargento le oiga, pero permanece de pie y solo más allá de las tiendas. La hierba está tan abrasada por el sol que parece azul, brilla con hojas azuladas junto a las viejas botas del sargento. Nos da la espalda y no dice una sola palabra para responder a Lige. Sacude la cabeza sin dejar de cavar. Starling Carlton tiene el rostro acalorado mientras jadea como un perro viejo, pero sigue dando paladas. Aprieta la pala con el pie y sigue cavando. Se cuenta que Starling Carlton mató antaño a varios forajidos, pero nadie lo sabe con certeza. Algunos dicen que cazaba niños, que se llevaba a niños indios para venderlos como esclavos en California. Desde luego, propinaba un puñetazo a quien le mirase un poco mal. Hay que saber llevarle. No le importa perder a las cartas, y a veces puede ser agradable, pero no quieras descubrir las cosas que le irritan porque podría ser lo último que averiguases en tu vida. Nadie en este perro mundo diría que es un hombre educado. Nadie sabe cómo es capaz de soportar un peso tan enorme en una misión como esta, y tampoco parece que coma mucho más que los demás, y suda sin parar como un cactus cortado. Ahora tiene la cara chorreante y se enjuga el sudor con las manos mugrientas. Cava casi tan bien como John Cole, maneja con destreza la pala, lo que resulta agradable de contemplar a pesar de nuestro duelo. No sabemos cuál es la forma correcta de proceder con los indios muertos, así que los dejamos donde están. El sargento se acerca de pronto y les corta la nariz, porque no quiere que alcancen las felices tierras de caza. Arroja las narices a las praderas como si temiera que los muertos pudieran levantarse y volver a ponérselas. Registra los cuerpos de nuestros soldados para recuperar papeles, pequeñas biblias de viaje y demás objetos personales. Para enviarlos a sus madres y esposas. Continuamos, depositamos con respeto a los hombres en sus agujeros, los tapamos con un lecho de tierra y, poco a poco, cada uno de los hombres recibe una capa de tierra que lo cubre como el edredón de un hotel elegante. El sargento se anima y pronuncia unas pocas palabras apropiadas para ese momento; después nos ordena que montemos a caballo y Lige sube a Caleb Booth detrás de él, porque Lige tiene el caballo castrado más robusto, y nos marchamos. Nadie mira atrás.

El nombre de Atrapó Su Caballo Primero y su banda se publica en todos los cuarteles como el criminal más buscado. El sargento en persona clava el aviso. El coronel firma la orden. No nos quita el miedo ni la pena, pero sitúa a la venganza en el mismo plano, como si fuera un hermano. Como combinar la cerveza con el whisky. Al final los exploradores pawnees regresan, pero, al no ser capaces de dar una explicación convincente de por qué se marcharon precipitadamente, el coronel decide que puede considerarse una deserción y los manda fusilar. Al mayor no le gusta esa decisión y objeta que los exploradores no son soldados de verdad y que no se les puede fusilar. Salvo por la vieja y útil palabra *nahwah,* que significa hola, nadie habla la lengua pawnee, y el lenguaje de signos no contempla esta situación. Los indios parecen desconcertados, atónitos y ofendidos de que se les fusile, pero he de reconocer que caminan hacia el paredón con gran dignidad. No se puede sacar nada positivo en la guerra si no se castiga a los culpables, proclama el sargento con aire salvaje, y nadie tiene nada que objetar a eso. John Cole me susurra que la mayoría de las veces el sargento está equivocado, pero que de vez en cuando tiene razón y que ahora la tiene. Supongo que pienso que es verdad. Después nos emborrachamos, el sargento se agarra la panza durante toda la velada y todo queda difuminado hasta que nos despertamos de madrugada con ganas de orinar, y entonces todo lo que ha pasado vuelve a la cabeza a toda velocidad y el corazón aúlla como un perro.

Al menos Caleb Booth se recuperaba en la enfermería, lo que podía ser un tributo a su ingenua fe en la maldita permanencia de la vida.

Pero estaba pensando sobre todo en Nathan Noland, amigo mío y de John Cole. Recordaba que John Cole había dejado en el agujero de Nathan un ramito de algún hierbajo llamado matalobos, pero yo le dije que era un maldito lupino, ¿acaso no conocía el nombre de las flores? Respondió que los conocía mucho mejor que yo puesto que había sido granjero, pero que ahora estábamos en un país extranjero y que aquí los nombres eran diferentes. El matalobos se utilizaba en Nueva Inglaterra para envenenar a los lobos capturados, dijo John Cole. Se machacaba y se mezclaba con la carne. Yo le dije que podía machacar eso e intentar matar a un lobo con ello, pero que el lobo le mordería porque no era más que lupino. Después nos echamos a reír. Estábamos extremadamente tristes por Nathan Noland y la flor quedaba bonita junto a su cara ensangrentada, fuera lupino, matalobos o como se llamara. Parecía una capa de humo violeta, y el desgarrador tirón en la piel de la cara de Nathan quedaba así un poco suavizado. John Cole le había cerrado los ojos y nos entristeció ver su fin.

Llega de nuevo un invierno deprimente y nos resguardamos en el fuerte con la esperanza de que nuestros cuerpos vuelvan a despertar en primavera como les pasa a los osos. Los soldados que salen del invierno presentan los ojos húmedos y legañosos típicos de los borrachos. Tienen la piel pálida a causa de una mala alimentación. Interminables y espantosos metros de carne seca de las largas y frías despensas y, tal vez, por un tiempo, llegaban patatas de Nueva York y Maine en grandes carretas e incluso naranjas desde California, en la otra punta. Pero, sobre todo, asquerosas inmundicias que ni siquiera los perros aceptarían comer salvo en caso de extrema necesidad. Pero los indios también se recluyen, y Dios sabe cómo alargan sus provisiones desde el otoño hasta la primavera, porque un indio nunca hace planes de ningún tipo. Si tiene un montón de cualquier cosa, se lo come; si tiene un barril de whisky, se lo bebe. Se lo bebe hasta que cae más borracho que un abejorro atiborrado de polen. Esperamos que Atrapó Su Caballo Primero padezca la misma hambre mortífera que nosotros. Solo el sargento mantiene su abultada panza, como una mujer embarazada de seis meses, y por supuesto Starling Carlton no pierde ni un gramo. Por el fuerte se esparcen otros indios, sentados en los tejados como emperadores, y las mujeres trabajan a cambio de favores con los soldados. Los hombres tienen las vergas enrojecidas y Dios sabe lo que tienen las mujeres indias. Los soldados que ni siquiera pueden permitirse una mujer india se acuestan con otros soldados causando más daños a sus atributos. No sirve de nada darle vueltas al asunto. El mayor ha instaurado una escuela india para la multitud de niños que corretean por ahí y la prole de los soldados que han tomado esposas indias. La mayor parte de los trileros, charlatanes, fabricantes de ataúdes, vendedores de sueros contra el veneno de serpiente, vendedores de pócimas milagrosas, milicianos voluntarios, mercaderes de lo que sea y todos los candidatos a los peores especímenes de la humanidad ponen rumbo al este en cuanto el mercurio desciende. El mismísimo mayor se marcha al este con tan solo una compañía de diez hombres, porque se dice que va a casarse allí con una belleza de Boston, según asegura Lige Magan, pero no sabemos cómo lo sabe, a no ser que lo haya leído en uno de esos antiguos periódicos que nos llegan con los peregrinos. Los cornetines y tambores lo despiden y le vitoreamos para desearle suerte. Muchos peregrinos que se juntan en el fuerte recortan las raciones; no sé cuántos han decidido regresar al este, pero casi cada alma que hay aquí ha viajado a California y Oregón sin encontrar allí nada de su agrado y han dado media vuelta rumbo al este para alcanzar el fuerte antes del invierno. Supongo que la Tierra Prometida se viste de tintes grises al fin y al cabo. Es una ardua tarea construir algo de la nada, como incluso el mismo Dios puede atestiguar. Lige Magan, el tirador de primera, Caleb Booth, que regresó de entre los muertos, Starling Carlton, el guapo John Cole y yo manteníamos la opinión de que formábamos un grupo especial de amigos, sobre todo en asuntos de cartas. Sospechamos que Starling, que jadeaba con su habitual gordura en lo más crudo del crudo invierno y que seguramente podría haberse comido alguna que otra rata de buena gana, hacía trampas contra sí mismo. O eso o estaba perdiendo su famoso toque. Pero en cualquier caso, nuestra pequeña economía no salía de nuestro círculo, nuestros pocos centavos y fichas pasaban de un bolsillo a otro hasta regresar al primero. Recuerdo ese invierno como una sonora carcajada. Nos llevábamos muy bien porque habíamos sido testigos de una masacre juntos. Caleb se había convertido casi en un hombre santo entre los soldados. Podría haber hecho colectas con su sombrero cada domingo. Alguien que supera el asesinato y el horror es un hombre especial; los demás lo miraban al pasar y no dejaban de decir esto, aquello y lo de más allá sobre él. Ahí va Caleb, el hombre con suerte. Un hombre con suerte es alguien junto al que quieres luchar y que proyecta la necesaria sensación de que el mundo es un lugar repleto de misterios y maravillas. Que es mucho más grande que uno mismo, más grande que toda la mierda y la sangre que uno haya visto. Que Dios podría encontrarse en él y estar buscándote. Puede que los soldados de caballería sean almas rudas y el capellán de turno no obtenga muchas alegrías de nosotros. Pero eso no quiere decir que no haya cosas que no amemos. Historias que cuentan otra historia mientras se narran. Cosas que no puedes definir del todo. Todos los hombres se han preguntado por qué están aquí en la Tierra y cuál es el sentido de todo ello. Ver a Caleb Booth regresar del umbral de la muerte con su herida letal a cuestas, unido a no saber, ya era saber algo. No estoy diciendo que sabíamos lo que sabíamos, no estoy diciendo que Starling Carlton o Lige Magan se levantaron de golpe para decir que sabían algo, ni que lo hiciera nadie. No estoy diciendo eso.

No, señor.

Los últimos días de primavera han traído los primeros vagones de tren, así como al mayor con su flamante esposa. Ella no monta a la amazona. Va ataviada con auténticos bombachos de mujer. Llega a las puertas como un mensaje de un país lejano, donde las cosas son diferentes y la gente come en platos elegantes. El país se abre como un inmenso fardo, las llanuras centellean con diez mil flores y uno comienza a sentir en esos días las primeras caricias de un calor reparador. Y el mayor y su esposa han atravesado esa inmensa alfombra de colores. Dios Todopoderoso. Cruza la puerta con ella en brazos como manda la tradición y todos aguardamos delante de sus aposentos para vitorearlos y lanzar las gorras al aire. Nos sentimos tan felices por el mayor como si fuéramos nosotros quienes se han casado con ella. John Cole dice que nunca ha visto a una mujer que la iguale. Tiene razón. El mayor no ha articulado una palabra, pero el encargado de la gaceta del fuerte dice que su nombre de soltera era Lavinia Grady, así que me imagino que algo tendrá de irlandesa. El mayor se apellida Neale, por lo que me figuro que ahora se llamará señora Neale. Me llamó la atención el nombre de pila del mayor, porque creo que no lo conocía correctamente hasta ese momento. Tilson. Condenado Tilson Neale. Lo que era algo nuevo para mí. Pero supongo que así es como uno se entera de las cosas.

El mayor es ahora un hombre nuevo, y parece tan feliz como un pato en la lluvia. No miento. Sienta bien ver lo que hace el matrimonio a un hombre como él, para quien el mundo entero es una carga que debe soportar solo. Al día siguiente, ella ni siquiera intenta aparecer con un vestido, por lo que deduzco que procurará limitarse a bombachos. Observo que se trata, en realidad, de una especie de falda dividida en dos partes. Nunca había visto algo así antes, supongo que el este está muy adelantado y que allí surge un sinfín de novedades. También le gustan las pequeñas chaquetas mexicanas; debe de tener al menos diez, porque cada día estrena un color nuevo. Al haber sido yo otrora una chica profesional, no puedo evitar preguntarme cómo será su ropa interior. En mi época era todo de encaje y raso. Muestra cierta elegancia, como una trucha deslizándose en el agua. Tiene el pelo brillante como las agujas de los pinos, negro azabache, y lo lleva recogido con una redecilla adornada con rombos, como si estuviera lista para la faena. Lleva en el cinturón uno de esos nuevos colts. Va mejor armada que nosotros. Supongo que todos pensamos que la señora Neale es una mujer de bandera. Me reconforta ver el cariño con el que trata al mayor. Pasean cogidos del brazo y ella habla como un géiser. Cualquier cosa que dice tiene su gramática, suena como un obispo. He visto al coronel tartamudear como un colegial cuando la saludó por primera vez. No le culpo. Uno siente que arde con solo mirarla, y yo no soy ese tipo de hombre al que le gustaría besarla. Es como toparse con un tiempo adverso. Un vendaval que te azota. Supongo que es toda una belleza. En el fuerte, hay otras esposas de oficiales, e incluso el sargento tiene por esposa a una vieja arpía por sus pecados, pero ella no es así. Hay categorías para todo, no cabe duda.

Es curiosa la atención con la que la observo. Quiero averiguar algo. Quiero ver cómo lleva los brazos, mueve las piernas, pequeños detalles en los que quizás nadie más se fija. Supongo que me tiene fascinado. El modo en que sujeta la barbilla cuando habla. Cómo le brillan los ojos sin que sea consciente de ello, quizá. Como si tuvieran velas encendidas. Su pecho es como un pequeño terraplén. Liso y defensivo. Las chaquetas mexicanas mostraban rígidas costuras por todas partes. Daba la impresión de que algo suave y bonito estaba encerrado en una armadura. En los días en que yo fui una chica, había reflexionado sobre la frase «misterio femenino», porque me vi obligado a dedicarme a ello. Ahora tenía la clave más rotunda del condenado misterio femenino.

—Toda una mujer —exclama John Cole—. Vaya si lo es.

Atrapó Su Caballo Primero debió de hacer incursiones en México o Texas porque no oímos hablar de él en mucho tiempo. Las cosas siguieron su curso. Muchas vidas son así. Vuelvo la vista atrás sobre cincuenta años de vida y me pregunto dónde han ido a parar todos esos años. Supongo que pasaron sin más, sin que yo me diera mucha cuenta. Puede que la memoria de un hombre no retenga con claridad más de cien días aunque él haya vivido miles. No se puede hacer mucho al respecto. Tenemos nuestra provisión de días y los gastamos como borrachos negligentes. No me rebelo ante eso, solo digo que las cosas son así. Transcurren dos años, luego tres, y el único cambio que puedo registrar en mi cabeza son las dos hijas del mayor. Niñas que la señora Neale parió. Las parió y al día siguiente ya paseaba por el fuerte como de costumbre, como si fuera una india con trabajo por hacer. Dos niñas mellizas, que no se parecían porque una tenía el pelo negro y la otra el pelo color arena, como el mayor. Ni siquiera recuerdo ahora cómo se llamaban, solo que eran muy pequeñas. La del pelo negro recibió el apodo de Grajilla, porque más adelante le gustaba robar objetos brillantes. No, claro que recuerdo sus nombres. Hephzibah era la niña de pelo negro y la rubia se llamaba Angel. No podría olvidar a Angel. El mayor las arrullaba en la cuna, embobado, en el porche. Y por qué no habría de hacerlo, eran sus hijas.

Hasta que llegaron noticias de nuestros nuevos exploradores, que eran un buen par de indios crows de la zona de Yellowstone, y dijeron que se había visto a Atrapó Su Caballo Primero montando a caballo al noroeste de Laramie. Así que lo siguieron y, tras un día de viaje, entró, sin saber que lo estaban vigilando, en un nuevo poblado con unas treinta tiendas, según contaron los crows. El sargento debe de haber estado esperando algo así, porque tiene una orden de requisa para un cañón de campaña con fecha de hace ya un año, de modo que lo suministra al intendente de artillería, que era un hombre más plácido que César, sin tener que molestar al mayor, y al alba partimos con buen ánimo para ver si localizábamos el pueblo con el alegre traqueteo del esbelto cañón.

8

El arquero estira la cuerda del arco, pero no suelta la flecha hasta que no la mantiene lo más tensa posible y está seguro de la posición de su presa. Hay un instante extraño y feroz cuando el brazo ya no puede sujetar más la cuerda tensada y no hay más opción que soltarla, por lo que el arquero debe conocer todos los pasos de su tarea, o el resultado es un verdadero desastre. Yo estaba reflexionando al respecto mientras seguíamos, en un orden razonable, a nuestros exploradores crows. Ese Atrapó Su Caballo Primero era un hombre astuto, y dar con él y cobrarse venganza de su alma no iba a ser un paseo por el campo. Al sargento le parecía justo que todos los hombres de la antigua sección que habían encontrado a los compañeros asesinados tantos años atrás salieran ese día en busca del poblado. Caleb Booth nos acompañaba como Jesucristo resucitado entre nosotros. En todo ese tiempo Caleb se había dejado un gran bigote y había tenido un hijo con una guapa mujer sioux, una sioux oglala además, así que aquello resultaba un tanto extraño. Supongo que el amor se ríe un poco de la Historia.

El año que acababa de terminar había pasado factura al sargento, y aunque éramos jóvenes y no sabíamos nada de nada, sí sabíamos que lo que lo estaba devorando por dentro no eran solo los años. Ahora estaba tan delgado como la espiga de un árbol muerto que sobresale del suelo, y todas sus nutridas carnes e incluso su virulenta palabrería de algún modo se habían quedado mustias. Lo cierto es que yo veía con otros ojos al hombre que había considerado algo parecido a un monstruo e incluso un hombre un poco malvado. Su conducta era tan ruda como las Colinas Negras y su cerebro no destilaba más que órdenes, alcohol y tabaco. Nunca decía una sola frase que no estuviese condimentada de palabrotas. Pero eso solo era la fachada. Por detrás presentaba un aspecto diferente. No diré que fuera todo un jardín de rosas, pero había una especie de extraña calma que yo había comenzado a admirar. E incluso a disfrutar, por lo que a menudo me encontraba buscando su compañía. Nos conminó a hacer la instrucción sobre el ardiente suelo del verano, como si deseara que el sol americano nos quemara como hojas en una hoguera. Podía ser duro y despiadado cuando no se ejecutaba correctamente una de sus órdenes o si se giraba a la derecha cuando había que hacerlo a la izquierda. Lo he visto golpear a los soldados con el pomo del sable y una vez lo vi disparar a los talones de un muchacho que se estaba equivocando, de manera que el tipo tuvo que bailar y maullar para sobrevivir. Pero era experto en guerra y acciones bélicas, y nunca había dirigido a una compañía a su ruina. Y aunque no era culpable de la masacre de nuestros compañeros un año atrás, en cierta medida asumió esa responsabilidad y su deseo de venganza era un cálculo para reparar por ellos las cosas que, a su juicio, habían salido mal.

Que cantaba mal y era obsceno ya lo he dicho, y solo el recuerdo de su infame voz me obliga a repetirlo y a rogar sinceramente que en el cielo el canto se limite a los ángeles.

Transcurren un día y una noche, y el sargento nos mantiene en movimiento y se opone a que durmamos. El sargento cree que nos estamos adentrando tanto en el noroeste que los condenados crows nos deben de estar conduciendo a su pueblo en Yellowstone. Es una tierra extraña de la que hemos oído contar muchas historias. A la mañana del segundo día, comenzamos a internarnos en un bosque y el terreno se eleva; el sargento reprende enérgicamente a los crows.

—Sois los malditos lobos más chiflados que he seguido jamás —dice el sargento—. ¿Cómo pretendéis que lleve ese cañón por encima de ese montón de rocas?

De modo que el cañón de campaña se deja para que una docena de hombres lo suban centímetro a centímetro recurriendo a unas poleas y a un arduo esfuerzo bajo el sol. Un negro llamado Boethius Dilward dirige las mulas que tiran del cañón y tiene fama de ser el mejor arriero del regimiento, pero aun así cuesta. A las mulas les gusta el terreno llano tanto o más que a los seres humanos. Boethius Dilward también sacude la cabeza ante los crows.

—Hazlo lo mejor que puedas, Boethius —dice el sargento—. Y lamento esta estupidez.

—Subiré ese cañón, señor —responde Boethius—, descuide.

—Asegúrate de avanzar en silencio como una cervatilla, ¿me oyes, Boethius?

—Sí, señor, lo haré.

—Maldita sea —bufa el sargento.

Solo unas cuatro o cinco horas más tarde comenzamos a divisar una tierra cuya belleza nos penetra en los huesos. Y cuando digo belleza, me refiero a belleza. A menudo uno se puede volver loco de remate en América ante la fealdad de las cosas. Praderas que se extienden durante miles de kilómetros sin que una sola colina las quebrante. No estoy diciendo que no haya belleza en las llanuras, pues la hay. Pero uno no pasa mucho tiempo recorriendo las praderas antes de comenzar a sentir que se está volviendo loco. Te elevas por encima de la montura, de alguna manera te ves cabalgando y es como si la austera e implacable monotonía te arrastrase a la muerte para volver a vivir y morir otra vez. El cerebro parece quedarse derretido en el armazón de huesos y solo divisas sorpresas atroces por todas partes. Los mosquitos se cenan tu piel, y para entonces no eres más que un lunático con alucinaciones. Pero ahora vemos a lo lejos una tierra que comienza a esbozarse, como si un hombre estuviera allí pintándola con una brocha gorda. Elige para las colinas un azul tan vivo como las aguas de una cascada, y para los bosques, un verde tan intenso que se podría pensar que se utiliza para crear diez millones de piedras preciosas. Lo recorren ríos de un azul esmaltado. El sol virulento y enorme se afana en abrasar todo este maravilloso colorido y, a lo largo de cuatro mil hectáreas de cielo, lo consigue con bastante éxito. Cerca de nosotros, entre los tonos verdes fundidos, se alzan, turbadores y en vertical, unos acantilados negros e irregulares. Después, una amplia franja rojiza corta el cielo y presenta el mismo color rojo de los pantalones de los soldados zuavos. Y más allá, una gigantesca franja del azul de los huevos de pájaro. ¡La obra de Dios! El silencio es tan imponente que punza los oídos; los colores, tan intensos que ciegan los ojos admirados. Un hombre destrozado y cruel podría romper a llorar ante semejantes paisajes porque sería para él un recordatorio del rechazo a su vida. Los restos de inocencia arden en su pecho como ascuas del mismo sol. Lige Magan se vuelve en la montura para mirarme. Se está riendo.

—Qué tierra más hermosa —dice.

—Sí que lo es —respondo.

—¿Por qué no me dices eso mismo a mí? —pregunta Starling Carlton a su otro lado—. Soy capaz de apreciar un paisaje tanto como el soldado McNulty.

—No me digas que no es una vista gloriosa, ¿eh? —dice Lige, como no queriendo enterarse de la indirecta de Starling.

Pero claro que la ha entendido. Entonces Starling cede y, en nombre de la amistad, decide seguirle el juego a Lige con esa conversación ligera.

—Pues sí, Starling, lo es. Lo es.

Starling parece ahora muy feliz. Y entonces Lige también.

—Maldita sea —dice el sargento—. Cállense ahí atrás, por Dios.

—Sí, señor —asiente Starling.

Cae la noche y ese mismo Dios extiende lentamente un manto raído y negro sobre su obra. Los crows regresan, polvorientos e inquietos; el poblado solo está a medio kilómetro de distancia. El sargento nos ordena desmontar y ahora nos encontramos en la incómoda posición de ser unos torpes europeos a pie cerca de un poblado de genios en cuestiones de rastreo y vigilancia. Esa noche tenemos que ser mejores hombres de lo que somos, y los caballos han de ser más silenciosos, lo que no siempre es un comportamiento habitual de los caballos, y además esperamos y rezamos para que el cañón llegue en el silencio de la noche y no retumbe como las siete visiones de Ezequiel. El cocinero reparte las provisiones de carne seca y nos acuclillamos como vagabundos para comer sin atrevernos a encender una hoguera ante la noche desafiante. Nadie habla mucho, y lo que se dice es trivial y alegre, porque queremos mantener el miedo a raya. El miedo es como un oso en la cueva de la chanza.

Hemos pasado dos noches sin dormir y ahora, conforme la implacable esfera del sol aparece de nuevo en el horizonte, nos duelen los huesos y nuestras mentes son como seres extraños y fríos. Aproximadamente a las cuatro de la madrugada, según el reloj de bolsillo del sargento, el cañón llega entre fuertes crujidos y chasquidos detrás de nosotros y el sargento envía a toda la compañía para ponerlo en posición. Aquello sí que fue partirse el lomo. Había que desmontar las ruedas y el carro, sacar el cañón y cargar el peso de diez cuerpos por un terreno rocoso lleno de maleza repleta de espinos. Después la pólvora, las enormes municiones y las cápsulas fulminantes como versiones de Brobdingnag[5] de lo que utilizamos en los mosquetes. Boethius conduce las mulas y los caballos un kilómetro y medio más atrás. Así que nos quedamos a solas con nuestras piernas, es decir, vamos a pata. Oímos a los malditos sioux cantando y chillando como si hubiera cien niños despojados de sus madres. Desde luego no es un sonido que relaje. No era yo el único que se preguntaba qué diablos estábamos haciendo allí. Venganza, por supuesto, pero ¿era esta una forma correcta de vengarse? Era una maldita necedad, se mirase como se mirase. Pero nadie dice ni mu. Nos acordamos del sargento, solo y de pie en el lugar de la matanza, y del momento en que cortó las narices. Caleb Booth recuerda, sin duda, otros avatares, ya que él estuvo allí para verlos. Yació solo en una tienda rodeado de sus camaradas muertos, pero sabía que nosotros terminaríamos por acudir. Dijo que sabía que lo haríamos y así fue. Algo nos une mucho en todo eso. De modo que nos movemos en la oscuridad, dando tumbos como borrachos, preparamos el cañón y el sargento susurra las órdenes: debemos desplegarnos y formar una medialuna para abarcar la mayor parte posible del poblado con nuestros disparos, después de que el cañón se haya encargado de lo peor. Los crows dicen que hay un profundo y oscuro barranco detrás de las tiendas, por lo que calculamos que podemos cubrir las vías de escape a izquierda y derecha. Las mujeres indias intentarán llevarse a los niños mientras los hombres las cubren hasta que estén a salvo. Si Atrapó Su Caballo Primero responde a la fama que lo precede, luchará

---

[5] *Brobdingnag*: País ficticio habitado por gigantes que aparece en la novela de Jonathan Swift *Los viajes de Gulliver* (1726) *(N. de la T.).*

con la ferocidad de un gato montés. El ambiente dista mucho de ser relajado. Si los sioux consiguen sacarnos ventaja, seremos pasto para los cerdos. Además, no habrá piedad, porque sabemos que no hemos visto señales de misericordia nunca antes.

El sargento no es ningún principiante y ha colocado el cañón en una pequeña elevación del terreno, mostrando buen juicio incluso en la oscuridad, y parece ser una decisión acertada cuando la tenue luz dorada de la mañana invade la tierra. Su belleza ahora parece traicionera, y tenemos el corazón encogido de miedo. No parece que seamos capaces de entrar en calor por mucho que nos movamos con vigor y sin cesar, y la escuálida silueta del sargento va y viene hasta allí mismo, musita algunas instrucciones, hace algunas señas con las manos y los brazos, no se queda quieto. El humo de las nuevas hogueras se eleva desde el campamento indio y, de pronto, nos sentimos como criaturas del infierno caminando hacia el paraíso.

Entonces ¿qué es esta tristeza, este peso que nos aflige y nos oprime? El cañón está cebado, apisonado y listo. El artillero es Hubert Longfield, nacido en Ohio. La mitad de su cara larga y afilada es azul, fruto de un antiguo incidente en el campo de batalla. Los cañones estallan cuando quieren, nunca se sabe. Lleva a cabo todos los preparativos del cañón como si bailara una danza antigua y extraña. Coloca, empuja, abre y prepara. Se aparta sujetando la mecha entre los dedos cubiertos de manchas azuladas. Espera la orden, ahora la está deseando. Ya hay dos artilleros listos para cargar de nuevo. Los rostros expectantes de todos los soldados están vueltos hacia ellos, formando una larga y delgada medialuna de hombres. Deben de ser ya las seis de la mañana y todos los bebés y niños del campamento se despiertan y las mujeres ponen agua a hervir. Vemos dos pieles de bisontes, negras y tiesas, estiradas en un soporte de madera, como si estuvieran recortadas en papel. Dios sabe dónde habrán encontrado esos bisontes, debieron de adentrarse mucho en la llanura. Las pieles secan al ritmo de pieles que secan, algo más lento que el fluir del tiempo. Las tiendas están profusamente adornadas y no hay ninguna en estado deplorable, como es habitual ver cuando se viaja hacia el este. Aquí no se nota nuestra influencia. Los hombres beberán whisky gustosos si es que lo encuentran, aunque beberán cualquier cosa que encuentren, reunidos en asamblea. Un hombre sioux puede permanecer tumbado, inconsciente y borracho un día entero pero, a la mañana siguiente, volverá a ser Héctor de Homero. Esta gente que tenemos ante nosotros firmó un tratado con el coronel, pero en cuanto se ignoraron los lamentables artículos del tratado, volvieron a lo que sabían hacer. Si se limitaban a esperar las vituallas del gobierno, morirían de hambre.

El sargento susurra la orden como si fuera una palabra de amor y Hubert Longfield tira del cordón y el cañón ruge. Es el rugido de cien leones en una habitación pequeña. Con mucho gusto nos taparíamos los oídos con las manos, pero tenemos los mosquetes apuntando a la línea de tiendas. Permanecemos al acecho para la huida como ratas de los supervivientes. Transcurre un tiempo tan largo como la Creación y de pronto oigo el murmullo del proyectil, un zumbido penetrante, y después emite su habitual ruido sordo, aspira las entrañas del paraíso y espira el caos por todas partes; los laterales de unas tiendas se desgarran como rostros y el violento soplo de la detonación aplasta a otras, dejando al descubierto a personas en diferentes poses de sorpresa y horror. Enseguida se producen asesinatos y muertes. Puede que en total sean unas treinta carpas, y solo este proyectil ha causado un oscuro cáncer de fuego en el centro. Las mujeres reúnen a los niños de todas las edades y miran con angustia a su alrededor, como si no supieran qué dirección tomar para ponerse a salvo. Entonces el sargento da una orden a voz en cuello ahora que ha entregado nuestra tarjeta de presentación y disparamos los mosquetes desde la línea de formación. Las balas penetran en madera, pieles y carne. Acto seguido, una docena de mujeres caen al suelo y sus hijos se aferran a ellas o intentan huir. Para entonces veinte guerreros corren de un lado a otro con sus fusiles y Hubert está ya listo para disparar otra vez y lo hace. Una larga franja del campamento queda arrasada como un lienzo destruido. Nuestras balas parecen ser tan inofensivas que da la sensación de que hemos causado el doble de heridos que de muertos. Muchos van dando tumbos, sujetándose las heridas y chillando, pero los guerreros ya han evaluado la situación e intentan guiar a las mujeres y a los niños hacia la parte trasera del poblado.

—¡Fuego, abran fuego! —grita nuestro sargento.

Cargamos las armas como posesos y disparamos. Cargar pólvora, bala, apisonar, cargar cápsula fulminante, amartillar y abrir fuego. Cargar pólvora, bala, apisonar, cargar cápsula fulminante, amartillar y abrir fuego. Una y otra vez, una y otra vez la muerte se despliega con frenesí por el poblado, cobrándose muchas almas. Actuamos con un furor de insólita tristeza, pero con sed de venganza y ferocidad, como soldados decididos a matar, a llegar hasta la aniquilación total. Nada más puede saciar nuestra sed. Nada más puede colmar nuestra hambre. Estamos escribiendo el final de la historia de nuestros camaradas muertos en el cálido viento del verano. Mientras disparamos, nos reímos. Mientras disparamos, chillamos. Mientras disparamos, lloramos. «Aparta, Hubert, tira del cordón.» «Aguza el oído, Boethius, vuelve con los caballos.» «Apunta el mosquete, John Cole, y ¡fuego!, ¡fuego!» Una línea azul de hombres con la mirada encendida, pues la muerte es una amiga caprichosa.

El sargento da la orden de calar las bayonetas y nos abalanzamos contra todo aquel al que los proyectiles y las balas han dado una engañosa tregua. Si los guerreros nos han plantado cara, ni lo hemos advertido. Espoleados por una fuerza vengativa, parecía como si ninguna bala fuera capaz de alcanzarnos. Nuestros miedos se derriten en el horno de la batalla y dan paso a un coraje asesino. Puede que ahora seamos niños celestiales que han salido a robar las manzanas del jardín del Edén, intrépidos, intrépidos, intrépidos. Nuestra pena asciende formando una espiral hasta el cielo. Nuestro valor asciende formando una espiral hasta el cielo. Nuestra ignominia se enreda en la espiral como si la tristeza y la valentía fueran zarzas.

Los guerreros sioux están agazapados detrás de cualquier objeto que los pueda proteger, pero, en cuanto llegamos a los límites del poblado, se levantan sin vacilar y, a pecho descubierto, cargan contra nuestra embestida. Cada uno de nosotros tiene una carga en el mosquete que ha de preservar para un disparo certero, si es que existe tal cosa en este tipo de batallas caóticas. Con el rabillo del ojo veo que Caleb Booth cae bajo fuego indio. Después los sioux desenvainan cuchillos de la cintura lanzando gritos, con un desgarro exultante y demencial, que prenden un fuego enloquecido en el corazón. No somos amantes corriendo para abrazarnos, aunque hay cierta sensación de unión aterradora, como si el valor ansiara reunirse con el valor. No puedo decir lo contrario. No hay luchador en la tierra más valiente que un guerrero sioux. Ya han puesto a salvo a sus mujeres y familiares y ahora, en un último momento desesperado, han de arriesgarlo todo para defenderlos. Pero nuestros proyectiles han causado estragos en el campamento. Veo con absoluta claridad los cuerpos destrozados, la sangre y la espeluznante carnicería que esas flores explosivas y metálicas han causado. Unas muchachas yacen esparcidas como las víctimas de una danza letal. Es como si hubiéramos detenido el reloj humano del poblado, eso es lo que estoy pensando. Las manecillas se han atascado y las horas ya no transcurrirán más. Los guerreros se precipitan como perfectos demonios, pero reconozco un asalto magnífico y entusiasta. Hay tanta sangre en nuestros corazones que también puede albergar bombas. Ahora luchamos cuerpo a cuerpo, nos caemos, nos levantamos, somos treinta soldados contra seis o siete indios, todos los que nuestros proyectiles y balas no han logrado alcanzar. Son hombres fieros con las tripas repletas de la amargura de tratados inútiles. Incluso en el fragor de la batalla, puedo ver lo famélicos que están sus cuerpos cobrizos, fibrosos y esqueléticos. Aniquilamos a estos hombres solo porque los superamos en número. Solo permanecen las mujeres y los niños, que se resguardan. El sargento, resollando como un caballo sin aliento, detiene el alboroto de la muerte y pide a dos hombres que bajen al barranco para reunir a las mujeres. No sabemos qué tiene en mente para ordenar eso, pero las mujeres salen corriendo de sus escondites entre las hierbas con gritos tan afilados como cuchillas y cargan contra los desconcertados soldados asestando puñaladas frenéticamente. Algunos soldados se precipitan y matan a esas mujeres. Ahora cuatro, cinco de los nuestros han muerto, y todos los suyos. Con miedo cerramos el círculo en torno al borde del barranco. Bajamos la vista hacia las escarpadas y rocosas profundidades y descubrimos un nido con unos once niños, mirando hacia arriba, como si estuvieran rezando para que su gente aparezca y venga a rescatarlos. Pero eso no puede ser.

El sargento está furioso porque los exploradores crows dicen que Atrapó Su Caballo Primero no está entre los muertos. Lo que hemos hecho es matar a su familia, incluidas dos esposas. También, por lo visto, a su único hijo. El sargento parece alegrarse de esto último, pero John Cole me susurra que él no está seguro. «El sargento no siempre es tan listo con todo», dice, pero solo a mí. El sargento es de la opinión de que hay que arrojar a los niños al barranco, pero Lige Magan y John Cole le sugieren que sería mejor reunirlos y llevarlos de vuelta al fuerte, donde se los puede cuidar. La pequeña escuela los acogerá, dicen. Sé, sin un ápice de duda, que están pensando en el mayor y en la señora Neale. Todo lo que ha sucedido ha ocurrido sin el visto bueno del mayor, y la llegada de la señora Neale ha despertado la prudencia en el alma de todos los hombres. Solo digo las cosas como son. El sargento puede matar a tantos guerreros como quiera, pero tendrá que rendir cuentas por las mujeres. El sargento puede maldecir las veces que quiera, pero esa es la verdad. Dice que los del este no tienen ni idea de nada. Maldita sea. Nadie habla, solo aguardamos las órdenes. Starling Carlton no dice una palabra, se ha arrodillado al borde del barranco con los ojos cerrados. El rostro afilado del sargento se torna hosco y furibundo, pero nos ordena reunir a los niños. Estamos tan cansados que no comprendemos cómo vamos a poder regresar al fuerte. La sangre permanece intacta en nuestros cuerpos, pero tenemos la sensación de desangrarnos sobre la tierra. Debemos enterrar a unos pocos soldados, un par de compañeros de Misuri. Un joven de Massachusetts que era ayudante de arriero de Boethius Dilward. Y Caleb Booth. El sargento se recompone, conjura todo enojo y no deja de pronunciar unas palabras de ánimo. Por eso todavía obedecemos al sargento. Justo cuando crees que ha tomado el camino directo al infierno, muestra que no es el peor de los hombres.

9

Pero la muerte también venía a por el sargento. Estaba enca-
mado en la enfermería donde John Cole se había descongela-
do en su momento y se le podía ir a visitar. Al principio no
hablaba mucho, pero poco a poco parecía deseoso de decir
más y más cosas. El administrador del hospital de campaña,
que era todo lo que teníamos como médico en aquella época,
hizo lo indecible, pero poco se podía hacer salvo fregar. Todas las cañerías de las tripas del sargento estaban putrefactas,
y a veces le salía mierda por la boca, como si hubieran perdido todo sentido de la orientación en las llanuras de su cuerpo. Seguía siendo el sargento, no se le podía decir cualquier
cosa, había que ir con pies de plomo por miedo a sus exa-
bruptos. Un viejo y canoso malnacido como él no se transforma en el lecho de muerte. Pero, al final, lo que a mí me dijo
fue que no sabía para qué servía la vida. Solo dijo eso. Afirmó
que, al echar la vista atrás, le parecía muy corta, aunque le
había parecido larga mientras la estaba viviendo. Contó que
tenía un hermano en la población de Detroit, pero seguramente no serviría de nada escribirle porque no sabía leer. En
realidad, ese intercambio de palabras tuvo lugar a última
hora de una tarde de otoño, cuando los últimos vestigios de
calor del año intentaban perdurar con frágiles dedos en el
viento. El administrador acababa de cerrar la ventana, pero

aun así el aliento del exterior se rezagó en la habitación de madera. El espacio frío de los patios entre los edificios. El sargento ahora era más un saco de huesos que un ser humano. Parecía la talla de un santo antiguo en una iglesia, pero todavía hablaba como el alma nauseabunda que era. No lo digo con acritud. Era un hombre peculiar, no cabe duda. Sobre todo cruel y despiadado, pero había en él una veta de algo más que no tenía nombre. Yo estaba solo con él y le miraba la cara consumida en la penumbra. Los ojos hundidos todavía brillaban. La enfermedad le había ennegrecido el rostro. Habló de Atrapó Su Caballo Primero y de cómo deseaba que finalmente lo cogiéramos. Le respondí que, evidentemente, íbamos a estar muy vigilantes. Yo pensaba que quizás ahora nuestras cuentas estaban saldadas, pero no se lo dije. Después la mente del sargento pareció divagar un poco hasta volver al pequeño Detroit de su juventud, a la época en que a su hermano le comenzó a ir bien el negocio hasta que mató a un hombre. Se salvó de la horca por la mera sombra de las palabras ya que no hubo testigos. Se hundió en la melancolía, eso dijo el sargento. Parecía otra persona hablando de su hermano. Contó que su madre era una anciana severa y que su padre había muerto en 1813 combatiendo a los taparrabos en la frontera de aquellos tiempos, en Kentucky. Dijo que solo se arrepentía de haberse casado con una mujer a la que él no le gustaba y que nunca se divorció de esa arpía para probar suerte con una segunda señora Wellington. ¡El sargento! Pues menuda sorpresa que fue para mí, lo puedo asegurar. Pero un hombre moribundo tiene derecho a decir lo que le venga en gana. No tiene por qué ser verdad.

Y entonces se murió.

—Al menos ya no tendremos que oírle cantar nunca más —dijo Lige Magan.

Por aquella época la señora Neale había acogido a los niños indios en su escuela. Resultó que la hija de Atrapó Su Caballo Primero se llamaba Winona, que en la lengua sioux significa Niña Nacida Primero, según el señor Graham, el intérprete. Tendría seis o siete años, pero nadie podía asegurarlo porque su sistema de registro era más o menos tan riguroso como el de mi propia gente en Irlanda.

Bueno, resulta que yo no era la única alma de cántaro que pensaba que tal vez las cuentas estuvieran saldadas entre el jefe y el dichoso ejército. El sargento no llevaba mucho tiempo en su humilde tumba cuando el señor Graham recibió una especie de comunicación y se nos informó de que Atrapó Su Caballo Primero deseaba hacernos una visita. El coronel y el mayor debatieron al respecto y se decidió darle un buen recibimiento ya que aquello quizás podría conducir a tiempos mejores entre la tribu y nosotros. Todo estaba muy revuelto y el coronel temía una guerra total en las llanuras, eso fue lo que dijo. Y quizás el mayor recordaba aquella vez en que el jefe nos había salvado de morir de hambre en nuestra travesía y, aunque ponía la carnicería en la balanza, también tenía en mente la obra del difunto sargento en la matanza de las esposas y del hijo del jefe. Creo sinceramente que, en el fondo de su corazón, el mayor siempre se esforzaba por buscar la justicia, y como tenía una opinión muy pobre del ser humano en general, podía mostrar una gran flexibilidad cuando era necesario. Los soldados mismos, cuando salían, se daban a la juerga y la bebida, y a menudo se producían violentos altercados incluso dentro del campamento cuyo resultado era algo más que magulladuras y un poco de alboroto. Pero al igual que se decía que las deprimentes Colinas Negras estaban moteadas de oro, él creía que el ser humano era así. Además, contaba con la poderosa medicina civilizadora de la señora Neale, que bien podría haber sido predicador de no haber sido mujer. La mezcla de belleza y religión que poseía hacía desfallecer a los soldados de un sentimiento que solo podía ser reconocido como amor. Puede que lujuria también.

Si el sargento siguiera en este mundo, es muy probable que se hubiera alzado contra esta ocasión. Pero el sargento estaba presentando sus credenciales, me imagino que con mano temblorosa, en las puertas del cielo.

El día señalado resultó gélido, seco y encapotado. El río que discurría ante nuestro fuerte presentaba un aspecto frío, húmedo y triste, lo que John Cole llamaba la tierra «lampiña» que nos rodeaba solo alterada por alguna que otra mancha de hielo y nieve. Las guarnicionerías estaban pintadas con un descolorido tono verdoso y la oficina del agente indio se hallaba pegada al muro del fuerte como una obra poética entre la sencillez del entorno. Albañiles y carpinteros habían venido desde Galveston, Texas, para reformar, por alguna razón, ese pequeño palacio. En cuanto a nuestro fuerte, en algunas partes se venía abajo, pero el coronel lo mantenía en pie en la medida en que lo permitían los fondos recibidos. Las grandes puertas con el viejo arco formado por pinos contortos parecían reminiscencias de tiempos pasados. Antes de darnos cuenta, las tropas de la caballería formaban fila ante la residencia del mayor, es decir, en la parte trasera de la plaza de armas. Nuestros mosquetes estaban cebados, pero teníamos orden de mantenerlos colgados de los fajines con distensión. Boethius recibió instrucciones para colocar los dos cañones detrás de las caballerías a fin de sacarlos si hiciera falta, pero no creo que el mayor pensara ni por un solo momento que fuera a ser necesario. No, señor. El mayor creía que había leído el alma de ese hombre como si fuera un libro abierto y podía fiarse de su interpretación de esa fantasiosa biblia. Primero fueron los centinelas en el muro sobre las puertas los que gritaron al divisar a los jinetes sioux que se aproximaban despacio a lo lejos y se detenían a lo que parecían ser unos ochocientos metros. El señor Graham recibió la orden de salir a caballo a su encuentro para ver qué pasaba; así que el señor Graham montó en su caballo y cruzó las puertas abiertas con dos soldados algo temblorosos. Advertí que Starling Carlton les sujetaba las puertas abiertas y las cerraba fuertemente tras ellos. Y allá que cabalgaban como quienes creían que les llegaría antes la muerte que la Navidad. El remoto terreno donde aguardaban los sioux tenía la elevación justa para poder distinguirlos. No había un solo hombre que quisiera acompañar al señor Graham y su escolta. El señor Graham era un hombre calvo de corta estatura, de modo que no suponía una amenaza para nadie. Los dos soldados que lo acompañaban eran dos hombres de ojos negros y aspecto español de Texas que nadie echaría en falta si los mataban. O eso pensaba yo. Supongo que me estaba distrayendo con la tensión. Entonces el señor Graham llegó debidamente a la altura de los sioux y debió de ponerse a parlamentar, como decía John Cole, y el parlamento continuó durante un buen rato hasta que el señor Graham regresó con la solemnidad de un pequeño rey y la cara de alivio de los soldados era impagable.

—El jefe quiere venir solo —dice—, como prueba de sus buenas intenciones, para hablar con el mayor.

Oigo entonces las risas de algunos soldados, porque piensan que quizá podamos aprovechar para pegar un tiro al forajido. Pero no conocen al mayor, y puede que Atrapó Su Caballo Primero conozca el libro del mayor tan bien como el mayor conoce el suyo. Es más bien el tipo de acuerdos que llegan al corazón. Uno no puede evitar admirar a un piel roja capaz de avanzar solo, dejando atrás a sus compañeros armados, hasta las puertas de un fuerte de hombres blancos. Starling Carlton ha mantenido abiertas las puertas de par en par después de dejar pasar al señor Graham, y todos vemos la llegada del jefe indio. A lo lejos observamos sobre todo la belleza exuberante de su penacho y su ropa suelta. Lleva una pechera metálica, sin duda fabricada con aleaciones de los hombres blancos, pero uno tiene la sensación de que la porta como si fuera una valiosa joya más que una armadura. Conforme va acercándose, veo algo más. Dado que es un invierno frío y húmedo, y la caza escasea hasta el punto de no ser más que rumores, apenas me sorprende ver su rostro demacrado y consumido como la mismísima diosa del viento. Sus piernas son dos palos largos y extraños en el poni, y el animal mismo parece enfermo y en los huesos. La hambruna ha golpeado el corazón de este hombre. Al llegar a las puertas, desmonta con destreza, a pesar de la ausencia de estribos, y entrega su fusil y su cuchillo a Starling Carlton. Después se pasa una mano por la cara y camina hacia la sombría plaza de armas. Una leve nevisca llega desde el río y un pérfido viento se desliza en el fuerte y aúlla entre los edificios. Por su parte, el mayor avanza unos pasos, también desarmado, junto al señor Graham, que parece presa de la intranquilidad y la consternación, como puede comprobar cualquier bienaventurado. Su rostro pequeño y desgraciado transpira como una pared helada. El jefe expone sus demandas y el señor Graham traduce el largo discurso. Al parecer, todo se reduce a que el jefe quiere recuperar a su hija. La señora Neale se encuentra en el porche de la escuela con las caras de todos los niños indios alineadas ante las oscuras ventanas como un grupo de lunas. El jefe vuelve a hablar con sus maneras altisonantes y hace referencia a cuestiones como el amor, la dignidad y la guerra. Desde luego los indios siempre hablan como los antiguos romanos. El mayor le responde de nuevo y a mí me da la impresión de que está dispuesto a entregar a la niña. Debe de estar fraguándose un trato entre ellos y, además, a los soldados les da igual una cosa que otra. Es impresionante lo delgado que está el jefe indio, ya no parece un hombre capaz de luchar. A mí todo esto me parece bastante triste. Muy triste, sí. Sabemos lo que es una guerra dura y despiadada, y cómo se ha librado allí en las llanuras, porque la libramos nosotros. No hay un solo soldado que no albergue en el corazón cierta debilidad por sus enemigos, eso es un hecho. Aunque solo sea por seguir vivos en el mismo lugar y en el mismo tiempo y porque unos y otros no somos más que clientes del mismo trilero. Bueno, quién sabe la verdad de todo el asunto. El mayor vuelve la cabeza, llama a su mujer y le dice que deje salir a la niña de la escuela. La señora Neale se da unos golpes en las piernas con las manos, pero retrocede con torpeza y se apresura a hacer lo que se le ha pedido. La niña sale como alma que lleva el diablo y cruza el recinto como una flecha hasta detenerse junto al jefe. El hombre permanece tranquilo, se encorva ante ella y luego la aúpa sobre su cadera derecha. El mayor Neale pone fin a la reunión, como quien dice, y comienza a caminar en la otra dirección. Starling Carlton aguarda ahí con el mosquete y el cuchillo, como el portero negro de un viejo *saloon* de Daggsville. No es más que un indio solo y desarmado. Puede que, llegado el momento, nos comportemos como canallas, pero hay una veta en los hombres llamada justicia que nada puede borrar por completo. Atrapó Su Caballo Primero camina hasta Starling Carlton y este le dice algo. Por supuesto, el jefe no tiene ni idea de lo que le dice, pero Starling se lo repite más alto. Le está diciendo algo como que ese fusil es mejor que el mío, me lo podrías dar.

—¿Qué demonios le está diciendo? —pregunta John Cole.

—Dice que el fusil del jefe es mejor que el suyo —respondo.

—Qué demonios —exclama John Cole.

Después Starling Carlton parece tranquilizarse un poco y el mayor se encamina hacia ellos, quizá para zanjar el asunto, pero se detiene cuando ve que Starling le entrega el fusil. El jefe lo coge con la mano izquierda y lo apoya en la parte superior del brazo porque no tiene más remedio al sujetar a la niña con la otra mano. Entonces, en ese preciso instante, Starling Carlton desenfunda el viejo cuchillo indio y se abalanza sobre el jefe. No hay fuerza en la tierra capaz de resistir a Starling Carlton cuando este se abalanza sobre alguien, porque tiene el peso de una cría de bisonte. Válgame Dios, le clava el cuchillo al jefe en el costado. La niña chilla y se cae del brazo de su padre. Entonces se dispara el fusil y Starling Carlton da saltos en círculo y a la pata coja, gritando, porque la bala le ha dado en el pie. Para mí que cojeará de ese pie para el resto de su maldita vida. Con el cuchillo todavía clavado en la herida como un toro mexicano en una plaza de toros, el jefe recupera a su hija y se sube de un salto con ella al poni, gira la cabeza del animal, lo espolea como un demonio y se aleja en un frenético galope. Salta a la vista que el poni está tan sorprendido como nosotros. Un par de soldados piensan en dispararle, pero supongo que el jefe ya no tiene intención de dejarse alcanzar tan fácilmente, y además los soldados disparan por los resquicios de las puertas. Starling Carlton les grita que no disparen. Él ya ha recibido una bala en el pie, ¿no es suficiente? A lo lejos, vemos a los guerreros revolviéndose con los caballos como mantequilla. Entonces Lige Magan, nuestro tirador de primera, corre por la plaza de armas, trepa por la escalera más cercana hasta el muro y apunta sin prisa al sioux al galope. El mayor ordena a gritos a Lige que desista, pero quizás Lige de repente ha dejado de hablar inglés. En lo más hondo, se sabe que no tiene la menor posibilidad de alcanzar a nadie. Pero entonces ocurre algo extraño. Atrapó Su Caballo Primero parece detenerse en pleno galope y gira levemente el poni para que lo veamos. La bala ha alcanzado algo, no cabe duda, pero no es ni el jefe ni el poni. La señora Neale grita, corre hacia las puertas y el mayor sale a su paso para sujetarla por la cintura y retenerla. Es como si el tiempo se detuviera y las tormentas se paralizaran y nada avanzara. Por siempre jamás la mujer del mayor quedará atrapada en su carrera y el jefe girará el caballo hacia un lado para mirarnos sujetando el cuerpo de su hija muerta. Por siempre jamás Starling Carlton aullará de dolor como un poseso y la señora Neale llorará, y por siempre jamás los nubarrones negros de la tarde quedarán inmovilizados en el firmamento. Dios nos abandona una vez más.

Quien rompe el hechizo es Boethius, que aparece corriendo desde el callejón de atrás para saber si no ha intervenido a tiempo.

El mayor parece optar por dejar en el aire la pregunta de qué demonios había hecho Starling Carlton y, a la mañana siguiente, durante la formación, reconoce que al fin y al cabo nada bueno saldría de esa acción. Ahora lo ve, demasiado tarde. La nieve cae como el maná del cielo que no alimentará a ningún israelita. Tal vez el mayor piense que los viejos tiempos están llegando a su fin y que se avecinan otros nuevos. Lige explica que solo intentaba dispararle para vengar a Caleb Booth y que no pretendía matar a la niña. Todo el mundo lo comprende. El mayor parece dispuesto a dejarlo pasar. Pero eso no impide que John Cole pregunte a Starling Carlton, unas noches más tarde en los barracones, qué diablos le había pasado. Starling Carlton es un amigo, por lo que debe sentirse obligado a contestar. Dice que cuando vio que el fusil del jefe era una de esas nuevas carabinas Spencer, se le subió la sangre a la cabeza y lo llevaron los demonios como una tempestad. Enloqueció de repente como un fuego abrasador. No comprendía por qué él tenía que llevar su maldito mosquete en su maldita banda mientras ese indio se paseaba por ahí con el rey de los fusiles. Eso mismo dijo, «el rey de los fusiles». Y así sucesivamente.

—Entonces, ¿por qué le apuñalaste? —pregunta John Cole.

—¿Acaso no es evidente? Maldita sea, ¿es que no viste cómo el jefe levantaba la carabina y me apuntaba con el arma?

—¿Qué estás diciendo?

—¿Acaso no es verdad, guapo John Cole, que corre sangre india por tus venas? Supongo que sientes lástima por los tuyos, maldita sea.

Entonces John Cole se queda desconcertado un instante y yo también. No recuerdo si el disparo se produjo antes del apuñalamiento o después. Intento visualizar de nuevo el momento en mi cabeza. Creo que fue después, pero mi cabeza no está segura. Dios mío. En ese momento parece que Starling Carlton ha apuñalado también a John Cole y luego Starling Carlton se acerca y le dice:

—Mira, yo no estoy enfadado contigo, John Cole, así que tú no te enfades conmigo.

—Está bien —responde John Cole.

Solo yo advierto que se le han humedecido los ojos. John Cole llorará si te muestras justo con él. Acto seguido, Starling Carlton le da una especie de abrazo de oso. Y yo pienso que, a buen seguro que John Cole está oliendo el hedor de este hombre. No dura mucho, pero ocurre. Entonces me imagino que pensamos que todo puede seguir como de costumbre a partir de ese momento.

10

La siguiente parte de mi historia transcurre más o menos dos
años después. Lo único que ocurre en ese tiempo, más allá del
vaivén general de la vida, es que una de esas mocosas indias
se encaprichó de mí y, a medida que ella aprendía a hablar
inglés con la señora Neale, yo comencé a aprender cosas de
ella. Supongo que su mente empieza a desechar su historia,
tal y como está contenida en su propia lengua, porque solo
habla de la señora Neale y de los asuntos que comparte con
ella en el fuerte. Debe de ser prima de la fallecida Winona, y
como no consigo pronunciar su nombre sioux a pesar de ser
las únicas palabras que debo aprender, le imploro clemencia
y le pregunto si la puedo llamar Winona. No parece importarle. En ese viejo mundo suyo, de su pueblo, poner nombres
es algo corriente, por lo que debe de parecerle natural que yo
le ponga otro. A Starling Carlton no le sienta nada bien y asegura que no debo confraternizar con esa chusma, eso dice. Le
tiembla la voz al hablar, la barbilla le vibra como el pecho de
un pájaro. Dice que los irlandeses ya son bastante malos
de por sí y que, por lo que a él respecta, puedes coger a todos
los africanos y dárselos de comer a los cerdos, pero asegura
que los indios son los peores de todos, según Gunter. No sé si
habla en serio, porque no se inmuta cuando lo dice. John
Cole opina que Starling Carlton ya no está bien de la cabeza.

Seguramente acabe en Old Blockley, es decir, en el famoso manicomio. Le respondo que Winona solo tiene ocho años y que no es chusma ni mucho menos. Starling Carlton se tira medio año dándole vueltas a este asunto y luego ya no vuelve a mencionarlo.

El guapo John Cole no se encontraba bien y el mayor decide que no debe firmar un nuevo compromiso cuando termine su periodo en el ejército y que debe renunciar a él. Puesto que John Cole y yo nos alistamos a la vez por el mismo tiempo de servicio, yo también soy libre de marcharme con él. Una multitud de dos soldados, nos llama, y exhibe su agradable sonrisa. Cobraremos nuestra paga y un par de dólares para el viaje al este, y podremos quedarnos con las gorras, pantalones, camisas y calzones de algodón. El mayor dice que lo mejor es que nos vayamos y, si encontramos una cura, pues que volvamos. Asegura que somos unos dragones excelentes y que deberíamos estar en el ejército. Pero que no puede alimentar a un hombre que está continuamente enfermo, se lo prohíben el reglamento y el buen juicio.

Mientras explica todo esto, John Cole lo mira con rostro espectral. No creo que John Cole sea capaz de imaginarse de pronto el mundo sin el ejército. Se siente como expulsado del paraíso, dice. Jamás encontrará un lugar mejor desde Dan hasta Beerseba, añade. El mayor le responde que lo sabe muy bien y que le duele tener que darle esas noticias. El coronel tiene una muy buena opinión de él, sobre todo por los combates en los que se vio obligado a luchar.

Voy a ver a la señora Neale y le pido a Winona como aprendiz de criada. La señora Neale me dice que está preparada para esa tarea.

—Las niñas están listas para trabajar a los nueve años —afirma—, y Winona habla bien y se sabe casi todas las letras. También sabe sumar y restar. Le he enseñado a cocinar recetas sencillas que yo sé. Tiene buena mano con el baño maría. A usted le gusta la salsa bechamel, ¿verdad?

Hablamos en el oscuro salón delantero de su vivienda y la señora Neale me conoce lo bastante bien, pero aun así me pone firme y me hace la pregunta espinosa. No creo que ninguna otra mujer de la Creación fuera capaz de preguntarlo, pero ella lo hace, lo que muestra la clase de mujer que era.

—No voy a tener la conciencia tranquila —dice— si no se lo pregunto. Los hombres creen que pueden llevarse a una criada india para su propio desahogo y no pienso consentir eso, así que será mejor que me diga la verdad, soldado McNulty, y que solo quiera a esta niña como criada.

—Claro —respondo—, por toda la historia del mundo le doy mi palabra de que es así. La protegeré como si fuera mi propia hija.

—¿Y cómo está tan seguro? —pregunta.

—Bueno, estoy seguro y ya está.

—Como me entere de lo contrario, enviaré a unos hombres para castigarle —asegura.

Y de nuevo noto el extraño y feroz calor que emana, como si alguien quemara leños en su cuerpo.

Cuando llegamos a Misuri, John Cole recibe una carta comunicándole que su padre ha muerto, pero no sabe qué hacer con esa noticia, ya que no hay granja ni nada que reclamar. Me parece que simplemente piensa que su padre ha fallecido y ya está. Dice que le habría gustado mucho verlo antes de que muriese, que le sorprende que su padre haya muerto en Pensilvania y que ni siquiera sabe quién le ha enviado la carta, que no lo pone. Han pasado más de diez años desde la última vez que lo vio y tampoco fue una despedida cariñosa.

—¿Y quién era tu madre? —le pregunto, sorprendido de no habérselo preguntado antes.

—No recuerdo a ninguna madre —contesta John Cole, aunque da la sensación de que le habría gustado recordar a una.

—¿Cuántos años tenía tu padre? —pregunto.

—Pues no lo sé —dice—. Yo debo de tener unos veinticinco años o casi. Puede que tuviera cuarenta y cinco o cincuenta, tal vez.

No es que no tuviésemos dinero, así que alquilamos una casa en Lemay, junto al río, a pocos kilómetros en las afueras de San Luis. Resulta curioso poder contar que John Cole se siente tan en forma como una liebre y se pregunta si no era la maldita agua de Laramie lo que lo estaba envenenando. John Cole me anuncia que está tramando un plan y escribe a nuestro viejo amigo de los buenos tiempos de Daggsville, el señor Noone. Esa carta da vueltas por el país como la que recibió con la noticia de la muerte de su padre y transcurre un mes más o menos hasta que llega la respuesta. Sabemos por las fieles cartas patronales del señor Noone que se marchó de Daggsville cuando allí se impuso demasiado la civilización. Pero somos incapaces de recordar por nuestra maldita vida adónde dijo que iba. Resulta que el señor Noone ha abierto un nuevo local en Grand Rapids, donde monta espectáculos de *minstrel*[6], y dice que quizá pueda tener trabajo para Thomas McNulty, si es que no ha perdido su apostura en la guerra. Esa noche, mientras yacemos abrazados en el viejo camastro y Winona ronronea, durmiendo en la habitación de al lado, sentimos el aliciente de un futuro desconocido destilando en nuestros huesos.

---

[6] *Minstrel:* espectáculos que se impusieron en Estados Unidos, sobre todo en la segunda mitad del siglo XIX, y en los que hombres blancos, con la cara pintada de negro, interpretaban canciones y bailes imitando a los negros de forma cómica *(N. de la T.).*

—De todos modos, tú no has perdido tu encanto —dice John Cole, contemplándome en la penumbra—. Yo te veo muy atractivo.

—¿Tú crees? —pregunto.

—A mí me gusta tu aspecto —dice, y me besa.

Todavía es una novedad estar en una casa sin tener que deslizarse por los barracones como fantasmas. A Winona no le llama la atención ver a dos hombres en el mismo lecho, ya que es algo que puede darse en cualquier casa de postas o posada donde escaseen las camas. Ni siquiera sé cuántas camas propiamente dichas ha visto, ya que en Laramie dormía en el suelo. Ni siquiera conocía un pueblo antes, y le gusta caminar con nosotros hasta el río para coger la barca hasta la tienda. La muchacha está al mando de una cocina sencilla, tal y como se nos prometió, y habla bastante bien, y no sé por qué, pero no recibe demasiados improperios por la calle de los tipos más rudos. Es posible que demos la impresión de que propinaríamos una paliza a quien lo hiciera, y así sería. John Cole debe de medir un metro ochenta y cuatro, de modo que uno no se mete con él así como así. Yo soy un hombre de corta estatura, pero a veces el mejor puñal es uno pequeño. Siempre llevo el colt bien visible en el cinturón. Supongo que Winona no tiene demasiadas cosas que hacer y le compré tres vestidos en San Luis cuando llegamos a la ciudad, por lo que ya tiene vestuario propio. El vestido rosa con volantes es mi favorito. Creo que el vestido me gusta a mí tanto como a ella. Las chicas de la tienda le prepararon la ropa interior sin que yo mirara, porque me pidieron que apartara la vista, y también le compramos unos zapatos y todo. Hay una lavandera negra cerca, que lava la ropa cada semana. Incluso la almidona. Dice que de manera habitual prenden fuego a la casa de oración de los negros en San Luis, pero que no le suena que la hayan quemado recientemente. Llevamos a Winona a que le corten bien su bonito pelo negro y liso, y le compro peines y un cepillo. Se lo cepilla constantemente delante de su espejo de mano. Winona. No tiene apellido que alguien pueda pronunciar, por lo que le preguntamos si le gusta Cole o McNulty y ella responde que Cole le suena mejor, y puede que sea verdad.

Así que cuando vamos a comprar unos billetes de tren para la nueva línea a Grand Rapids, damos el nombre de Winona Cole. Parece tan natural como escupir en una escupidera.

Llegamos a Grand Rapids por Kalamazoo y pasamos la noche en el hotel Sweet; por la mañana, nuestro viejo amigo, el señor Titus Noone, viene a vernos. Durante todo el largo viaje a bordo del tren, que soltaba humo y agua entre bruscas sacudidas, Winona permaneció sentada muy recta sin dormir, como si se encontrara en las tripas de un demonio y a punto de morir. Las imágenes de los bellos paisajes y terrores de América que desfilan al otro de la ventanilla no la afectaban. Viejos y grandes lagos como mares, bosques ancestrales tan oscuros como los miedos infantiles e inesperados pueblos elegantes y llenos de barro. No encontramos al señor Noone tan mayor. Está tan atildado como una caballa. Su abrigo negro brilla de manera curiosa, porque está hecho de pieles de osos negros; su corbata azul azulejo destella también vivaz como un pájaro. Nos cuenta que los gemelos proceden del lecho de los ríos de Australia, unas esmeraldas oscuras como unos ojos arrancados. Su barbero le ha afeitado la barba cana, de modo que presenta un rostro lleno de arrugas, manchas oscuras y piel inmaculada. La piel muestra los frutos de tantas sonrisas. Lo más probable es que Titus Noone esté en la flor de la vida. John Cole le mira, luego me mira a mí y se ríe con esa risa que denota alegría y alivio. El señor Noone nos observa y aplaude con las manos enguantadas, como el tipo que hace el trilo, pero no es un trilero y también se echa a reír.

Supongo que recordamos lo que hizo por nosotros en Daggsville y él recuerda quizás lo que hicimos por él al no defraudarle. Cosas así sin duda son una base para futuros negocios. A pesar de lo agotada que está tras el largo viaje de la víspera, Winona aún tiene ánimos para unirse a nosotros. No es ninguna exageración afirmar que su risa es como un torbellino de agua fresca en un prado en verano. Cuando el señor Noone entró en la habitación del hotel por primera vez, se inclinó ante ella, le tomó la mano, se la estrechó con delicadeza y le dijo «Encantado». «Encantada», le respondió ella con su mejor acento de Boston, que le había enseñado la señora Neale. Tan solo un instante de algo insignificante. Me llenó el corazón de alegría. Son tan escasas las cosas que te llenan el corazón de alegría que conviene tomar nota mental cuando las encuentras para no olvidarlas.

—Es la hija de John —digo, sin pensármelo mucho, y sin haberlo reflexionado antes con esas palabras exactas.

John Cole no me lleva la contraria. Está radiante.

—Bueno —dice Titus Noone—, su madre debió de ser una gran belleza.

Inclina la cabeza, como queriendo expresar su pena por su posible fallecimiento, y no piensa preguntar sobre ello a no ser que le digamos algo más. De modo que dejamos así el asunto, como la última nota de una balada.

Una joven criada, tan negra como una piedra de afilar, trae té y whisky. Como si fuéramos una criatura de una sola cabeza, nuestros ocho ojos se iluminan a la vista de la tetera y las tazas en la bandeja y estallamos de nuevo en una risotada. A saber por qué. Supongo que estamos mareados. El señor Noone dice que tiene un negocio importante funcionando en una buena sala en Grab Corners. El mejor grupo de artistas de *minstrel* con caras negras entre Timbuctoo y Kalamazoo.

—Bueno —dice—, son todos bastante auténticos, salvo uno, la gran estrella, últimamente de capa caída, llamada Sojourner Wrathall. Hace todos los papeles de criadas. Un maldito genio licencioso. Una zorra de primera, hablando en plata. ¿A qué habéis venido aquí, muchachos?

—Bueno —responde John Cole, un poco avergonzado—, solo hemos venido para hablar con usted. Verá, se me vino esta idea a la cabeza el año pasado. Estábamos en un campamento indio cerca de Fort Laramie donde había unos hombres sioux vestidos de mujer y el resultado era muy turbador; algunos eran tan guapos que te flaqueaban las piernas solo de mirarlos. Y he estado pensando desde entonces que, dado que Thomas ya no es una chica, podríamos vestirlo con ropa de mujer y ver qué efecto producía. Pensé que, quién sabe, igual causaba el mismo efecto que yo sentí allá en las praderas.

—Bueno —dice Titus—, ¿podría pintarse como un *minstrel* y hacer el papel de las criadas?

—Podría, sí —responde John Cole—, pero sigo dándole vueltas a esta idea, supongo que como un predicador que alberga una visión reveladora, sabe, de Thomas con su vestido, y tan femenino como una dama, solo que más todavía, todo muy cuidado, buscando la belleza, ya sabe, y ¡mire qué guapo es! —añade John Cole después de una pausa para reírse—. Pensé que quizá merecía la pena intentarlo aquí, en su sala, puesto que usted ya nos conoce y sabe que no somos ningunos tontos.

—¿Y va a cantar o bailar o qué hará? —pregunta el señor Noone, inclinándose ahora con gran interés; sus enormes antenas de hombre del espectáculo agitándose como una enorme hormiga del desierto.

—He pensado —dice John Cole— que tal vez pueda aparecer en obras pequeñas, o aparecer como un joven atractivo, ir detrás de una pantalla, que salgan unos números de baile o algo así, y luego regresar transformado en una mujer fatal, y ver qué opina el público de ello. O podría mostrarse en el tocador, abrochándose el corpiño, y tal vez aparecer yo como su galán y entonces entablar una conversación o cantar, bueno, no sé cantar, así...

—De acuerdo, ¿y qué hará esta señorita? —dice, señalando a Winona con la cabeza.

—No lo sé —responde John Cole—. Nunca pensé que fuera a estar con nosotros.

—Podría interpretar el papel de niña —sugiere Titus Noone—. ¿Canta?

—¿Cantas? —repite John Cole, sin saber la respuesta.

—Sé cantar —dice Winona.

—¿Qué sabes cantar? —pregunta Titus Noone.

—Sé cantar *Rosalie, la flor de la pradera*. Me enseñó la señora Neale.

—Es una canción sobre un niño muerto —asiente Titus Noone con la cabeza—. Podemos pintar a Winona de negro y puede ser la criada y cantar la condenada *Rosalie, la flor de la pradera*. Será un exitazo. Mientras tanto, Thomas con el vestido y tú como galán, pavoneándote, y Thomas como una damisela encantadora, los dos insinuándoos, vaya, sí, señor, podría resultar. Si funciona, os pagaré veinticinco dólares a la semana, para los tres. ¿Qué os parece?

—Me parece tan bonito como un ruiseñor en un arbusto —responde John Cole.

—Bien —dice Titus—, tengo grandes esperanzas. Recuerdo muy bien cómo se encapricharon los mineros de los dos cuando erais chicas. Vamos a brindar, maldita sea.

Y eso hacemos, brindamos por ello.

El señor Noone dice que también hay mineros en Grand Rapids que trabajan en los filones de yeso a lo largo del río.

Hay algo en los mineros que los convierte en un público excelente. Al menos eso es lo que esperamos. Después Titus Noone se quita el sombrero de ala ancha y se despide con la cabeza. John Cole, Winona y yo salimos a la mañana siguiente a invertir todos nuestros ahorros en el material que necesitamos para el espectáculo. John Cole asegura que debemos comprar el mejor vestido que nos podamos permitir. Tiene que ser de la mejor calidad. Su intención no es representar una escena cómica. Pretende que yo salga tan espléndido como una dama de alta alcurnia. Bien. Tenemos por delante la complicada tarea de conseguir el equipo completo de artículos de mercería de una gran señora, pero las chicas ahí no se portan tan mal. Les explicamos que trabajamos en el espectáculo de *minstrel* y eso les parece maravilloso, así que no nos queda más remedio que soltar un largo cuento.

Cae la noche en Grand Rapids mientras caminamos de vuelta al hotel Sweet. Estamos tan agotados como luchadores indios. Las luces se encienden en las tabernas y cantinas; las aceras repiquetean bajo nuestras botas, las dependientas echan el cierre a los comercios y el gélido aire de la noche invade las calles. No tenemos dinero con que pagar un carro para llevar nuestras compras, así que vamos a pie. Dada la cantidad de cosas que necesita una dama, parece que llevemos plomo en las bolsas. La belleza no sale barata, y estamos todos expectantes ante la «actuación». Tendremos que buscarnos un trabajo con urgencia si esto no funciona.

—A Dios le llevó una semana crear un mundo entero —dice John Cole.

—Podemos hacerlo —respondo.

Regresamos a nuestras habitaciones, encendemos la mecha del quinqué y nos quitamos las botas; no nos atrevemos a enviar a Winona abajo a por comida, así que pasaremos hambre esa noche. Winona ordena todas las compras y luego se acuesta en el pequeño diván contiguo al pie de nuestra cama. Esta noche seremos castos como auténticos viajeros. Pronto su silueta pequeña y recortada se queda dormida, sube y baja con cada suave respiración, de modo que parece que un riachuelo agitado recorre la cama. Mientras yacemos el uno junto al otro en la oscuridad, la mano izquierda de John Cole se desliza por debajo de la sábana y me agarra la mano derecha. Oímos los alaridos de los juerguistas nocturnos y los cascos de los caballos que se alejan. Nos damos la mano como amantes que acaban de conocerse o como nos imaginamos que podrían estar unos amantes en ese reino desconocido donde los amantes se comportan como amantes sin disimulo.

11

Llega la gran noche y el portero del teatro, el señor Beulah McSweny, abre la puerta del escenario como cabía esperar y nos deja pasar donde el público corriente no tiene acceso. El señor McSweny es un hombre negro, de Toledo, de ochenta y nueve años. Nos hemos pasado toda la semana repasando nuestro número. La señora Delahunt, de las famélicas colinas Kerry, ha supervisado la pintura de los decorados y el señor Noone en persona ha planeado dónde debemos pisar exactamente sobre el escenario y, sentado en la inquietante penumbra de la sala, ha decretado el mejor sitio para que Winona cante su canción mientras nosotros hacemos nuestra pantomima delante de las candilejas. La mayor discusión gira en torno a si John Cole me toca o no, o si incluso me besa, y Titus Noone dice que es mejor decidirlo sobre la marcha y estar preparados para salir corriendo en la oscuridad si algo se tuerce y la cosa sale mal. Enseguida nos encontramos en el largo camerino del fondo y no somos más que un átomo en el alboroto de docenas de personajes que se untan la cara de negro mientras las pequeñas sastras ajustan unos trajes a unas chicas rollizas y suena un maravilloso bullicio de parloteo y risas. Los dos auténticos negros de la compañía —el señor Noone los llama los africanos— se pintan de negro sus rostros negros y se dibujan unas bocas blancas para resaltar más al cantante en la turbia y amarillenta luz de las candilejas. Las mechas flotan en el aceite y levantan la misma bruma que se podría encontrar por la mañana en un valle de la bonita tierra de Yellowstone. Winona también se coloca su máscara negra. Se mira en el espejo, encandilada.

—¿Ahora quién soy? —pregunta.

Los cantantes calientan la voz. Se vacían cubos de escupitajos de gargantas fumadoras de tabaco. Las cómicas se sientan ante el espejo y ensayan las muecas, poniendo caras ridículas. En el escenario, enseguida empezamos a oír los primeros números cómicos que actúan ante las candilejas como cajas de deliciosas manzanas. Oímos el rumor del público, semejante al de un río, y los repentinos silencios seguidos de nuevos rugidos, como si el agua se precipitara por una cascada. Nos colma el elixir que te invade cuando tienes un peligro ante ti, como cuando pretendes tirarte a esa cascada y sobrevivir. John Cole se acicala hasta que las mejillas le brillan como una lámpara. Nunca ha estado tan guapo. Nuestra costurera se acerca detrás del biombo y me ayuda con el complejo reto de mi ropa interior. Qué se pone primero o qué se añade luego es como un acertijo. El corpiño, el corsé, el cubrecorsé, las nalgas postizas y los rellenos de algodón para el pecho. Y la suave camisa, las enaguas y el vestido, tan rígido como un ataúd. El vestido es amarillo como el agua a la luz de la luna. Con unas suntuosas costuras, fruncidos de encaje, pliegues y lados sombreados. Una transparente muselina con un estampado floral delante y detrás. Confiamos en que todo lucirá con la iluminación. La luz del escenario que conspirará con nosotros y nos convertirá en seres diferentes a nosotros mismos, personas asombrosas. De pronto el encargado de los números nos hace un gesto con la cabeza. Aguardamos entre bastidores mientras escuchamos el número que precede el nuestro. Nuestras cenas desean ardientemente recorrer el camino inverso por nuestras gargantas. Estamos tan tensos como unas alambradas. Es una canción y un baile animado, con toda esa jerga negra y su bulliciosa alegría. El público pasa de la brisa a la tormenta. El escenario se vacía y escuchamos la música que el señor Noone nos ha asignado, que comienza lentamente al piano. Por un terrible segundo, en mi fuero interno veo a mi padre muerto en Irlanda. Los decorados están colocados y John Cole sale con Winona. La niña camina con elegancia hasta las candilejas y canta su canción. Hemos escuchado la canción mientras ensayábamos, pero ahora la canta con otra fuerza. Algo más se ha abierto paso en ella, como un ratoncito. Suenan aplausos y risas, la gente está encantada. Salgo al escenario y las luces me deslumbran y a la vez me atraen hacia delante con más fuerza. Soy como esa atmósfera que queda tras una tormenta. Insignificante, desamparado. Es como si estuviera sumergido en una charca de luz. Lentamente avanzo hacia los hombres expectantes. Ha ocurrido algo extraño, la sala se ha quedado muda. El silencio es más elocuente que cualquier sonido. ¿Se creerán de verdad que están viendo a una mujer hermosa? Una mujer de pechos suaves, como un personaje sacado de un cuadro de damas de postín. Ahora me invade una emoción tan embriagadora como la que solo consigue el opio. Me siento como una de esas candilejas, con una mecha ardiente a modo de corazón. No pronuncio una sola palabra. Winona se mueve como si estuviera ordenando el tocador. John Cole, que está hecho un pincel, se acerca desde el otro extremo del escenario y oímos a los hombres contener la respiración como el mar que se retira en la orilla de una playa. Se acerca lentamente. Ellos saben que soy un hombre, porque lo han leído en el cartel. Pero sospecho que cada uno de ellos desearía tocarme, y ahora John Cole es su embajador de besos. Se acerca muy despacio, cada vez más. Alarga la mano, abierta, con tal sencillez que creo que voy a desfallecer. El público todavía mantiene la respiración. Pasa medio minuto. Es muy poco probable que ninguno de ellos pueda aguantar la respiración tanto tiempo bajo el agua. Han encontrado nuevas reservas en sus pulmones. Nos sumergimos con ellos bajo las aguas del deseo. Todos los hombres presentes, jóvenes y viejos, quieren que John Cole me acaricie la cara, me abrace los estrechos hombros y pose sus labios en los míos. El guapo John Cole, mi galán. Nuestro amor a la vista de todos. Entonces los pulmones del público estallan y se oye un ronco rugido. Hemos alcanzado la apoteosis de nuestra actuación, la extraña frontera. Winona sale del escenario dando saltitos, y John Cole y yo rompemos el hechizo. Nos separamos como dos bailarines, nos acercamos hacia los parroquianos, saludamos brevemente y luego nos damos la vuelta y salimos. Como si fuera para siempre. Han visto algo que ni comprenden ni dejan de comprender. Hemos hecho algo que tampoco comprendemos nosotros, aunque en parte sí. El señor Noone no cabe en sí de gozo. Tiembla de alegría entre bastidores con la mirada puesta en la sala repleta de rostros iluminados por la luz. El público detrás del telón aplaude, vitorea y patalea con ganas. Hay en todo aquello una especie de locura que presagia una deliciosa libertad. Se descartan ideas preconcebidas. Aunque sea solo por un instante. Han visto una imagen fugaz de la belleza. Se han pasado el día trabajando en los lechos de cristales de yeso, picando piedra y recolectando el mineral. Sus uñas presentan un extraño color blanco de tanto trabajar. Les duele la espalda y, por la mañana, tendrán que salir otra vez al tajo. Pero durante un minuto se han quedado prendados de una mujer que no era una mujer de verdad, aunque esa no era la cuestión. En la sala de Titus Noone, durante un difuso y turbador fogonazo, había amor. Durante un instante fugaz hubo un amor imperecedero.

Al día siguiente sentimos ciertos remordimientos por hacer trabajar a Winona, y John Cole la lleva a la presencia del señor Chesebro y le pregunta si podría acoger a la niña india en la escuela siendo ella mestiza y de su propia sangre. El caballero dirige una pequeña escuela de piedra en un callejón detrás de Pearl Street. Le dice a John Cole que el pueblo no lo aceptaría, así que John Cole vuelve con Winona y asegura que a veces le entran ganas de matar solo para dejar muy clara su opinión. Él mismo nunca fue a la escuela. Es posible que yo me creyera un gran erudito porque había asistido a la escuela unos años en Sligo. Supongo que era lo que pensaba.

—En fin —dice John Cole—, ¿crees que podrás enseñarle algo más de lo que ya aprendió con la señora Neale?

Le contesto que probablemente no. No hay escuelas indias en la zona porque los indios fueron expulsados hace años. Al parecer, los chippewas eran antaño los mandamases de la zona.

—Maldita sea —bufa—, ¿cómo es posible que no haya un sitio para Winona?

Después, por la noche, habla sobre este asunto con el elegante Beulah McSweny y este le dice que le dará clase a Winona. Dice que su apodo es «poeta McSweny» y que ha escrito tres canciones que quizá se interpretan en los espectáculos de *minstrel*.

—Caramba, ¿no me diga? —dice John Cole.

—Sí —asiente—. Y puedo dar clase a Winona tres mañanas por semana, porque solo trabajo por las noches.

—Eso es perfecto —responde John Cole—. ¿Cómo consiguió convertirse en todo un caballero, señor McSweny?

—Mi padre era un hombre libre —explica—, en el río Misisipi. Transportaba en barca todo lo habido y por haber entre los ingleses y los españoles.

—¿Dónde está su padre ahora? —pregunta John Cole.

—Mi padre murió hace mucho —contesta Beulah—. Había un diecisiete en la fecha en que lo metieron bajo tierra.

—Dios santo —dice John Cole.

Así fue como inauguramos la mejor época en el pequeño reino que se había levantado contra la oscuridad. Parece que hay una ley según la cual, si hemos de tener una casa, esta tendrá vistas al agua. Conseguimos una casa cerca del río con cuatro habitaciones y un porche que daba a la calle; no era la mejor zona del pueblo, pero allí encajamos como un guante. Como un guante. Nadie se puede imaginar mejor la gente tan variopinta que compone un pueblo americano. Primero están los condenados irlandeses que no tienen nada pero lo saben todo, malditos sean, que viven bajo escaleras con goteras y se pavonean de vivir en palacios. Después están los indios mestizos, mezcla de vete tú a saber qué sangre. Luego están los negros, que quizá hayan venido de Carolina o por allí. Después, las familias chinas y españolas. El punto de encuentro para todos es el hogar al que acude toda esa gente para relajarse cuando terminan de trabajar, en su mayoría en las minas de yeso o levantando para los holandeses la otra mitad del pueblo. Nuestro casero es el poeta McSweny. Al fin y al cabo, ha estado ahorrando dinero durante setenta y cinco años, por lo que es dueño de media docena de propiedades.

Pero esa no es la cuestión. La cuestión es que vivimos como una familia. John Cole sabe que nació en diciembre o cree recordar ese mes, es posible que yo recuerde que nací en junio y Winona dice que ella nació durante la luna llena del ciervo. No importa, fundimos todas las fechas en una y acordamos que el uno de mayo es el cumpleaños de los tres. Convenimos en que Winona tiene nueve años y John Cole se ha decidido por veintinueve años. Por lo tanto, yo debo de tener veintiséis. O algo parecido. La cuestión es que, sea cual sea la edad que tengamos, somos jóvenes. John Cole es el hombre más apuesto de la cristiandad y está en la flor de la vida. Winona es sin duda la hija más guapa que haya tenido nunca un hombre. Con un pelo negro condenadamente precioso. Unos ojos azules como el azul oscuro de las caballas. O como las plumas de las alas de los patos. Un rostro dulce y fresco como un melón cuando lo sujetas entre las manos y lo besas en la frente. Dios sabe qué historias habrá visto o tenido que vivir. A buen seguro que violentos asesinatos, porque nosotros los causamos. Caminó entre una carnicería y otra ella sola. Era de esperar que una niña que ha visto tantas atrocidades se despertase en plena noche con fuertes sudores, y así es. Entonces John Cole abraza su cuerpo tembloroso contra el suyo y la tranquiliza cantándole nanas. Solo se sabe una, de modo que la repite una y otra vez. La abraza con ternura y le canta la nana. ¿Dónde la aprendió? Nadie lo sabe, ni siquiera él. Como un pájaro perdido de una tierra lejana. Después, se acuesta en la cama de la niña y ella se arrebuja contra él como uno puede imaginar que hacen los oseznos cuando están hibernando o incluso los lobeznos. Se aferra a él, como si John Cole fuera esa tabla de salvación que intenta alcanzar. Un puerto seguro. Entonces su respiración se alarga poco a poco hasta que empieza a roncar suavemente. Es hora de volver a la cama, y en la oscuridad, o con la ayuda de la tenue luz del candil, me mira y asiente con la cabeza.

—He conseguido que se duerma —dice.

—Sí, señor —respondo.

No hace falta mucho más para contentar a los hombres.

Tras unos meses haciendo lo imposible para el señor Noone, parece natural no estar cambiándome de traje cada hora y me siento mucho más feliz llevando un vestido sencillo y corriente y no teniendo que ponerme siempre y con desgana los pantalones. Fuera es una cosa; dentro, otra. Winona nunca dice nada al respecto. No parece ver en mí nada más de lo que ve en mi rostro. Sea lo que sea. No lo supe entonces y no lo sé ahora. Pero estoy más cómodo con el vestido, es cuanto puedo decir. Bueno, casi podría dar fe de que suelto cosas más graciosas o hago cosas que hacen reír a carcajadas a John Cole, mi galán. Winona sigue con sus recetas sencillas y los tres nos sentamos bajo la tenue luz; en verano, cubrimos las ventanas para protegernos del calor abrasador, y en invierno, también para luchar contras las ratas de frío que se cuelan por el menor resquicio. En casa, Winona no canta canciones de *minstrel*, sino esas otras melodías que la devuelven al lugar donde vivió la inocencia de su niñez. Estamos abocados a pensar con tormento que no sabemos siquiera quién era su madre o si sería una mujer a la que matamos. Dios sabe cómo nos pesa a veces ese crimen de colosal tamaño, y si contáramos en un ábaco los asesinatos cometidos, es posible que ese no fuera el único que perpetramos contra ella. Winona podría rajarnos el cuello durante la noche con toda justicia y derramar nuestra sangre roja por las almohadas de algodón. Pero no lo hace. Canta y escuchamos, y los tres regresamos a las praderas en nuestros recuerdos. Ella vuelve a sus tormentos sin culpa y nosotros a aquellos momentos en que nos quedamos extasiados contemplando toda aquella belleza solitaria.

Cambiamos, cortamos y recomponemos nuestra actuación hasta tener diez espectadores en una fila y no solo uno. Aprendemos a escuchar los sonidos de la sala para seguir el rumbo que nos marcan las corrientes y los rápidos de algunas noches. Las entradas son baratas, y a veces los hombres vienen hasta tres veces por semana; pero el gran cambio del teatro es que ahora también acuden las mujeres del pueblo: chicas ostentosas de clase baja, dependientas, pescaderas y muchachas que empaquetan el yeso. Vienen a ver a esa misteriosa dama que parece tan femenina como ellas. Quieren observarla, descubrir el misterio. Y yo quiero mostrárselo. Lo cual crea silencios salvajes y momentos de tensión que terminan cayendo en picado. En que las cosas descienden a una resplandeciente oscuridad. En que mi estómago se me desploma hasta los limpios y lustrosos zapatos. Un espectáculo ambiguo en Grand Rapids cuyos pros y contras nunca consigo descifrar. El único inconveniente es que al acabar la actuación tienen que ponerme deprisa y corriendo ropa de paisano y no puedo salir por la puerta del señor McSweny, sino que John Cole ha de sacarme por el *saloon* del teatro, como si fuéramos dos tipos cualesquiera, para llegar al callejón invadido de botellas y escupideras. El revólver colgado del cinturón, tan ceñido en su sitio como una ardilla. Porque un par de tipos se han enamorado de la vibrante y sumamente turbadora actuación. Querrán casarse conmigo. O poseerme. Mientras tanto, John Cole dice que me ama más que ningún hombre desde que los monos andan deambulando por ahí. Todas las noticias del *Grand Rapids Courier* cuentan que el hombre fue un mono hace mucho tiempo, a lo que John Cole apostilla que no le extraña, visto lo visto.

Además de declararme su amor, John Cole pide a Winona que escriba a Lige Magan de Fort Laramie para saber cómo le va. Su caligrafía ya es muy buena gracias al señor McSweny. Lige Magan contesta diciendo que todo le va de maravilla y que a Starling Carlton también le va de maravilla. Por su cuenta, la niña escribe a la señora Neale porque guarda buenos recuerdos de ella. El Servicio de Correos traslada fielmente estas endebles misivas, de un lado a otro, por caminos llenos de peligros. Al parecer, no se pierde un solo eslabón. La señora Neale escribe para decir que se la echa de menos en el fuerte y que las demás alumnas han sido trasladadas a Cisco, donde han encontrado un hueco en el servicio doméstico. Cuenta que una gran furia constructora se ha apoderado de las llanuras y que Winona hizo bien en marcharse, y que, además, el mayor cree que se están cociendo otros tipos de guerra en general. Yo me pregunto a qué se refiere con eso y escribo directamente al mayor para averiguarlo. Él me responde afirmando que le llegan noticias funestas desde el este y me pregunta qué se dice donde estoy yo; solo entonces caigo en la cuenta de lo que se nos avecina. Supongo que estábamos demasiado absortos en nuestros propios asuntos, entre el espectáculo, vivir, amarnos y todas esas cosas. A nuestro alrededor ha ido gestándose una gran agitación y se han formado nuevos regimientos en ambos lados para defender esto o lo otro. Yo nunca había oído hablar siquiera de la palabra «Unión» hasta que la leí en el *Courier*. Supongo que ese era nuestro bando, porque sacábamos nuestras ideas del señor McSweny. Afirma que no habrá América a no ser que luchemos por ella. Esa noche le pido que me informe. De pronto, ya estoy informado, y enardecido además. El corazón se ablanda de modo extraño ante las palabras grandilocuentes. Habla de esclavos, del verdadero y correcto amor a la patria y del llamamiento del señor Lincoln. Ahora nos sentimos embriagados de fervor y deseo patriótico. John Cole permanece ahí sentado, con los ojos como platos.

En un santiamén, todo el asunto se dispara y nuestro público va desapareciendo. Se esfuma como una vela consumida. Los malnacidos se alistan en regimientos de voluntarios. Llenan cuarteles en las praderas, donde se enardecen. Llegan hasta nuestra humilde región fragmentos de pomposos discursos de Washington, como migas soltadas por los picos de los pájaros que alimentan a sus crías. El señor McSweny reconoce que es demasiado mayor para luchar.

—Soy demasiado viejo —dice, aunque todo le funciona a la perfección.

Entonces el mayor escribe de nuevo y nos pide que nos unamos al nuevo regimiento que está reuniendo en Boston, desde donde nos reclama. Dice que deja a la señora Neale y a las chicas en Fort Laramie por seguridad, que se dirige al este y que, si nos presentamos en una semana, nos reclutará. Ahora firma como coronel, que es un cargo muy imponente, y supongo que él lo es ahora. Pero John Cole dice que le seguiremos llamando mayor por conveniencia. El poeta McSweny se compromete a hacerse cargo de Winona y alimentarla, y le damos unos dólares que hemos ahorrado. Guardamos nuestras pertenencias bajo llave en unas enormes cajas que parecen ataúdes: mis vestidos, las ropas elegantes de teatro de John Cole y todo lo demás. Damos un beso a Winona y nos marchamos.

—Seguro que volveremos pronto —se despide John Cole.

—Si no volvéis, iré yo a buscaros —responde Winona.

John Cole se ríe y luego rompe a llorar. Abraza a Winona y le da un beso en la frente. El señor McSweny me estrecha la mano y dice que estemos tranquilos, pero que no tardemos mucho en volver dada su avanzada edad. Le respondo que ya me había dado cuenta. Y emprendemos camino.

12

La primavera llega a Massachusetts con su habitual fuego. El aliento de Dios se extiende sobre el invierno para darle su calor. Eso significa mucho para los mil soldados apiñados en el campamento de un lugar llamado Long Island, en las afueras de la vieja ciudad de Boston. Salvo por los infinitos chuzos de punta que caen sobre nosotros, como un manto de una densa lluvia. Golpea sin piedad las tiendas de campaña. Pero tenemos una nueva responsabilidad con el mundo y nuestros corazones arden de deseos. Así nos sentimos cuando partimos a librar nuestra propia guerra.

Mosquetes, más que nada, y solo unas pocas de esas carabinas Spencer que habían enfurecido tanto a Starling Carlton cuando vio una colgada del costado de Atrapó Su Caballo Primero. Unas pistolas y unos pocos de los famosos revólveres. Lemtas y colts. Espadas y sables. Bayonetas. Eso es todo lo que tenemos para enfrentarnos a los rebeldes. Una nueva clase de balas que no habíamos visto cuando disparamos a los indios. No son redondas como las antiguas, sino que tienen la forma de una puerta con arco de una iglesia. El mayor, en su nuevo papel de coronel, admite a una oleada entera de irlandeses procedentes de las zonas nauseabundas de Boston. Estibadores, paleadores, transportistas, pícaros, bocazas y pobres granujas de medio pelo. Cualquiera vale, porque tenemos que convertirnos en un gran ejército, eso es lo primero. John Cole y yo seremos cabos durante el periodo de tiempo firmado, ya que somos soldados de verdad con experiencia en el ejército. El mayor también se ha traído a Starling Carlton, que es sargento, y a Lige Magan. Como este último tiene ya una edad, es nombrado sargento portaestandarte y llevará la bandera. Lige debe de rondar ya los cincuenta años. Los demás son solo soldados rasos, voluntarios, hombres leales y oportunistas. Hay mil caras, y las que mejor conocemos estarán en la compañía D. Nos hemos alistado durante tres años y todo el mundo cree que esta guerra no durará mucho más o es que no somos cristianos. La mayoría de los soldados rasos se alistan durante un periodo de noventa días. Quieren cumplir con su deber y luego volver a casa con orgullo. Nos entrenamos arriba y abajo por la descarnada plaza de armas y los sargentos intentan enseñar a los novatos a cargar los mosquetes, pero hay que ver lo lerdos que son. Con suerte, uno entre diez consigue disparar. Sheridan, Dignam, O'Reilly, Brady, McBrien, Lysaght, una lista de nombres irlandeses tan larga como el río Misuri. Solo algunos de ellos han estado en las milicias de Massachusetts, por lo que no resultan tan inútiles. Pero válgame Dios.

—Quizá el señor Lincoln haría bien en preocuparse —dice John Cole, absolutamente perplejo.

—Convierten un simple entrenamiento en un verdadero desastre —asiente Starling Carlton.

Llegó la víspera con desaforadas muestras de amistad, abrazó a John Cole y juro que a punto estuvo de darle un beso de la alegría de volver a verlo. Sudaba como una pared húmeda. Lige Magan nos estrecha la mano y dice que desde luego está encantado con esta nueva guerra y que qué tal nos ha ido, muchachos. Le respondemos que bien.

—¿Cómo está la niña india? —pregunta Starling.

—Bastante bien —le respondo.

El mayor está tan atareado como Jesucristo en una boda, pero se acerca a pesar de todo y nos sonríe a su manera, mientras asegura que la señora Neale manda recuerdos a sus antiguos soldados. El comentario nos hace reír. A Starling Carlton le parece una chanza más graciosa de lo que es en realidad y no puede parar de reírse a carcajadas mirando las nubes. No obstante, el mayor no se ofende, y es que Starling Carlton tampoco pretendía ofender. Mira a su alrededor parpadeando y enjugándose el sudor de su vieja gorra de campaña.

—Sé que lo darán todo, muchachos —dice el mayor.

—Sí, señor —asiente Lige.

—Pues claro que lo daremos todo, maldita sea —dice Starling Carlton.

—Sé que lo harán —dice el mayor con su bonito uniforme de coronel—. Sigan a su capitán, muchachos.

Se refiere al capitán Wilson, un irlandés reservado y pelirrojo. Después están el teniente Shaughnessy y el teniente Brown. Parecen dublineses decentes. El sargento Magan. Dos cabos, John y yo. Luego, una mezcolanza de hombres de Keey y otros muertos de hambre de la Costa Oeste. Tipos con rostros ajados y negros como robles de turbera. Los más jóvenes escuchan, sonrientes y con el ceño fruncido. Ojos, narices y bocas de toda laya. Hijos de su madre. Ya han sido testigos de la muerte de su mundo y ahora piden perdón a las Parcas para poder luchar por uno nuevo. Todos los rostros. El capitán Wilson pronuncia un bonito discurso el mismo día que partimos rumbo a Washington y todavía veo esas caras mirándole subido a su montura. Maldita sea, uno podría llorar al recordarlo si tuviese memoria.

—Solo pedimos —proclama el capitán— que guarden a la Unión en sus corazones y que esa estrella guíe sus pasos. Su país anhela de ustedes algo que supera la capacidad de todo hombre. Requiere su valor, su fuerza y su entrega, y es posible que lo único que les pueda ofrecer a cambio sea la muerte.

Puede que lo haya sacado de un manual.

—Habla como un romano —dice Starling Carlton, que parece estar deslumbrado como una damisela.

Pero en cierto modo nos hizo comprender algo. Los soldados pelean en general por un puñado de dólares; en este caso, por trece. Pero en ese momento no era así. Podríamos habernos comido la cabeza de nuestros enemigos y escupir el pelo. Un agradable hombre de Wicklow con una voz musical yanqui.

Después, contentos de liberarnos del campamento, marchamos hasta Washington formando un ruidoso río azul de cuatro regimientos y nos congregan e inspeccionan unos hombres altivos y encopetados, que no son más que puntitos negros a lo lejos; no oímos una maldita palabra de lo que están diciendo.

—Seguramente las mismas tonterías de siempre —farfulla Starling Carlton.

Pero, a pesar de todo, cualquiera puede advertir que se siente orgulloso. Todo el condenado ejército, efervescente, forma filas y los cañones de campaña brillan en éxtasis de gloria resplandeciente, por no hablar de los hombres, que se han acicalado y afeitado lo mejor que han podido. Veinte mil almas no son una partida escasa. No, señor.

Un agradable muchacho llamado Dan FitzGerald se une a nosotros para jugar a las cartas, así que todo recuerda bastante a los viejos tiempos en Fort Laramie, salvo que las estrellas bajo las que dormimos se han desplazado levemente y forma una ciudad repleta de caballeros con casacas azules. Las esposas lavan los uniformes en unas lavadoras de manivela y contamos con esforzados muchachos que saben cantar e incluso con McCarthy, un chico que toca el tambor; solo tiene once años pero mucho salero. Su nombre suena irlandés, pero es un chico negro de Misuri. No está nada claro si Misuri es de los rebeldes o de la Unión, así que McCarthy se marcha mientras se decide. En la siguiente hilera de tiendas hay hombres muy altos: son los artilleros encargados de los morteros. No se han visto hombres con brazos tan anchos y robustos, ni fusiles con cañones tan imponentes. Parecen cañones que hubieran comido melaza durante todo un año. Un aparato inmenso como la verga de un gigante. Algunos dicen que serán necesarios bajo los muros de Richmond, pero Starling Carlton sostiene que allí no hay ningún muro. De modo que no sabemos lo que significan esos rumores. Nuestra compañía está formada sobre todo por hombres de Kerry; Fitz-Gerald viene de Bundorragha, que, por lo que cuenta, es un barrio mugriento y pobre del condado de Mayo. No he conocido a muchos irlandeses que hablen de esos siniestros temas, pero él lo hace sin tapujos. Tiene un silbato de hojalata que se encarga de otro tipo de parlamentos. Dice que su familia murió de hambre; luego él cruzó a pie las montañas hasta Kenmare con tan solo diez años y después se fue a Quebec. Como el resto de nosotros, aunque de milagro no contrajo las fiebres como me pasó a mí. Le pregunto si vio a gente comiéndose unos a otros en la bodega del barco y él me responde que eso no lo ha llegado a ver, pero que ha sido testigo de cosas peores. Cuenta que cuando abrieron las escotillas en Quebec, sacaron los largos clavos y la luz entró a raudales por primera vez en cuatro semanas. Durante toda la travesía solo les habían dado agua. De repente, bajo esa nueva luz, vio cuerpos flotando por todas partes en el agua de sentina, luego a los moribundos y, a continuación, a todo el mundo reducidos a esqueletos. Por eso nadie quiere hablar, porque no es un tema de conversación. Te oprime el corazón. Sacudimos la cabeza y repartimos las cartas. Nadie habla durante un buen rato. Malditos cadáveres. Todo eso porque consideraban que no valíamos un carajo. Unos don nadie. Supongo que era eso. Esa idea te quema por dentro. Nada más que escoria. Ahora llevamos armas ceñidas a nuestro cuerpo e intentaremos triunfar.

A veces se producen escaramuzas en el campamento, pero no entre los piernas amarillas[7]. Algunos de esos soldados nativos temen a los puñeteros irlandeses, ya que, si se los encabrona, son capaces de darte una paliza y pisotearte la cabeza hasta que ellos se sienten mejor pero tú no. Los muchachos irlandeses rebosan ira, a punto de estallar. Quién sabe. Como cabo, intento apaciguarlos con buenas palabras. No es fácil. Puedo mandarlos al calabozo si no se tranquilizan. Cargan con su resentimiento como los perros de caza con su presa, de modo que debo mostrarme tan justo como el rey Salomón. Pero un irlandés también puede ser el hombre más caballeroso de la cristiandad. Dan FitzGerald te daría de comer su brazo si tuvieras hambre. El capitán Wilson emigró el año pasado. Dice que Irlanda sigue yéndose al garete a marchas forzadas. Pero es una persona excelente. Fue comandante en el regimiento de la milicia de Wicklow. Al parecer, su tropa debía de ser grandiosa, pero él no es despótico y la compañía está a gusto con él. Da la sensación de que si mandara hacer algo, es probable que lo hiciéramos. Starling Carlton opina que el problema del soldado irlandés es que, cuando se le manda hacer algo, se pone a pensar. Le da vueltas. Mira boquiabierto a su oficial para comprobar si la orden le gusta o no. Eso no es bueno en un soldado. Todo irlandés que se precie cree que tiene razón y es capaz de matar al mundo entero

---

[7] *Yellowleg:* soldado de caballería apodado «piernas amarillas» por las tiras de ese color del pantalón del uniforme militar *(N. de la T.)*.

para demostrarlo. Starling Carlton dice que los irlandeses no son más que perros rabiosos. Después me agarra las manos y se ríe. Maldito Starling Carlton, tan gordo como un oso pardo. Como es sargento, no puedo pegarle un buen puñetazo, que es lo que me gustaría.

Entre Dan FitzGerald y el tamborilero, el joven McCarthy, ha surgido una amistad, y Dan instruye a McCarthy en música irlandesa. Ha fabricado un tambor irlandés con la piel seca de una mula, unida a una duela. Le talló un palo a modo de baqueta y ya está equipado. Los dos muchachos se entusiasman con esas músicas de baile y con ello animan un poco los ratos de inactividad. Y no es que haya muchos ahora. Nos conducen lentamente hacia Virginia del Norte, aunque teníamos la esperanza de que se hubieran puesto vías férreas, pero es inútil. Nos toca caminar.

El pequeño destacamento de Lige Magan lleva el estandarte y es todo un espectáculo. Un bonito estandarte, dicen que lo cosieron unas monjas en alguna parte. Yo tengo que mantener a mis hombres de aquí para allá en buen estado y John Cole cuenta con su propio contingente; hay que admitir que Starling Carlton sabe manejar los asuntos del ejército y no nos sentimos a disgusto con el capitán que dirige nuestra compañía. De hecho todos los hombres tienen los ánimos por las nubes y desean enfrentarse a los rebeldes cuanto antes. Starling carga peso, pero incluso sin un caballo es tan fuerte como el centro de la corriente de un río. Se abre camino con vigor. No echamos de menos las canciones del viejo sargento, pero McCarthy va marcando el compás de la marcha con el tambor. Izquierda, derecha, izquierda, derecha. Eternos soldados, eso jamás cambia. Hay que ir de un sitio a otro y la única manera es la antigua marcha al paso forzada. Si no, los tipos se quedan rezagados, se van parando para beber en un arroyo o se detienen en las granjas por las que van pasando, por si acaso una buena mujer hubiera preparado alguna tarta. Eso no se puede consentir. Así pues, caminamos al paso hacia esa tierra de doble cara que es Virginia del Norte, sin saber de qué lado estarán las lealtades. Averiguarlo podría suponer la muerte. He de decir que Virginia me gusta. Al oeste asoman enormes montañas, y los viejos bosques no dedican ni un instante a pensar en nosotros. Dicen que las granjas están destartaladas, pero en realidad presentan un aspecto opulento. Cuatro regimientos forman un ruidoso tumulto, pero aun así los trinos de los pájaros despuntan en medio de nuestro alboroto y unos perros de la zona se acercan a las lindes de sus tierras para ladrarnos como posesos. Es preciso llevar el petate, el mosquete y el áspero uniforme con alegría. Si no, te aplasta. Más vale convencerse de lo fuerte que somos, mucho mejor. A ningún hombre le gusta romper filas porque no puede soportar un pequeño paseo hasta *Virgini*, como lo llama Dan FitzGerald. De todas formas, ¿acaso no nos dirigimos allí para demostrarles a los rebeldes dónde han errado? Lo equivocados que están. Tenemos artillería a espuertas y ardemos en deseos de enseñarles lo que es capaz de hacer. No nos compete a nosotros saber las órdenes de nuestros mandos, pues no es necesario. Dan FitzGerald dice que solo han de señalarnos a esos rebeldes. A veces cantamos grandes canciones todos juntos mientras caminamos, y no ofrecemos a los pájaros de Virginia las versiones de las hojas impresas que se podrían encontrar en el teatro del señor Noone, sino nuevas versiones a las que añadimos todas las palabras malsonantes que conocemos. Cada sucia, grosera y lasciva palabra malsonante.

Antes de marcharnos, envío una carta al señor McSweny con la esperanza de que le llegue y de que Winona esté bien. No nos pagaron durante los dos primeros meses, pero luego pudimos regocijarnos todos y entonces los hombres enviaron dinero a sus familias y nosotros no fuimos ninguna excepción. El capellán católico llevó nuestros sueldos hasta el depósito postal y mandó a Grand Rapids la suma que habíamos juntado como un envío del ejército. Nunca nos hizo ninguna pregunta comprometida sobre la existencia de esposas. Le bastaba con aferrarse a lo de la hija de John Cole. Pero es uno de esos sacerdotes italianos afables y de buen corazón, como hay en todas las religiones y en todos los rangos como el suyo. Un buen corazón rompe barreras. Fray Giovanni. Un hombre bajito, que no serviría de mucho a la hora de combatir pero que es útil para apretar los tornillos que comienzan a aflojarse en el motor de un hombre cuando se enfrenta a Dios sabe qué. Unas noches después de iniciada la marcha, estoy de centinela y relevo al cabo Dennily, que a todas luces está temblando. Incluso bajo la luz de la luna, y mientras intercambiamos unas palabras, veo que no se encuentra bien. Así que no es cierto que todos los soldados ansíen entrar en batalla. Pero fray Giovanni se acerca a él y comienza a fortalecerle el ánimo. Por la mañana, tiene mejor aspecto.

—Bien, cabo —me dice—, envíeme a cualquier hombre que vea asustado.

—Lo haré, padre —asiento.

La sensación de un peligro feroz se apodera de nosotros cuando llegamos al sitio donde debemos desplegarnos. Recibimos noticias de que los muchachos de gris están colmando la enorme linde del bosque que parece recorrer esa tierra. Tres praderas largas e inmensas se elevan hasta un promontorio yermo e inhóspito. Son hierbas de un metro de altura que harían las delicias de una vaca. Nuestras tropas se han desplegado con acierto y, por la tarde, nuestra sección está en posición y muy animada. Algo bulle en el corazón de los soldados; si se pudiera ver, tendría unas extrañas alas. Algo que aletea en sus pechos y luego un fuerte batir de alas. Tenemos los mosquetes cargados, y allí mismo, donde estamos, una fila de cincuenta hombres se arrodilla y otros cincuenta permanecen de pie detrás de ellos mientras otra fila de hombres asoma por detrás para recargar armas. Y luego hay tipos ansiosos y callados, preparados para dar un paso adelante con el fin de cubrir los huecos. Los cañones de campaña disparan hacia los árboles y pronto miramos, asombrados, las explosiones como si no las hubiéramos visto antes. En la copa de los árboles estallan fuego y oscuridad, y entonces el follaje del bosque parece abalanzarse hacia delante y hacia atrás para cerrar el lugar asolado. Todo aquello sucede a unos cuatrocientos metros y podemos divisar a los soldados con casacas grises que aparecen en el enmarañado filo de los árboles. El capitán observa por el catalejo y murmura algo que no consigo entender pero que se transmite de unos a otros; parece que está diciendo que allí hay unos tres mil hombres. Eso suena a mucha gente, pero nosotros somos mil más. Los piernas amarillas se reúnen en lo alto de la pradera y nuestras baterías intentan cubrirlos. Cuando ya están cubiertos, los rebeldes deciden descender porque no tiene gracia recibir merecidos proyectiles. Los rebeldes corren hacia nosotros de un modo inesperado, al menos para mí, y, cuando llegan a nuestro alcance, los oficiales nos dan la orden de prepararnos y luego gritan «¡Fuego!», así que disparamos. Esos locos rebeldes caen como moscas y, entonces, al igual que el bosque parece cerrarse con un coraje verde sobre los vacíos de la muerte, siguen avanzando. Cada una de nuestras líneas recarga y dispara, recarga y dispara, y ahora los rebeldes disparan, algunos deteniéndose unos instantes, otros mientras siguen avanzando a toda prisa. No tiene nada que ver con la lenta marcha que nos enseñaron a nosotros, sino que se trata de una carga desenfrenada y vertiginosa de criaturas humanas. Nadie pensaría que se puede matar a tantos soldados sin que eso les impida seguir avanzando hasta rodearnos, y comenzamos a caer con impactos de bala en la cara o en un brazo. Esas feroces minibalas que estallan en tu pobre cuerpo mullido. Entonces el capitán grita que calemos las bayonetas y nos ordena ponernos en posición y luego cargar. De mi pequeño grupo de hombres queda uno todavía arrodillado con desorientada convicción, así que con cierta destreza le doy una patada para que se levante, y avanzamos. Ahora somos un solo corazón que corre hacia delante, pero la hierba crece en densas matas y cuesta correr con presteza. Nos tambaleamos soltando improperios a diestro y siniestro como unos borrachos. Pero de alguna manera, con un virulento redoble de energía, mantenemos el equilibrio y de pronto deseamos entremezclarnos con el enemigo, la hierba deja de ser un obstáculo y un miembro de la compañía grita «*Faugh a ballagh!*[8]». Entonces suena en nuestras gargantas un ruido que no hemos oído nunca y nos invade un ansia por hacer algo que no sabemos definir, a no ser que sea clavar las bayonetas en esa masa gris que tenemos delante. Pero no es solo eso: hay algo más, o varias cosas más, que no sabemos nombrar porque no forman parte de una conversación habitual. No es como abalanzarte sobre los indios, que no son como los tuyos, sino que es atacar un reflejo de ti mismo. Esos rebeldes son irlandeses, ingleses y todo lo demás. Correr, correr e imponerse. De repente los rebeldes giran hacia la derecha y dirigen la carga campo a través. Han divisado la enorme marea de nuestros hombres avanzando por detrás y quizás vean en ella una máquina de muerte. Sea lo que sea, nos llegan las voces de los oficiales gritando en medio del atronador caos. Detenemos la carga, nos arrodillamos, cargamos armas y disparamos. Nos

---

[8] Grito de guerra en gaélico utilizado por los irlandeses en la guerra de Secesión norteamericana y que significa «Allanad el camino» *(N. de la T.)*.

arrodillamos, cargamos y disparamos a los milpiés puestos de perfil del enemigo. Nuestras artillerías escupen de nuevo sus proyectiles y los confederados aúllan como una manada de caballos salvajes y retroceden corriendo tres metros y luego otros tres más. Están deseando ponerse a salvo en el bosque al otro extremo. Las artillerías siguen vomitando fuego desde atrás, escupen sin cesar. Algunas bombas vuelan tan bajo que quieren abrirse camino entre nosotros, y muchas de nuestras filas caen también cuando un proyectil cava una sangrienta zanja entre hombres vivos. Un virulento agotamiento nos infecta los huesos. Cargamos y disparamos, cargamos y disparamos. Ahora, en medio del ruido creciente, docenas de proyectiles golpean al enemigo, haciéndolos trizas. Planea sobre nosotros una sensación de súbita desgracia y desastre. Luego, con un inmenso brote, semejante a una repentina infección de florecillas primaverales en la pradera, se extiende una extraña alfombra de llamas. La hierba se incendia, arde intensamente y añade fuego al fuego. Está tan seca que no se inflama lo bastante rápido; es tan alta que las briznas se queman en grandes matas lamiendo las piernas de los soldados, que huyen no entre hierbas suaves, sino entre llamas oscuras y repletas de una atronadora virulencia. Hombres heridos caen en este horno dando alaridos, horrorizados y desesperados. Un dolor que no soportaría ningún animal sin lanzar gritos salvajes, dar zarpazos y encabritarse. El principal cuerpo de soldados encuentra misericordia entre los árboles y sus heridos quedan tendidos en la tierra ennegrecida. ¿Qué es lo que lleva a nuestro capitán a ordenar que dejemos de disparar y, a través de mensajes transmitidos unos a otros, detener los cañones? Nos quedamos ahí de pie, mirando, y el viento arrastra la conflagración hacia el extremo de la pradera, dejando a muchos hombres aullando y a los enmudecidos velando su propia muerte. Los silenciosos visten los negros pliegues de la muerte. Otros, a los que el fuego no ha alcanzado, solo son hombres destrozados que gimen. Nos ordenan la retirada. Nuestra oleada azul se repliega doscientos metros y, desde la retaguardia, salen los muchachos desarmados con el personal médico y también el capellán. De los árboles rebeldes también salen almas parecidas y se decreta una tregua sin mediar palabra. Ambos bandos arrojan los mosquetes al suelo y los destacamentos reciben órdenes de no disparar y matar, sino de apagar con los pies la tierra ennegrecida y en llamas y atender a los moribundos, los malheridos y los quemados. Como bailarines danzando sobre la hierba carbonizada.

13

Morir por tu país no tiene nada de peliagudo. Es lo más fácil del repertorio. Dios sabe que es muy cierto. El joven Seth McCarthy vino desde Misuri para tocar el tambor en el ejército federal y ¿qué es lo que recibe a cambio? Que le vuele la cabeza una bomba federal. Encontramos su cadáver a la mañana siguiente, cuando recorrimos la pradera en busca de papeles y otras pertenencias para enviar a casa. Seth yacía allí con el tambor todavía atado a su joven cuerpo. Pero ya no tenía cabeza. No era la única ni la peor visión de los efectos de la batalla. Pongamos, encabezando la lista, los cuerpos destrozados. ¿Cómo es posible que Dios quiera que luchemos como malditos héroes para luego convertirnos en un trozo de carne calcinada que no quieren ni los lobos? El destacamento funerario ordena que se dé sepultura a los muertos grises y azules por igual, y orar. Fray Giovanni reza el rosario y le oímos mascullar algo en latín. Los muchachos que nunca habían presenciado una batalla antes no se muestran muy animados. No sé qué huella dejan esas horribles imágenes en una persona. Algunos soldados tiemblan en las tiendas de campaña y no hay cecina suficiente, ni siquiera whisky suficiente, capaz de reponerlos. Se hace necesario enviarlos de vuelta a algún sitio, pues el campo de batalla ya no es lugar para ellos. Son incapaces de sujetar una cuchara, ya ni hablemos de un mosquete. John Cole, dado su gran corazón, se muestra muy preocupado; dos de sus soldados han muerto como caracoles arrancados de sus conchas. A manos de sus propios tiradores de retaguardia. Así suceden las cosas a menudo. Se me antoja de pronto que las batallas son muy extrañas y sombrías. Por los clavos de Cristo, ¿alguien sabe lo que pasa? Porque este cristiano no tiene la más remota idea. Gracias a Dios, John Cole y yo, así como el viejo Lige Magan y Starling, salimos indemnes, y también Dan FitzGerald. Si no, ¿cómo diablos íbamos a jugar a las cartas?

Esa misma noche, cuando los centinelas ya están vigilando, me alejo solo hasta una pequeña arboleda. Permanezco allí un rato nada más. La luz de la luna penetra entre los densos robles, que parecen mil vestidos. Me digo que el hombre es como un lobo pero que también es algo más complejo todavía. Pienso en Winona y en todas sus penalidades. Durante todo ese tiempo habría sido incapaz de decir quién era yo. Sligo parecía remoto y solo otra pincelada de oscuridad. La luz era John Cole y toda la magnificencia de su bondad. No puedo quitarme de la cabeza la imagen del chico del tambor. Está clavada ahí como una astilla. Supongo que debería haber podido disfrutar más de la vida de lo que lo hizo. Un muchacho de Misuri valiente y risueño, que no esperaba nada. Su cabeza rodando por una solitaria pradera de Virginia. Unos ojos tan expresivos, ahora enterrados en un sucio agujero. Válgame Dios, no será suficiente llorar por él. ¿Cómo vamos a poder contar todas las almas que hemos perdido en esta guerra? Tiemblo como la última hoja marchita de una rama en invierno. Me agito, nervioso. No creo que haya conocido a doscientas personas en mi vida y sabido sus nombres. Las almas no son como un gran río que, cuando llega la muerte, se precipitan por la cascada hasta dar con la tierra más abajo. Las almas no son así, pero esta guerra exige que lo sean. ¿Tenemos tantas almas para entregar? ¿Cómo es posible? Pregunto todo esto al resquicio que queda entre los robles. Tengo que marcharme en un minuto y relevar al puesto número dos. ¡Relevo, alto! ¡Presente arma! ¡Relevo, arma al brazo! ¡Adelante, en marcha!

Hay tanto silencio que uno juraría que la luna está a la escucha. Los búhos aguzan el oído, y los lobos también. Me quito la gorra y me rasco la cabeza llena de piojos. Los lobos bajarán de las montañas en unos días, cuando nos hayamos ido, y se pondrán a cavar entre las piedras que hemos apilado. Tan cierto como la vida misma. Por eso los indios colocan a sus muertos sobre unos palotes. Nosotros los metemos bajo tierra porque creemos que así los respetamos. Hablamos de Jesús, pero Jesús no sabía nada de esta tierra. Así somos de estúpidos. Porque no es así. El gran mundo brilla como una sencilla lámpara porque la nieve ha comenzado a caer en el claro. En una esquina al este, aparece en la penumbra un enorme oso negro. Supongo que lleva allí todo el tiempo, olisqueando en busca de larvas y raíces. No lo había oído. Quizá él también estuviera respetando el extraño silencio. Ahora me ha visto y gira su enorme cabeza dibujando un lento arco hacia mí para verme mejor. Me escruta. Sus ojos parecen inteligentes y tranquilos y me observa durante un largo rato. Después balancea todo su cuerpo como si colgara de unas cuerdas y se adentra bruscamente en el bosque.

La nevada se hace más intensa y emprendo el camino de vuelta al campamento. Doy la contraseña de la noche al centinela. Me acerco despacio por la avenida este entre las tiendas. Los coroneles, comandantes y el resto de los altos mandos están en la gran carpa de los oficiales. La lona que la cubre brilla tenuemente. Tienen lámparas de verdad encendidas en el interior. Veo las siluetas sentadas de los oficiales y sus negras espaldas dan a la entrada. El guardia vigila en silencio en la nieve recién caída. Oigo el murmullo de sus voces. Hablan de sus familias o de la guerra, no sabría decirlo. La noche ha dado paso a la verdadera oscuridad y el corazón mismo de todas las cosas está al mando. El chotacabras grazna por encima de las tiendas de los hombres que duermen. Una nota corta, una larga. El chotacabras chillará eternamente sobre estas praderas nevadas. Pero las tiendas son provisionales.

Nos hemos trasladado a un lugar más cerca del río para establecer los cuarteles de cara al invierno. Supongo que nadie que no lo haya sufrido en sus carnes se podrá imaginar el espantoso aburrimiento de esos tiempos. Preferirías enfrentarte a una lluvia de proyectiles y metralla. De acuerdo, o casi. John Cole y yo nos divertimos mucho cuando se organizan veladas de entretenimiento con rostros pintados de negro. Es bien sabido que hemos trabajado en salas de espectáculos, pero aquí cantamos juntos como dos muchachos y entregamos un *Uncle Tom* o un *Old Kentucky Home* y lo dejamos en eso. Kentucky tiene ambos pies en la guerra, así que tenemos que pisar con cuidado ese terreno. De forma inofensiva, Dan FitzGerald se pone un vestido una noche, y aunque se ha pintado la cara de negro, canta una canción irlandesa para voz femenina y, Dios mío, despierta las proclividades de una docena de hombres. Starling Carlton dice que quiere casarse con ella. Eso también lo dejamos ahí. Por lo demás, es imposible mantener los pies calientes, y ya que no nos llega la menor noticia del mundo exterior, bien podría acabarse este y sonar el último pedo que no nos enteraríamos. Los mensajeros solo llegan cuando el frío alza la mano. Entre los soldados se extienden los casos de fiebres y algunos pierden la cabeza por completo. Incluso el whisky malo se agota, y como las carretas con las provisiones no logren llegar, vamos a terminar comiéndonos las botas. Tampoco llega el pagador, y uno se pregunta si aún está vivo o si la muerte lo ha alcanzado y no es más que un fantasma tembloroso. Cuando llega la primavera, el suelo todavía está duro y aun así nos ponemos a cavar largos fosos para los fusiles y contraguardias para los cañones. Por lo visto, esta parte del río esconde un vado bajo la actual crecida. Cuando dentro de poco reaparezca, nos mandarán vigilarlo, me imagino. Starling Carlton se alegra de ser sargento y no tener que cavar. Dice que quién le mandaría a él viajar al este con lo feliz que estaría él en Fort Laramie matando a los indios.

—¿No le gustaría ayudar a los negros, señor? —le pregunta Dan FitzGerald.

—Pero ¿qué estás diciendo? —espeta Starling.

—Ayudar a los negros a tener su libertad y a mantener la Unión, señor —explica Dan.

—¿Qué es eso de los negros? —objeta Starling Carlton—. Yo no muevo un dedo por los negros.

Está visiblemente desconcertado.

—¿Es que no sabes por lo que estás luchando? —interviene Lige Magan—. Dios mío, me parece que no tienes ni puñetera idea.

—Sí que lo sé —replica Starling Carlton, con tono de alguien que no lo sabe.

—Entonces, ¿por qué luchas? —pregunta Lige.

—Pues porque me lo pidió el mayor —responde Starling, como si eso fuera lo más evidente de toda la cristiandad—. ¿Por qué diablos luchas tú?

Vuelven las currucas, las malditas mariposas y también los altos mandos, que, al igual que las currucas, se habían largado con los primeros copos de nieve. No se puede pretender que gente tan encopetada se quede en el campamento como pasmarotes, sin hacer nada. El coronel Neale intentó viajar al oeste antes de que cayeran las crudas nevadas, pero solo llegó hasta Misuri, según cuenta. Ahora está preocupado por las mellizas y la señora Neale. Le llegan noticias de que allí hay problemas, pero confía en que el ejército sepa manejarlos. La guerra ha diezmado nuestras tropas en el oeste y las milicias ciudadanas las han sustituido de algún modo. Al coronel Neale no le gustan las milicias ciudadanas. Las milicias confederadas son las peores: deambulan por ahí pegando tiros a diestro y siniestro. Mantiene que, en cuanto se produce una baja, no faltan hombres vulgares para cubrirla. Noticias generales invaden el campamento. La guerra se extiende por todas partes. Pero el reloj del día avanza como siempre. Toques de corneta y órdenes vociferadas. Las grandes carretas con provisiones tiradas por bueyes irrumpen en el campamento. Menos mal, estábamos a punto de comernos las balas. Había un pequeño depósito abarrotado de todo el botín del invierno. A fray Giovanni le gusta su copa de brandi, pero siempre hace los honores. El corneta tiene los labios helados y pegados a la boquilla. Sus pequeñas heridas en carne viva no tienen tiempo de cicatrizar.

No mucho después nos llega la noticia de que el gran ejército se dirige hacia el sur y que cruzará por el vado. Nuestro capitán cree que quieren ir hacia un lugar llamado Wytheville y atravesar la Cordillera Azul. Causar todo el daño posible a los rebeldes de Tennessee, apunta el capitán Wilson. Puede que sea verdad y puede que no. Pero el nivel del agua ha bajado y el medio metro de profundidad se ve amarillo y pardo por las piedras del lecho. Llega una remesa de nuevos reclutas para cubrir los puestos vacantes. Irlandeses como siempre. Escoria de la ciudad, según Starling Carlton. Pero a pesar de todo, y conforme van llegando, los vitoreamos. Resulta estimulante ver hojas nuevas y caras nuevas. Todo se ha puesto en movimiento y ya no nos sentimos tan mal. También por los hombres circula la savia.

Supongo que los rebeldes creen que si pueden desalojarnos de la ribera del río, podrán controlar el vado e impedir que los federales avancen. Sabemos que se aproxima un gran contingente de los suyos por la margen derecha del río. Un hombre ciego podría divisar la polvareda y el jaleo que levantan a quince kilómetros de distancia. Deben de ser unos diez mil soldados. Una división como poco, de esos muchachos con los pantalones agujereados. Nosotros solo somos cuatro mil, pero estamos enterrados como perritos de las praderas. Abundan las trincheras a lo largo de kilómetro y medio. Todo está dispuesto formando sinuosas uves, hay baterías completas apostadas en cada flanco y contamos con proyectiles suficientes como para rivalizar con las pirámides de Egipto. Tenemos todo un regimiento para defender la retaguardia y un buen batiburrillo de compañías en el flanco derecho. Starling Carlton apuesta dos contra uno por los piernas amarillas. Lige dice que Starling no sabe contar. Starling dice que Lige es un traidor mentiroso de Tennessee.

—¿Qué dices ahora? —dice Lige.

—¿Acaso no eres un chico de Tennessee?

—Lo soy.

—Pues entonces, ¿por qué no luchas al lado de los rebeldes si apestas como ellos?

—Mi padre te pegaría un tiro si te oyera hablar así, Starling —dice Lige—. No tienes ni idea de nada, así que no puedes hablar de Tennessee.

—Sé reconocer un uniforme traidor cuando lo veo.

—Entonces ¿por qué no das un paso al frente y me lo dices a la cara? —suelta Lige.

—Te lo estoy diciendo a la cara.

—Tu cara está a medio metro de mi boca.

—Maldito seas, Lige.

Y entonces los dos estallan en una carcajada y vuelven a ser ellos mismos. Menos mal, porque hasta ese momento parecían dos asesinos frente a frente.

Los coroneles observan desde la retaguardia y los sargentos bajan con las órdenes. La cosa se pone seria y allá vamos. Lige tiene un trozo de papel con su nombre y el de su granja escritos en él, que siempre se cuelga en el pecho antes de entrar en liza. No quiere que su cuerpo acabe en una fosa común y que su padre no se entere. Su padre tiene ochenta y nueve años, y debe de estar haciendo equilibrios en la cuerda floja de la vida, quién sabe. Después Lige se repliega y se hace cargo de la bandera. Levanta nuestro estandarte con el trébol y el arpa. Verde como una hoja de abril, pero también polvoriento y rasgado. Se hincha con el viento del río y ondea. Se oye un estruendo con la llegada de los rebeldes y debemos admitir que ahora sí que estamos nerviosos, e incluso tenemos náuseas. Los rostros miran al sur para ver el aspecto que tienen. Vemos las numerosas colinas y los sotos de monte bajo, y después el oscuro río que discurre hacia el sur a nuestra izquierda. Un río amistoso y protector. El coronel Neale aparece a caballo e intercambia unas palabras con el capitán Wilson, pero nadie oye lo que se dicen. Parece gracioso. A continuación, el coronel recorre las filas al trote y saluda a los hombres con la cabeza. Tenemos una gran compañía de caballería a nuestra derecha, pero permanecen detrás entre los árboles, y no se sabe si entrarán en liza o no. Puede que tengan que emplearse a fondo si los rebeldes irrumpen en alguna zona. No tenemos la menor intención de dejar que eso ocurra, así que hemos tomado nuestras raciones de panceta salada y galletas y no dejaremos que la historia de una derrota viaje al norte. Esas son las cosas sencillas que uno tiene en la cabeza. También asoma ese extraño pavor que comienza a hincharse en las tripas y que impone a los hombres la necesidad de aliviarse bruscamente, pero las letrinas quedan demasiado lejos. Eructas y la comida te sube por la garganta como si quisiera saludar al mundo otra vez. Sin olvidar lo de mearse en los pantalones. Es la vida del soldado. Ahora vemos mejor a las tropas rebeldes, divisamos los estandartes del regimiento aquí y allá; ellos también cuentan con la caballería, que les acompaña lentamente. Ahora despliegan todas sus fuerzas a lo ancho y uno se imagina a los coroneles intentando contener a tanta gente. El primo hermano de una orden se llama caos. El primo caos en persona. Casi percibimos cómo tiembla el suelo bajo nuestros pies, y aun así el pobre Starling Carlton, que se está asegurando de que los hombres se hallan en la posición adecuada, vomita la panceta en una violenta expectoración. Sin embargo, no se queda sin aliento y le trae sin cuidado que lo vean. Se limpia la boca mugrienta y no muestra la menor vacilación, si puede evitarlo. También el terror es primo del valor. O eso espero, porque lo estoy sintiendo. Observamos a los rebeldes y, Dios santo, diez mil es un número que podría quedarse corto. Parece más bien un maldito ejército entero. Vemos cómo los caballos al trote colocan los cañones en ambos lados y también a los artilleros desplegándose; no transcurren ni dos segundos hasta que la primera bomba pasa volando por encima de nuestras cabezas con el quejido del hijo de Dios. Van a arrojarnos hacia el centro a unos cuatro mil soldados de infantería formando una terrorífica masa humana; ya vienen hacia nosotros. Antes de saber lo que está pasando, nuestros cañones los tienen a su alcance y enseguida disparamos un avispero de proyectiles sobre los rebeldes. Brotan repentinos árboles de humo y fuego en medio de la miríada de soldados que avanzan. Por encima del estruendo oímos cómo los artilleros vociferan órdenes y los sargentos y capitanes gritan palabras, mientras notas cómo todo tu cuerpo se funde en un solo estremecimiento de miedo y pavor. Por la Santísima Madre de Dios. Una densa humareda negra, procedente de los disparos de artillería, cubre el río como una bruma. Tras vomitar todo el desayuno, Starling Carlton se ríe a carcajadas a mi lado. ¿De qué se ríe? Ni él mismo lo sabe, o él menos que nadie. Los capitanes dan la orden de abrir fuego y mil mosquetes vocean y arrojan sus balas redondas contra esos demonios andantes. Los malditos rebeldes con sus piernecillas esqueléticas, sus harapos de color castaño claro y todos sus buenos pensamientos guardados bajo gorras de toda índole. Los del sur no tienen uniformes, ni gachas, y a veces ni siquiera zapatos. La mitad de esos bastardos de aspecto feroz van descalzos. Podrían ser moradores de los tugurios de Sligo. Maldita sea, algunos de ellos posiblemente lo sean. Vienen hacia nosotros. Ahora distingo mejor los estandartes del regimiento y este desgraciado que se acerca por el centro lleva tréboles y arpas igual que nosotros. La puñetera guerra demencial de siempre. Veo al menos a diez portaestandartes. Esas son todas las órdenes que necesita un simple soldado. En cuanto ve ondear su bandera, sale a combatir. No va a consentir que el maldito enemigo se haga con él. Otra de las cosas que advierto es lo delgados que están estos muchachos. Es algo extraño, parecen fantasmas y almas en pena. Sus ojos semejan veinte mil piedras sucias. Se me antoja que piedras del río, y enloquezco por segundos. Estoy tan asustado y desquiciado que la orina me corre libremente por los pantalones militares. Estalla en un chorro que me empapa las piernas. Maldita sea. Como una yegua meándose en un prado. Al menos me lustra las botas. Nuestra primera embestida tumba a unos doscientos hombres. Los rebeldes van a tener que cavar muchas tumbas. Vemos cómo se acerca la caballería por la derecha de nuestras barricadas; quinientos caballos cabalgan en el flanco izquierdo de los rebeldes. A saber qué cañones derriban a algunos de ellos. Algunos proyectiles no llegan a su objetivo, pero hay tanto humo, gritos y chillidos que ya no se percibe nada. Adiós Virginia, bienvenidos caos y confusión. Recargamos lo más rápido que nos permiten nuestros dedos. Apuesto a que Starling Carlton desearía tener ahora esa bonita Spencer por la que quiso matar a Atrapó Su Caballo Primero. Yo también desearía tener una. Se tardan tres o cuatro minutos en tener a punto el mosquete. Maldita sea. Hay que disparar y atinar. Disparar y atinar. Hemos cortado el avance enemigo y ahora los rebeldes retroceden. Así no pueden recibir disparos desde los parapetos y las contraguardias, pero tampoco pueden matar a muchos de los nuestros ni aproximarse lo bastante para arrollarnos. Engullirnos como la corriente de un río y ahogarnos en la muerte. No pueden. La caballería gira ahora hacia el centro y se dirige al galope contra los soldados que se baten en retirada. Apuñalan espaldas y cortan cabezas con los sables, y ahora su propia caballería se precipita contra la nuestra. Por todos los santos. Se enfrentan como demonios retorcidos, alzan y golpean los sables y disparan las pistolas en pleno rostro a voluntad. Mueren por docenas. Se produce una algarabía de hombres aterrados que corren, de caballos que se encabritan y tiran a sus jinetes y Dios sabe qué otros desastres más. Después, la caballería retrocede al galope y deja que los rebeldes regresen a esas pequeñas colinas. Maldita sea, no. Tienen otro regimiento de caballería que avanza entre los soldados que se repliegan y por poco han de darse media vuelta, porque están siendo pisoteados por los suyos. Vuelven otra vez a la carga. Disparamos como energúmenos. Disparamos y disparamos. La marea entera de rebeldes gira de nuevo y juraría que el viejo Canuto está obrando el milagro que no pudo conseguir otrora. La avalancha de hombres retrocede. Vemos cómo se alejan durante un cuarto de hora y vitoreamos. Permanecemos de pie y de rodillas, jadeando como ganado sediento. Dios prendió fuego al mundo, pero Starling Carlton se apoya en el parapeto y descansa su enorme rostro en la tierra como si la estuviera besando. Pero está exhausto como un perro cazador tras un largo día de caza. Su enorme cuerpo parece tan agotado que se desploma en el suelo como un hombre muerto. Le oigo farfullar algo en la tierra, con la boca y la cara hundidas en el fango. El día es tan seco como un horno, pero el sudor de su cuerpo forma suficiente barro como para hacer una vasija. John Cole se acerca desde su destacamento y se arrodilla a mi lado. Apoya la cabeza en mi brazo derecho y parece cerrar los ojos por un momento. Parece quedarse dormido. Como un bebé después de que le canten una nana. De pronto todos los cuerpos parecen dormidos. Ninguna fuerza será capaz de hacernos volver a levantarnos. Hemos cerrado los ojos y pedimos que se nos devuelva nuestra fuerza. Si creemos en algún dios, se lo rogamos a él. Entonces vuelve lentamente a apoderarse de nosotros. Ni el mejor discurso del mejor capitán podría ser tan profundo como el alivio que sentimos.

14

Al atardecer, los hijos de mala madre vuelven a la carga. La brisa sopla ahora hacia el este y un millón de diminutas olas rizan la superficie del río. Como un encaje urdido por un millón de costureras. Los viejos heraldos del crepúsculo extienden una lenta ceguera sobre la tierra y un alargado viso del color de las manzanas que se funde con el cielo. Las montañas que presentaban un tenue tono azulado se oscurecen a lo lejos hasta volverse negras. El mercurio cae. Quizá no estemos tan preparados como antes. Después, se pronuncian palabras severas sobre las defensas donde están las letrinas y el hospital de campaña. Debieron de avanzar sigilosamente, al igual que el tono rojizo del cielo. Aunque lo primero que nos golpea es de nuevo la caballería, han debido de detectar un punto débil y llegan en tromba por el extremo derecho y los vertederos, intentando lanzar los caballos contra la línea de retaguardia más sólida. Detrás de esa línea están los dichosos coroneles y demás. Los mismos soldados salen en tropel contra los caballos que los invaden. Observamos todo esto mientras aguardamos estúpidamente tras los parapetos. La penumbra nos vuelve lerdos. Sentimos cómo se avecina la matanza y, al intentar evitarla, nos colocamos delante de ella. Las primeras cohortes de oscuridad son otro enemigo más. El mismísimo mundo y su naturaleza están en nuestra contra. Los centenares de hombres repelen la caballería lo mejor que pueden y los caballos giran de nuevo al este hasta desaparecer en los borrones de la nueva noche. El coronel parece adivinar lo que va a pasar y nos ordena salir de los parapetos y bajar a los campos salvajes para enfrentarnos a los rebeldes que vengan, si es que vienen. No hay una sola alma entre nosotros que quiera abandonar el parapeto. ¿Acaso no cavamos el maldito foso? ¿Por qué abandonarlo ahora? Las masas deshilachadas de sombras no nos atraen. Dan FitzGerald me mira a la espera de recibir mis órdenes y yo no abro la boca.

—¿Vamos o qué? —pregunta.

—Preferiría no ir —respondo—, pero igual deberíamos hacerlo.

—Por el honor de Bundorragha —dice, riéndose.

—¿Qué ha hecho Bundorragha por ti, Dan? —pregunto.

—Nada de nada —responde.

—Pues eso —digo.

Después trepamos a gatas fuera de la zanja. Todos gateamos, pongamos que unos mil hombres, y por suerte esta vez los rebeldes no han enviado a su ejército, sino solo a alguna que otra compañía dispersa. Puede que para tantear el terreno. Quizá solo puedan esconderse tras las colinas. Así que hemos avanzado diez pasos por la hierba fresca de Virginia y el río discurre en majestuoso silencio, bordado con sus diminutas olas. El azar quiere que la compañía que viene hacia nosotros sea la turba de irlandeses que distinguimos antes. La casualidad en los inciertos caminos de la guerra. Lige Magan porta nuestro estandarte en alto y avanza por el centro de nuestras compañías. Caminamos por la hierba a buen paso con las bayonetas caladas y los fusiles inclinados. No hacemos nada hasta que la otra muchedumbre acelera el paso. Descubrimos un nuevo ritmo en su avance. El capitán Wilson nos da la orden y nos lanzamos a correr. Nadie quiere hacerlo, pero todo el mundo lo hace. Oímos los primeros disparos de los rebeldes y, en un instante, el campo ensordece con un estruendo de fuego cruzado. Ya no hay tiempo para recargar y nos abalanzamos con las bayonetas apuntando hacia delante. Nace en mi garganta un leve grito que va creciendo hasta convertirse en el mismo bramido que mana de las gargantas de los demás; suena ahora el rugido de mil hombres y el capitán es quien ruge más fuerte. Espantaría hasta al mismísimo arcángel. El rugido es más estruendoso que cualquier viento conocido y contiene una especie de rara lujuria y algo similar a la crueldad. Los rebeldes han agotado sus proyectiles y ahora arrojan al suelo los mosquetes, desmontan las bayonetas y se abalanzan contra nosotros con la bayoneta en una mano y un cuchillo en la otra. Nunca hemos oído hablar de algo semejante. En la creciente oscuridad, llega con furor un caótico raudal de caballos y rezamos para que sea nuestra caballería. Golpes y sablazos; disparos de pistolas. Los jinetes se agachan para cortar tendones y músculos. Y todo en una penumbra que nos va envolviendo. ¿Atacar al atardecer ha sido una locura o una genialidad? Los rebeldes irlandeses también gritan y lanzan improperios en gaélico. Al fin, nos juntamos y empieza la lucha cuerpo a cuerpo, a puñetazos y cuchilladas. Estos muchachos son corpulentos y más tarde descubriremos que son trabajadores del ferrocarril y estibadores de Nueva Orleans. Tipos rudos, curtidos en mil pendencias y acostumbrados a matar. No atraviesan esta oscuridad para mostrarnos su amor. Quieren arrebatarnos la vida, arrancarnos el corazón, asesinarnos, atajarnos y detenernos. Tengo ante mí a un recio sargento que intenta clavarme un cuchillo Bowie y no me queda más remedio que rajarle las tripas con la bayoneta. Los nobles adversarios combaten durante diez minutos y, en ese lapso de tiempo, cientos de hombres caen al suelo. Docenas de ellos gimen y piden socorro.

La oscuridad es casi absoluta y los rebeldes dan de nuevo media vuelta y se retiran mientras la caballería los deja marchar porque ya no se ve un carajo en esa noche tenebrosa. Los rebeldes y los federales yacen a partes iguales desangrándose en la negrura.

Se produce, de pronto, un curioso momento de calma. Los heridos suenan como el ganado sometido a una cruenta carnicería. Les han rajado la garganta, pero no del todo. Emiten gorjeos y sujetan algunas extremidades en agonía. Muchos padecen heridas en el vientre que presagian muertes espantosas. Entonces la luna se asoma despacio en el cielo y extiende sus largos dedos de una luz casi inútil. Retrocedemos penosamente hasta los parapetos y los destacamentos se ponen en marcha. Se lleva a los heridos al campamento en las nuevas ambulancias. El puesto de socorro ha sobrevivido a la caballería de los rebeldes y el cirujano está dentro con sus serruchos y vendas. Hay más heridas de bala de lo que se esperaba, y aunque la verdad es que yo no oí bombas durante nuestra carga, a muchos les faltan los brazos o les cuelgan brazos y piernas. Los ayudantes encienden grandes candiles y comienzan las amputaciones. No hay hospital más arriba en esta zona, de modo que es ahora o nunca. Todo lo que se pueda vendar acaba envuelto en un firme vendaje. Al extremo de la mesa del cirujano va creciendo la pila de brazos y piernas, como las mercancías regaladas de algún carnicero repugnante. Se han atizado los fuegos y se presionan hierros candentes en las heridas mientras se acallan los aullidos de los hombres. En nuestro fuero interno, sabemos que no sobrevivirán. La vieja podredumbre los roerá, y aunque consigamos enviarlos al norte, no verán otra Navidad. Primero el infame punto negro y luego las de Caín. Lo hemos visto cientos de veces. Aun así, el cirujano se afana, por si acaso. Suda como Starling Carlton. Demasiados, demasiados. Ojalá algunos tengan suerte, rezamos. Ahora es Lige Magan el que aparece con un cuchillo clavado en el cuello. Debió de quedarse inconsciente, porque duerme y tiene el cuerpo inerte. Tal vez le hayan dado éter al pobre diablo. El cirujano, empapado de sangre, envuelve la herida descuidada de Lige y luego lo apartan.

—Traigan al siguiente, traigan al siguiente.

—A la orden, pero doctor, salve al bueno de Lige. Es el mejor.

—Saquen a este loco de aquí —ordena el cirujano.

No lo culpo. Trabajará otras siete horas más. Que Dios guíe su mano ensangrentada. Nuestros camaradas. Fragmentos pobres y desgarrados de hombres insignificantes.

Cuando la herida cura, intentan devolver al pobre Lige a filas. Pero resulta que no puede girar la cabeza. Ese cuchillo Bowie irlandés de Nueva Orleans fue, desde luego, un verdadero palo en las ruedas. De todas maneras, puesto que Lige no es ningún mozalbete, le conceden una honorable licencia en plena guerra y nos anuncia que lo más probable es que vuelva a Tennessee para cuidar de su padre. Dice que así serán dos malditos vejestorios juntos. Su padre todavía cultiva ciento veinte hectáreas, así que podría necesitar manos vigorosas que le ayuden. Lige se emociona al contárnoslo, pero a mí me embarga una tristeza natural. John Cole siente un gran afecto por Lige, lo mismo que muchos otros. Solo Starling Carlton frunce el ceño y suelta duras palabras, pero para él eso es el equivalente a decir cosas buenas. Sin Lige, Starling no será ni la mitad de lo que es, lo sabemos. Supongo que se volvieron uña y carne con el tiempo. No puedo pensar ni una sola vez en Starling sin que aparezca también Lige, como una ardilla en un árbol. El grandullón y sudoroso Starling tendrá que buscarse a otro compinche. No parece una perspectiva muy alentadora. Starling me dice que le preocupa que, si Lige no puede girar la cabeza, no sea capaz de ver a unos ladrones si le atacan. Eso parece inquietarlo mucho. También dice que Tennessee ya no es una tierra tranquila. ¿Cómo puede volver a Tennessee un casaca azul? Buena pregunta. Solo que no llevará puesta una casaca azul. Cuando Lige se marcha, le entregan ropa de paisano raída. No tiene aspecto de granjero con ciento veinte hectáreas de tierras. Más bien sí del ladrón al que teme Starling. Estrechamos la mano de Lige y se despide. Más o menos ha de ir caminando hasta Tennessee. Dice que se figura que habrá un camino que atraviese la Cordillera Azul. Tiene que haberlo. Nadie lo sabe. En fin, se marcha.

—Escríbenos una carta cuando puedas —le pide John Cole—. No te olvides.

—Seguiré en contacto —asiente Lige—. No pienso perderte.

John Cole enmudece al oír eso. John es un hombre alto y delgado, y puede que su cara no sea muy expresiva. Le gusta tomar sus propias decisiones y luego actuar. Es el dueño de mi trasero, quiere lo mejor del mundo para Winona y no descuida a sus amigos. Pero cuando Lige Magan da a entender su aparente cariño, John Cole sí deja traslucir algo en el rostro. Quizá recuerde los viejos días de enfermedad, cuando John Cole no podía mover un músculo y Lige se deshizo en atenciones. ¿Por qué debería un hombre ayudar a otro hombre? No hace falta, al mundo no le importa. El mundo no es más que un desfile fugaz de momentos crueles y largos periodos deprimentes en los que no se hace nada salvo beber achicoria y whisky y jugar a las cartas. No se necesita nada más. Los soldados somos gente rara, atrapada en la guerra. No hacemos leyes en Washington. No pisamos sus bonitos céspedes. Nos matan las tormentas y las batallas, y la tierra nos cubre sin que nadie pronuncie una palabra; y no creo que nos importe. Nos sentimos felices de respirar porque hemos visto el terror y el espanto, y entonces, durante un tiempo, no nos someten a sus dictados. Las biblias no se escribieron para nosotros, ni ningún otro libro. Quizá no seamos lo que la gente conoce como seres humanos, ya que no participamos de ese pan del cielo. Pero si Dios intentara excusarnos, podría señalar ese extraño amor entre nosotros. Es como si avanzaras a trompicones en la oscuridad y al encender una lámpara descubrieses la luz salvadora. Los objetos de una habitación y el rostro del hombre que a ti te parece un tesoro recién descubierto. John Cole. Parece un alimento. El pan de la tierra. La luz de la lámpara incidiendo en sus ojos y otra luz que proyecta en respuesta.

El ejército rebelde nos ha dejado hechos unos zorros, así que somos relevados y enviados más al norte. El coronel se muestra sumamente contento, sin embargo, de que los rebeldes hayan sido repelidos, como él dice. Supongo que es cierto, pero a un alto precio. En un lugar llamado Transbordador Edwards, cruzamos el río y pisamos de nuevo tierra de la Unión, lo cual es una sensación extraña y maravillosa. Aunque los zapatos nos causaban estragos y la planta del pie de John Cole se quedó en carne viva a causa de la mezcla de barro y gravilla en las botas. Me tomo unos momentos para quitárselas y lavarle los pies en el río. No vimos a un solo granjero en todo el camino mientras cruzamos Virginia. Se escapaban y escondían el menor desecho. Aquí los granjeros ya no son tan cautelosos y conseguimos comida fresca a nuestro paso, como hacía mucho que no nos habíamos echado al gaznate. Tartas recién horneadas. Si esta es la cocina del cielo, me apunto. Entramos en un campamento con un ejército principal y debe de haber veinte mil hombres cagando en la misma letrina. Una ciudad peculiar y enorme se levantó entre las pequeñas colinas y las granjas. Si Maryland no es una tierra bonita, que venga Dios y lo vea. Estamos agotados hasta la médula y el capitán Wilson quiere que recobremos fuerzas. Pone un límite cuando Starling Carlton encuentra un cerezal tres colinas más allá y decide que lo mejor sería quedarse a vivir allí. Tenemos que acudir con una cuerda para traerlo de vuelta. Lo encontramos encaramado a un cerezo.

—¿Qué demonios está haciendo? —lanza Joe Ling, ordenanza del capitán.

—No hablo contigo —responde Starling—. No eres más que un soldado raso.

Así que Joe vuelve al campamento y el capitán en persona sale en su busca. Se detiene bajo las ramas y coge unas cerezas como por casualidad; las mastica y escupe los huesos.

—Qué cerezas más ricas —dice—. Enhorabuena, sargento Carlton.

—Muy amable —responde Carlton bajándose del árbol—. Procuro hacerlo lo mejor que puedo.

—¿Quiere que lo ate? —pregunta el soldado Ling.

—¿Atarlo? —repite el capitán—. No, quiero que se quiten las gorras y las llenen de cerezas.

Y de ese modo regresamos cargados de fruta. Starling Carlton está libre y muy relajado; camina a mi lado. Dicen que se avecinan tormentas en Maryland, pero hoy precisamente hace uno de esos días que son un regalo del cielo y que nos recuerdan cómo puede ser la tierra: agradable y con una clase de calor contra el que no hay queja posible. Los campos y los estrechos caminos son verdes y encantadores; los cerezos rebosan de aquellos diminutos planetas rojos, y se atisba la proximidad de manzanas y peras, siempre y cuando las tormentas no las destruyan. Le dan ganas a un soldado de hacerse granjero y anclarse a un lugar para el resto de sus días. En plenitud y en paz. Caminamos con alegría y Starling habla de la tierra cerca de Detroit en verano y de que cuando era niño quería ser obispo. Después Starling se queda quieto en el camino árido y observa detenidamente la tierra yerma, y pienso que no volverá a moverse y que tal vez sea mejor que vaya a por la cuerda después de todo. Supongo que Starling Carlton está como una regadera.

—Creo que eres un buen amigo —me dice de pronto, deteniéndose.

Unos pocos metros más adelante, el capitán vocea:

—¿Avanzan o qué?

—Ya vamos —respondo.

Todos los meses, si el carromato de hierro del pagador nos encuentra, enviamos diez dólares al poeta McSweny para Winona Cole. Ha vuelto a trabajar para el señor Noone pintándose la cara de negro, de modo que ya dispone de su propia fortuna, si tres dólares a la semana se pueden considerar una fortuna. La nuestra son una veintena de cartas de Winona atadas con un cordón de zapato. Nos envía todas sus noticias con una bonita caligrafía. Ansía nuestro regreso, pero no quiere que nos maten a) los rebeldes o b) el coronel por deserción. Dice que espera que tengamos vituallas y que nos lavemos bien una vez al mes como ella siempre nos ha insistido. Supongo que ni un rey podría pedir más. El señor McSweny dice que está convirtiéndose en toda una mujer. La chica más guapa, sin parangón, de todo Michigan.

—Vaya —dice John Cole.

—No me extraña, ¿acaso no es hija del guapo John Cole? —respondo.

John Cole se ríe cuando lo digo. Opina que no nos quedan muchos días de vida y que llegará el momento de cobrarnos el último en el viejo banco del tiempo. Espera poder volver a verla una vez más antes de eso. Es todo lo piadoso que puede llegar a ponerse John Cole.

Y entonces nos envían a Tennessee. Escribimos una breve misiva a Lige Magan antes de embarcarnos, avisándole de que nos busque, y recibimos una triste contestación en la que nos cuenta con detalle la muerte de su padre. Los rebeldes le robaron la granja, lo colgaron por ser un casaca azul y masacraron a todos sus cerdos. Ni siquiera los requisaron. Supongo que no pensaban comer carne federal. Malditos y estúpidos asesinos. Su padre había liberado a los esclavos y los había puesto a trabajar como aparceros para que no se murieran de hambre. Los rebeldes dijeron que aquello era una traición a la Confederación. Como suena. Lige cuenta que hizo todo el camino a casa a pie desde Virginia porque no podía utilizar el ferrocarril por Big Lick. Dice que nunca echó la vista atrás, lo cual es una pequeña broma por su parte, ya que tiene el cuello completamente rígido. Asegura que los rebeldes se han apoderado del ferrocarril para su uso exclusivo. Su granja se halla en un lugar llamado Paris, en el condado de Henry, pero lo único que encontró fueron huesos y dolor. Le estamos contando todo esto a Starling Carlton porque pensamos que le puede gustar saber de él, pero Starling se pone nervioso y no quiere escuchar nada más. Sale a toda velocidad de la tienda de campaña como si le hubieran entrado unas ganas urgentes de cagar.

—¿Qué demonios le pasa? —pregunta John Cole.

El coronel Neale estaba contento con nosotros, pero los de más arriba no lo estaban tanto con él y lo sustituyeron, de manera que el capitán Wilson fue ascendido a comandante y tuvimos un nuevo coronel que no nos conocía de nada. El coronel Neale vuelve a ser mayor y ha regresado a Fort Laramie. Starling Carlton quiere volver con él, pero ha firmado y no le van a licenciar de su feliz servicio hasta dentro de un mes. El coronel asegura que estaría encantado de tenernos de nuevo en Fort Laramie, y eso nos alegra. John Cole dice que podríamos pasarnos a buscar a Winona cuando todo esto acabe o cuando terminen los tres años por los que nos hemos alistado, lo que llegue antes, y salir pitando para allá. ¿Por qué no?

—Pues primero porque allí hay algo con lo que tú no haces buenas migas —objeto—. El agua, quizás. Además, ¿qué hay de los vestidos?

—Bueno —responde John Cole—. Podemos ir todo el condenado camino hasta San Francisco. Buscamos un teatro allí y soliviantas los corazones de los hombres sencillos.

—O seguir con el señor Noone, ¿por qué no? —replico.

—Tenemos el mundo a nuestros pies —dice John Cole—. Eso parece.

Y nos ponemos a hacer planes como dos recién casados. Nuestro tiempo de servicio acaba dentro de cuatro meses más o menos. Nadie cree que la guerra haya terminado para entonces, e incluso hay quien dice que nunca acabará. Los rebeldes son más fuertes que nunca y su caballería es como un fogonazo de muerte, aseguran. No cuentan con un buen abastecimiento, apenas tienen comida, sus caballos están famélicos y tienen los ojos encendidos. Es un misterio. Quizás sean todos fantasmas y no necesiten alimentarse.

El mes acaba y nuestro viejo amigo Starling consigue los papeles y los guarda en el zurrón, que ahora no es más que veinte centímetros cuadrados de saco de arpillera. Es una mañana de calor tórrido de principios de otoño y su corazón de pronto se abre al marcharse. Hemos vivido muchas matanzas juntos y todo lo que hemos compartido conlleva una buena dosis de aprecio. Starling Carlton es el hombre más extraño al que he llamado amigo. Nadie puede leer el libro de Starling Carlton fácilmente. Las letras están apelmazadas, repletas de tachones y borrones. He visto a ese hombre matar a otros hombres sin mucho pesar. Matar o que te maten. Todas las cosas que dice odiar son justamente las que más quiere, y puede que lo sepa o puede que no. John Cole le regala un cuchillo Bowie con mango de cuerno de recuerdo y Starling lo mira como si fuera una joya de la corona.

—Gracias, John —dice.

Se marcha tras su querido mayor y quizás esa fuera la talla de un hombre llamado Starling Carlton. Que en esencia era leal.

15

Todos los que habíamos firmado un contrato con el señor Lincoln nos vimos obligados a emprender la marcha a Tennessee, y durante muchos días ni siquiera conseguimos divisar al enemigo. Eso era algo muy raro porque se supone que los rebeldes estaban por todas partes. Pero no donde mirábamos nosotros. Deambulamos por los bosques y los campos del condenado y maltrecho Tennessee y ya no volvimos a toparnos con esas tartas recién horneadas. Una cosa es partir en una marcha forzada y otra muy distinta que la sigan las carretas de abastecimiento que han de venir detrás. Caminamos y caminamos como malditas marionetas. El mayor Wilson se halla al mando de tres compañías, A, B y C; pero es posible que esté al mando de todo el regimiento, porque el coronel no hace más que beber ron. De dónde diablos lo saca es una buena pregunta. Pero el caso es que lo consigue y se lo bebe. Se pasa casi todo el tiempo adormilado en la parte trasera de la carreta de los portaestandartes, lo que no es una imagen edificante. Supongo que el mayor Wilson puede hacerse cargo, pero aun así. Este coronel se llama Callaghan, lo cual podría ser una explicación. Me entran ganas de prender una vela por el mayor Neale en la próxima iglesia que me encuentre.

Tras varios días desconcertantes, el destacamento de caballería se acerca con órdenes expresas para el coronel, de modo que el mayor Wilson las recibe y las lee rápidamente a fin de disimular la irregularidad de la situación. Ante nosotros divisamos una gran cortina de humo que se eleva mientras retumban los estallidos de las bombas como pisadas de gigantes en un suelo duro. Parece que se está librando una buena batalla más adelante y ahora hemos de tomar el relevo. Pretendemos hacerlo. Dan FitzGerald asiente hacia un grupo de reclutas que están a su lado y que no han visto una batalla en su vida.

—¿Estáis todos listos? —pregunta—. Buenos chicos.

Dan ni siquiera es oficial, le queda mucho para ello. Los muchachos empalidecen al preguntarse qué diablos pasará ahora. En sus rostros de granjeros asoman unas barbas ralas como matas de arándanos.

—Cargad los mosquetes ahora, muchachos —dice Dan, con desenfado, como si fuera un hermano suyo.

De esa manera los muchachos sobrevivirán. Alguien les mostrará cuándo deben ser valientes y cuándo, en nombre del Señor, habrá que echar a correr como ladrones.

Debemos avanzar sin tregua porque los muchachos de allá arriba llevan tres días defendiendo una línea. Al parecer somos el socorro tan anhelado. Campos oscuros con cultivos maltrechos, el inmenso cielo dibujando un halo de melancolía en el atardecer. Dudo que enciendan las velas en las pequeñas granjas escondidas en los rincones boscosos. No quieren atraer a los condenados soldados ni a las grandes polillas de Tennessee. Al despertar por la mañana, las tiendas aparecen moteadas por los malditos bichos. Nuestros pocos miles de hombres superan las últimas barreras defensivas y se adentran en un terreno que se eleva poco a poco. Notamos el renovado esfuerzo en nuestras extremidades y los rostros de los nuevos soldados se demudan asustados, como si estuvieran corriendo en contra de su voluntad. Es tarea del cabo conseguir que todo parezca justificado. Hay que convencerlos de que aquello es un acto de gallardía. Han sido adiestrados durante seis meses clavando bayonetas en sacos y cargándolas a la espalda. Cavando parapetos. Si ahora salen corriendo, morirán de todas formas bajo los disparos de los capitanes que llegan por detrás. Más vale seguir avanzando, soldados de Massachusetts. A su debido tiempo, nos cruzamos con los casacas azules que regresan colina abajo. Me imagino que han recibido la orden de replegarse ahora que nosotros avanzamos a toda velocidad. Madre mía, esos soldados parecen exhaustos y los más empapados de toda la historia del mundo. Estar bajo la lluvia aquí arriba en las colinas es como nadar en un arroyo.

—¿Quiénes sois, muchachos? —pregunta uno que baja dando tumbos.

—Somos irlandeses —contesta uno de los reclutas con una voz chirriante como una gallina.

—Qué alegría veros llegar, camaradas —dice.

Me doy cuenta enseguida del ánimo que infunden esas palabras a los nuevos hombres. John Cole aparece a mi lado y pregunta:

—¿Quién era ese tipo?

—No lo sé, John —respondo.

—¿No lo has reconocido? —dice John.

—No.

—Era el soldado Watchorn, su vivo retrato —dice.

—El soldado Watchorn está muerto —le recuerdo—, lo matamos nosotros.

Seguimos avanzando. Ahora son muchos los soldados que se repliegan.

—La cosa está que arde allí arriba, muchachos, tened cuidado —dicen—. *Faugh a ballagh*.

Hay hombres que bajan cargando a hombros a otros soldados, heridos que chorrean sangre en el suelo silencioso.

Pronto las detonaciones de los disparos y las bombas retumban más cerca. Salimos de entre los árboles y, ante nosotros, en una hondonada sin vegetación, divisamos la línea de fuego abarrotada. Los rebeldes no están muy lejos, formando interminables filas en las trincheras. Están mucho más protegidos que nosotros. ¿Cómo consiguieron llevar a su artillería tan lejos? Han debido de tomar otro camino. Nuestros casacas azules cargan y disparan. Ahora vemos que al menos contamos con unos toscos parapetos donde resguardarnos. Algo es algo. Nuestra llegada propicia un intercambio masivo de puestos. Nos saludan algunos muchachos con caras enrojecidas y exhaustas o rostros muy pálidos.

—Gracias a Dios —dicen.

Tienen orden de replegarse tras nosotros. Mientras se alejan, se oyen de vez en cuando gritos de alegría.

—Gracias a Dios, gracias a Dios.

El día cede paso a la oscuridad y cesan los violentos disparos. Las líneas rebeldes enmudecen y las nuestras hacen lo mismo. No se ve un carajo. La noche es tan oscura y nublada que cuando sale la luna no encuentra ni un resquicio por donde asomarse. Es como si nos hubiéramos quedado todos ciegos por una repentina catástrofe.

—¡Dios! —exclama Dan FitzGerald—. ¿Ha existido alguna vez una noche más oscura?

Entonces caemos en la cuenta de que llevamos todo el santo día sin comer nada y nos preguntamos si cabe la posibilidad de probar un bocado de cerdo salado. Hay que alimentar a estas almas agazapadas. Pero parece que va a ser que no. Desplegamos a nuestros centinelas y guardias como si fueran una barrera. No queremos que la maraña de piernas amarillas nos pille desprevenidos. Los cañones enemigos todavía alcanzan y siguen vomitando proyectiles durante un rato. Al parecer, tenemos baterías a la izquierda y la derecha, lo más probable en cornisas más llanas, así que, durante un tiempo, interpretando un dueto también con los rebeldes, nuestros cañones responden. Después, en esa noche inmensa y lóbrega todo se detiene, como si un artista terminara su número y los actores se quitaran el maquillaje de la cara para irse a casa. El mayor Wilson señala el problema de nuestra ubicación. Lo peor de todo es que parece que no aventajamos a los rebeldes ni por la posición ni por el número de efectivos. Es un horrible callejón sin salida y no cabe duda de que los heridos y las bajas han sido cuantiosos estos últimos días. Por lo visto, han podido caer doscientos hombres. Lo más probable es que estén todos muertos como conejos. Percibimos en nuestra boca el sabor del terror de este lugar como si fuera un tipo de pan. Siento en mis huesos que no tenemos hombres suficientes para resistir. Es un instinto extraño fruto de largos años de servicio. Como si fuéramos los dos platos de una misma balanza, los rebeldes y los casacas azules. Cada hombre, un grano de maíz. Y, por lo que parece, la balanza se está inclinando a su favor. La situación es tan aciaga que no ansías que salga el sol, porque la mañana traerá de nuevo la guerra. No dormimos, aunque podríamos intentarlo durante un rato. Hay que luchar para no agarrar el mosquete con las manos con tanta fuerza que lo estrangulas. Intentas respirar con calma y rezas para que no salga la luna. Durante toda la oscura noche, permanecemos absortos en nuestros pensamientos hasta que la primera luz del alba acaricia todo en su reino. Roza las hojas y azota los rostros de los hombres. ¿A quién podemos culpar entonces cuando los rebeldes se abalanzan sobre nosotros por ambos flancos y nos pillan totalmente desprevenidos? Han bajado en tropel por las verdes colinas que teníamos delante, por si fueran a ser pocos. Disparamos tímidamente y desorganizados, pero son como una riada repentina y absoluta. Nadie sabe cuántos rebeldes hay. Debe de haber miles y miles. Pensamos que tenemos ante nosotros a dos brigadas a lo sumo, pero el capitán Wilson opina ahora que estamos ante un ejército entero y da la orden de rendirse. ¡Rendirnos! Díganselo a los piernas amarillas que nos están embistiendo con las bayonetas y reventando los mosquetes en la cara. Si no les da tiempo a recargar, dan la vuelta al mosquete y nos golpean en la cabeza. Lucharíamos por menos de dos centavos, pero, a lo largo de toda nuestra línea de mando, los mayores y capitanes coinciden en rendirse, así que alzamos los brazos como unos estúpidos abandonados a su suerte. Si no, no quedará ni uno de los nuestros. En media hora de escabechina, hemos perdido a mil hombres. Diez mil demonios se nos echaron encima. Que Dios nos ayude, aunque me parece que hoy anda despistado.

Los rebeldes están radiantes y, poco a poco, el alboroto va cesando. Entonces tenemos el curioso placer, como diría un hombre que mentiría como un bellaco, de verles la cara de cerca. La verdad es que no tienen un aspecto tan diabólico. Algunos se ríen de nosotros, apuntándonos con el mosquete para reunirnos a todos. Si alguna vez un hombre se ha podido sentir como una maldita oveja descarriada, ha sido en ese momento. Grupos y grupos de casacas azules se fueron juntando con gesto triste. Maldita sea. La vergüenza y el dolor que sentimos nos resultan mucho más hirientes que las balas. Tal vez sentimos también un ápice de alivio por no ser víctimas de una carnicería. Cuentan que a los rebeldes les gusta matar a sus prisioneros en campo hostil, pero estos muchachos de mirada fría no hacen esas cosas. No hemos oído contar ni una cosa buena de los rebeldes, y no nos gusta estar tan cerca de ellos. Por lo visto, estos chicos pertenecen a una división de Arkansas, o de algún lugar como ese. Hablan como si tuvieran la boca llena de bellotas. Maldita sea. Dan FitzGerald dice algo a su captor y recibe un puñetazo a bocajarro.

Dan se cae, vuelve a levantarse y se queda en silencio. Una de nuestras compañías está formada por una sección de portaestandartes y, rápidamente, desmontan las banderas del grupo de soldados. Nos rodea un nutrido pelotón de guardias y todo parece indicar que nos preparan para emprender la marcha. Se ponen a dar órdenes con esas extrañas voces sureñas. Recibir una orden de un rebelde. Por todos los santos. Nuestros corazones todavía son los de hombres libres a pesar de ser prisioneros, y esos corazones, desdichados, estallan con fuerza. Los rebeldes han alineado a la compañía de portaestandartes de cara a una vieja zanja en el campo. Unos cien muchachos más o menos. No tienen más idea que nosotros de lo que está sucediendo. Retumba una orden y cincuenta rebeldes abren fuego contra los negros, y los que no caen bajo las balas salen corriendo despavoridos. Enseguida otros cincuenta rebeldes dan un paso adelante con los fusiles cargados para rematar la faena. Los soldados caen en la precaria fosa y unos disparos de pistolas terminan el trabajo. Luego los rebeldes se alejan como si hubieran disparado a unos pájaros. John Cole me mira pasmado y sin palabras. Quizá alguna que otra mirada. Pero también puedo apreciar algún que otro gesto de desolación y algún halo de satisfacción. Era algo que había que hacer y ya se ha hecho, parecen decir los rostros de los rebeldes. Después, al resto de los nuestros se nos ordena formar filas y ponernos en marcha. Y así lo hacemos.

Andersonville. ¿Han oído hablar de ese lugar? Tardamos cinco días de marcha en llegar, y si hay algún sitio que no merezca semejante caminata, es ese. Lo único que nos dieron para mantener nuestras fuerzas a lo largo de todo el viaje fue agua sucia y unos revenidos mendrugos de pan de maíz, como lo llaman. Ni era pan ni era maíz, si quieren mi opinión. Un regimiento de piernas amarillas para vigilarnos y tampoco

173

ellos tienen nada mejor que echarse a la boca que esa misma bazofia repugnante. Eran los soldados con peor aspecto que yo había visto jamás. Algunos tenían tembladeras, otros bocios y cosas peores. Era como ser dirigidos por almas en pena. Por el camino caen cientos y los heridos deben buscarse un cirujano en el más allá. Apartan los cuerpos en las cunetas a patadas, como hicieron antes con los negros. Me imagino que habrá muchos casacas azules durmiendo el sueño de los justos en las cunetas de Tennessee y Georgia. Se nos hinchan los pies hasta que no podemos soportar con las botas puestas, pero tampoco nos las quitamos por miedo a no poder volver a ponérnoslas. El hambre pesa en las tripas como una piedra cada vez más grande. El peso del hambre te va aplastando kilómetro tras kilómetro. Con el corazón atenazado, nos invade el miedo. Al tercer día estalla una estruendosa tormenta que nos parece una dulce melodía en medio de tanta angustia. Es difícil apartar de la mente los pensamientos sombríos. Cien hectáreas de un cielo oscuro, nubarrones negros y relámpagos lanzando su afilada pintura amarilla sobre los bosques, bajo el virulento grito y clamor de los truenos. A continuación cae un intenso diluvio que anuncia una muerte venidera. Avanzamos con pasos pesados, descalzos o con el repiqueteo de las botas. Nuestras caras están redondas, macilentas y lívidas como los tegumentos de la flor lunaria. Si tuviéramos cuchillos escondidos, podríamos rajar el corazón de los rebeldes. Eso ocurre los dos primeros días. Qué ganas de destriparlos a la menor oportunidad. John Cole dice que en su cabeza aún ve flotar el cuerpo de McCarthy tocando el tambor, que hizo todo lo que pudo y murió. Después ve una y otra vez a los portaestandartes cayendo vilmente en la zanja.

—Ciérrale la boca a tus pensamientos, John Cole —digo.

Luego, al tercer día, y bajo la tormenta, sufrimos un cambio. El sol de la muerte nos abrasa las entrañas y la luna de la muerte nos chupa la sangre. Nuestra sangre aminora el ritmo, la juventud se desdibuja y nos sentimos como hombres ya entrados en años. Congoja y desesperanza. Un abatimiento jamás conocido en los anales de los hombres en la guerra. Llegamos a ese extenso recinto y divisamos una enorme horda de pobres diablos zarrapastrosos. Antaño soldados de la Unión. Puede que haya mil tiendas de campaña entre las circulares Sibley y las de dos aguas. Esa es nuestra ciudad. Una avenida de tierra la divide en dos mitades con cincuenta caminos que conducen a estas curiosas residencias. Debe de haber allí unos tres mil prisioneros o más. Resulta difícil de calcular. Unos árboles solitarios y maltrechos también parecen estar presos de algo más allá de la alta empalizada de troncos. Atalayas que nos vigilan. Todos los irlandeses entramos en tropel. Hay guardias de pie por doquier, mosquetes en ristre, mientras los muchachos confederados esperan sentados junto a sus fusiles, aguardando quizá la orden de aniquilarnos. No lo sabemos. Flota un hedor como salido del culo del mismísimo diablo. Unas gruesas cortezas y capas de mugre por todas partes han acabado con cualquier atisbo de planta. Vemos a varios soldados aliviándose en las letrinas tan abiertas como prados. Culos huesudos, blancos y redondos como la luna. Después nos meten a trece por tienda. John, Dan y yo entre ellos. Dan no se aleja de nosotros porque está apesadumbrado de tantos recuerdos. Ya ha visto todo esto antes, dice. Al principio no comprendo a qué se refiere. El viaje no le ha sentado bien, sus pies chorrean algo que parece agua amarilla. Si hay algún cirujano, debe de estar de permiso; no vemos a ninguno. Los malditos guardias meten a dos negros con nosotros, lo que, a juzgar por sus caras, por lo visto les resulta gracioso. A uno de ellos le cuelga la mano donde recibió un sablazo y también le faltan algunos dedos de los pies. Ese muchacho necesita que le vea un médico y no deja de gemir día y noche tendido en el suelo mugriento. Lo único que puedo hacer es quedarme mirándolo. Su amigo intenta limpiarlo, pero me da la impresión de que todo está demasiado llagado. Su amigo dice que se llama Carthage Daly, y al principio nos escruta para comprobar si odiamos a los negros. Supongo que no, porque nos cuenta que llevan combatiendo un año. Han visto bastante acción en Virginia y también han estado bajo los muros de Richmond, como reza el dicho. Parece un buen tipo e intenta ayudar a su amigo, que dice que se llama Bert Calhoun. A mi juicio, el joven Bert Calhoun necesita un maldito médico, pero no hay ninguno. El campo de prisioneros entero tiene esa necesidad. El rebelde al mando de nuestra pequeña y alegre hilera de tiendas de campaña es el primer teniente Sprague. Ante cualquier pregunta, se echa a reír, como si dijera: «Qué graciosos sois, asquerosos casacas azules». Le hacemos mucha gracia. Pregunto al guardia si se puede hacer algo por Bert Calhoun y él también se echa a reír. Supongo que parecemos uno de esos números cómicos del señor Noone. Podríamos hacer una gira por todo el sur a juzgar por sus carcajadas.

—La mano de ese muchacho cuelga de un hilo —explico—. ¿No pueden conseguir que alguien haga algo por él?

—El cirujano no trata a los negros —responde el guardia. Se llama soldado Kidd.

—¿No van a atender a un hombre en un estado tan grave? —insiste John Cole.

—No lo sé —dice el soldado Kidd—. Que lo hubiera pensado antes de luchar contra nosotros. Malditos negros.

En la carpa, con nosotros, hay otro muchacho de pelo oscuro que quiere que dejemos de pedir ayuda para Bert Calhoun. Asegura que pegan un tiro a todo aquel que ayude a los negros. Dice que los meten con nosotros para averiguar lo que pensamos. Añade que ayer mismo vio cómo un guardia mataba a un sargento de los nuestros por hacer la misma pregunta que John Cole. Miro a John Cole para ver cómo lo asimila. Asiente como un sabio.

—Entiendo, supongo —dice.

Bert Calhoun muere, pero no es el único. El aciago invierno con su gélido aliento llega y no hay un solo trozo de leña. La mitad de los presos ya no tiene calzado y a todos nos falta ropa. Nadie tiene abrigo, ya que somos soldados de verano y otoño. Así que el frío nos corroe la piel como ratas. Han cavado una larga zanja en la esquina este y todos los días se arroja ahí a los muertos. Puede que sean treinta cada noche. Quizás más. No tenemos nada de comer, maldita sea, salvo ese repulsivo pan de maíz. Recibimos tres dedos de esa bazofia al día. Juro por Dios que no hay hombre en la tierra capaz de vivir a base de eso. Las semanas transcurren, una tras otra, y rezamos para que el señor Lincoln nos intercambie por prisioneros suyos. Solía hacerlo así. Pero el teniente Sprague está encantado de anunciarnos que al señor Lincoln no le interesa que se le devuelvan esqueletos. Eso es lo que somos nosotros. No quiere intercambiar prisioneros rebeldes bien alimentados con comida nordista por esqueletos de la Unión. Ya no le sirven, dice Homer Sprague. Y suelta una nueva carcajada. Somos una gran fuente de chanzas para él, un río. Permanecemos ahí tirados semana tras semana. No tiene sentido movernos salvo para arrastrar nuestro dolorido trasero para cagar. Las letrinas. Una peste como no se pueden imaginar. No se limpian nunca. Juro que se podría contar la larga y pavorosa historia del pan de maíz en esas letrinas. Ahora por las noches la temperatura cae muy por debajo del límite del indicador. Dormimos todos apiñados unos contra otros como un nido de babosas. Nos vamos turnando para ocupar los puestos exteriores del montón. Se te podría helar el corazón y morir durante la noche, y muchos lo hacen. Al hoyo con ellos.

Al cabo de seis meses ya no nos importa tanto como antes. Intentamos sobrevivir, pero sentimos una escurridiza querencia a morir. El guapo John Cole, el guapo John Cole. Dan FitzGerald es un saco de huesos. John también. Y yo. Resulta casi una locura lo delgado que puede llegar a quedarse un hombre y seguir respirando y moviéndose. En el rincón sur, en una cabaña especial, se encuentran los prisioneros rebeldes; estos muchachos son enjuiciados y ejecutados. Sus propios soldados. Entonces ¿qué posibilidad tenemos nosotros? Señor Lincoln, por favor, denos noticias. Señor Lincoln, hemos tomado las armas por usted. No nos abandone. El teniente Sprague debe de haber sido engendrado por el mismísimo demonio porque no para de reírse. Tal vez se ría porque de lo contrario se tiraría de los pelos y enloquecería. Es muy posible. Ellos mismos apenas tienen nada que comer, por lo que, de alguna manera, no son más que esqueletos ocupándose de otros esqueletos. No es que nos nieguen la comida, es que no tienen. Juro que hay guardias que tampoco tienen calzado. ¿Qué locura de guerra es esta? ¿Qué mundo estamos construyendo? No lo sabemos. Supongo que, sea el mundo que sea, se está acabando. Llegamos al final de los tiempos y ya está aquí. Tal y como lo cuenta la condenada Biblia, dice John Cole. ¿Cómo es posible que estemos tirados aquí, vigilados entre cuatro paredes, en un campamento escondido en estos bosques con los perros del invierno mordiendo y arañándonos las extremidades? ¿Para qué, por mil demonios? Por su eterna rebeldía, John Cole está pendiente de Carthage Daly. No habla a su favor ni en su contra, pero suele compartir su mendrugo de pan de maíz con él, porque el guardia no da a Carthage ni un trocito diminuto. Ni una migaja. John Cole comparte una fracción de nada. Parte su pan de maíz por la mitad y, cuando nadie mira, se lo da a Carthage. Observo la escena día tras día durante tres o cuatro meses. Veo los huesos de sus caderas y los de sus piernas que se ensanchan en las rodillas. Sus brazos no son más que ramas enjutas de un árbol reseco. Permanecemos tendidos el uno junto al otro durante mucho tiempo y John Cole pone la mano sobre mi cabeza y la deja reposar ahí. John Cole, mi galán.

16

El invierno más frío de la historia del mundo, según dicen. Y yo
me lo creo. John Cole dice que si no sucede algo muy pronto, se
morirá, Dios no lo quiera. Yo respondo que John Cole no morirá nunca y que además ha puesto su firma en la línea de puntos, así que debe cumplirlo. Pero me doy cuenta de que no está
bien. Caga agua y hemos de apoyarnos el uno en el otro cuando
intentamos ir a las letrinas en el lado este del campamento. Pero
no somos más que dos muchachos entre miles. Nadie recibe
una invitación a la fiesta. Los nobles jóvenes vencedores de
cruentas batallas, y quizá también los cobardes que ocultan sus
actos de cobardía en las brumas perpetuas de la guerra, son todos iguales bajo el sol y la luna de Andersonville. Homer Sprague, que, sospecho, es el rey de esta multitud enloquecida, también se muere de hambre. Es algo extraño de ver. Todos los
guardianes y los centinelas rebeldes también se han quedado en
los huesos. Dios santo. Dicen que no hay nada de nada en el sur.
La Unión ha quemado el pasado otoño hasta el último cultivo,
al igual que las tierras y los refugios de estas gentes. Y, sin embargo, nos hablan de hombres vencidos tras grandes victorias y
nos dicen que Richmond no ha caído como lo hizo Vicksburg.
Podrían contarnos cualquier cuento y seríamos incapaces de
saber si hay algo de cierto en ello. Parecen creerse todo lo que
nos dicen. Nos duele oír esas cosas.

Pero ¿este mundo justo ha visto alguna vez ese largo palo tallado con la cuenta de sufrimientos? Aquí hay muchachos de todos los rincones del país, sobre todo hombres sureños, pero también de aquellos estados que lindan con Canadá. Hay granjeros, toneleros, carpinteros, colonos, comerciantes y proveedores del ejército que sirvieron a la causa unionista. Ahora son todos los mismos ciudadanos. Atormentados por el hambre y lacerados por la enfermedad. Hemos tenido espléndidos casos de hidropesía, escorbuto y viruela. Dolencias en el pecho, los huesos, el culo, los pies, los ojos y la cara. Unas virulentas ronchas rojizas picaban en cientos de rostros. Cuerpos enteros con marcas de tiña, picaduras de piojos y millones de bichos. Hombres tan enfermos que morían de muerte. Hombres fuertes de nacimiento y difíciles de matar. Cuando recibes tu exigua ración de comida, tienes que engullirla a toda prisa si no quieres que te la roben. Apenas hay cartas, apenas hay música, tan solo un sufrimiento obstinado y silencioso. Algunos hombres pierden el juicio, por lo que son afortunados. Otros mueren abatidos tras franquear la línea de la muerte, que no es más que una hilera de palos blancos cerca del muro exterior. No saben ni dónde están. Los hombres que permanecen en pie, mudos y enloquecidos, miran en el interior de la entrada de las tiendas con largas barbas y bigotes. Se quedan ahí parados todo el día durante semanas y semanas y luego se tumban también todo el día. Los negros... Los rebeldes simplemente odian a muerte a esos muchachos. Cuarenta latigazos en un alma herida. Mejor sería ir y pegarles un tiro en la cabeza sin más contemplaciones. John Cole comienza a hablar, pero yo lo hago callar una y otra vez.

Entonces, a Abe[9] le da un ataque de culpa, no lo sé, y libera a un grupo de rebeldes en Illinois, que vuelven al sur, de modo

---

[9] Apodo de Abraham Lincoln *(N. de la T.)*.

que despachan una partida de los nuestros de igual número rumbo al norte. El señor Lincoln tiene razón en algo, ya que no somos más que huesos y pellejos. Los miles que quedan atrás en Georgia destellan en nuestros sueños. Dan FitzGerald no ha sido puesto en libertad y nos vemos obligados a estrecharle la mano para despedirnos. Un muchacho que ha superado siete tipos de matanzas. Todos esos rostros no rescatados y enviados a la muerte. Viajamos tumbados y apiñados en carretas abiertas y sentimos los huesos de nuestras piernas entrechocando con las de los demás y creando una extraña música. Una vez que entramos en territorio de la Unión, nos introducen en ambulancias que se dirigen hacia el norte con un enorme traqueteo. La desolación de la guerra lo impregna todo. Da la impresión de que queremos borrar América del mapa. Granjas derruidas y pueblos ennegrecidos. Por lo visto, el mundo ha llegado a su fin mientras estábamos fuera. El rostro tranquilo de John Cole mira entre las solapas de la ambulancia. Sus ojos negros parecen piedras de río. No son lágrimas constantes, sino ojos vidriosos. Será eso. Parecemos muñecos rotos sobre ruedas, pero aun así ansiamos ver a Winona. Es lo que tenemos. El señor McSweny se trasladó río arriba porque las minas de yeso están ocupando las tierras. Vive en una casa sobre cuatro postes en la ribera del río. Dos habitaciones y un porche para contemplar el día. Winona tendrá unos doce años o más y no dice nada cuando nos ve; su gesto lo dice todo. Los chicos nos llevan dentro y nos ayudan a acostarnos. El rostro de John Cole está tan demacrado que se ve perfectamente el aspecto que tendrá en la tumba. Somos como cadáveres andantes con ganas de volver a la vida. Dicen que hay seis puertas de misericordia y esperamos encontrar una que se abra para nosotros. Tenemos la fuerza de una cáscara de huevo. El señor Noone llega, nos mira y, válgame Dios, rompe a llorar. Ahí mismo, junto a las aguas sucias. John Cole se ríe y dice:

—Titus, no es para tanto.

—Santo Dios —responde el señor Noone—. Lo sé, soy de lágrima fácil.

Todos los hombres y mujeres que se pintan la cara de negro nos prometen tartas y pasteles. Van a mimarnos hasta que nos repongamos de nuevo, eso es seguro.

—Quizá puedas exhibirnos en un número —añade John Cole—. Los Increíbles Hombres Esqueletos.

—No voy a hacer nada de eso —replica Titus Noone—. Ni hablar.

—Por supuesto que no —dice John, avergonzado.

—No lo haré —repite el señor Noone.

El mayor Neale escribe una carta donde cuenta que ha leído que hemos salido y nos manda recuerdos. Dice que encontró muy bien a la señora Neale y a sus hijas a su regreso hace un año y que ellas también nos envían saludos. Dice que la guerra ha desatado la furia en el oeste y que ahora hay un barullo de mucho cuidado. Starling Carlton ha vuelto a la guarnición y está mejorando. Ahora es sargento de lo que el mayor llama un ejército de verdad. Supongo que será cierto que hay uno de verdad y otro de mentira. Todo parece un maldito sueño junto al río en Grand Rapids. Pasan meses en los que Winona se esfuerza por recuperarnos. Hasta que llega el día en que nos vestimos y John Cole se ríe al ver lo holgada que nos queda la ropa. Resulta cómico. Poco a poco nos vamos recomponiendo hasta volver a ser hombres y no espectros que asustan a los niños. Transcurren algunos meses más y conseguimos sentarnos a la mesa para comer y luego salir al porche bajo el sol reparador. Comenzamos a sentir de nuevo el verdadero escozor de la vida. Dirigimos la mente hacia nuevos planes. Una mañana nos encaminamos, despacio como tortugas, hasta la barbería de Ed West para que nos afeite la barba. Caray, no nos parecemos a John y Thomas, no señor. Al menos no a los que conocíamos. Ahora parecemos dos ancianos achacosos y extraños, aunque todavía no hemos cumplido los treinta, por lo que sabemos. Cualquier hombre estaría en su derecho de maldecir este mundo, pero a nosotros no nos da por ahí. Para empezar, John Cole y yo nos desternillamos de risa. Qué maravilla. Cómo es posible que la vida nos regalara a Winona. Ella dice lo mismo y añade que está muy feliz de tenernos de vuelta en casa. Esa es una música mucho más agradable que el traqueteo de los huesos de las piernas en la carreta. Estamos listos para seguir adelante. ¿Por qué no?

Un hombre puede llegar a pensar, a juzgar por cómo las minas van erosionando las márgenes del río, que Grand Rapids progresa mientras la sombría guerra arrasa. Llega el día en que se deponen las armas y el estrecho pueblo se llena de vítores, pero entonces también sabemos que centenares de los nuestros no volverán y que no hay demanda para lo que se estaba preparando. Reina un gran silencio, como en un bosque vacío de seres humanos, tal y como era antaño junto al viejo río Misuri, ahora congestionado con tanta actividad humana. Todo se detiene, los pequeños comercios enmudecen y las calles se convierten en sendas de paseo de los viejos. El señor Noone tiene que echar el cierre y su chispeante tribu se separa. Titus Noone está desconcertado, con las manos hundidas en los bolsillos. No cabe duda de que quiere a sus actores más que a nada en el mundo y le parte el alma tener que despedirlos. Pero sin público no hay dinero.

Hay un predicador medio ciego en un templo llamado Casa Bartram. Me pongo mi mejor vestido y acudo con John Cole para darnos el sí quiero. El reverendo Hindle pronuncia unas palabras muy bonitas, John Cole besa a la novia y ya estamos casados, y quién va a saberlo. Quizá se pueda leer en su libro sagrado: John Cole y Thomasina McNulty contrajeron santo matrimonio en el día del Señor del siete de diciembre de 1866. Con la euforia del fin de la guerra, creemos que hay ganas de un poco de locura. A Dios no le importa, lo sabemos, porque ese día de pleno invierno resulta clemente, agradable y soleado. Además, como si fuera una señal, recibimos una carta de Lige Magan. Hemos estado intercambiando misivas mientras reponíamos un poco de carne en nuestros huesos. Está luchando para sacar adelante la granja. Todos los hombres a los que su padre liberó murieron a manos de la milicia hace tiempo, salvo dos. Todo su territorio ha quedado devastado por la guerra y parece un erial lleno de fantasmas. El año que se avecina le llena de angustia. ¿Cómo podrá quemar la tierra él solo en enero? La hierba lleva seis años creciendo allí y el suelo ya está listo para plantar tabaco. Si no tenemos otros compromisos, ¿podríamos ir a ayudarle en estos momentos de necesidad? Cuenta que todo su frío distrito es una ciénaga de desconfianza y que él solo confía en John y en mí. Van a ser años difíciles, pero quizás ganemos algo en ello. No tiene más familia que nosotros. Si vamos, espera que llevemos buenas pistolas, y luego añade que sería una sabia decisión llevar fusiles también y unas cien balas por cabeza, del tipo de las del ejército. La cuestión es que lo llaman *scalawag*[10] como a su padre, y la verdad es que lo es. John Cole me lee la carta en el porche junto al río. Estamos arrebujados hasta los ojos en unos desgastados abrigos con las cabezas cubiertas con unos viejos gorros de piel de oso. Exhalamos el aliento como flores solitarias que mueren en el aire. El profundo río fluye más limpio ahora que la mina ya no está en funcionamiento. Los pájaros invernales entonan

---

[10] *Scalawag:* Apelativo peyorativo de los blancos sureños que se unieron al bando vencedor y apoyaron la reconstrucción y al Partido Republicano tras la guerra de Secesión *(N. de la T.).*

sus viejas y sabias canciones, encaramados en los mustios postes del río. Winona resplandece como una rosa con su vestido de invierno. El viejo padre Tiempo parece observar con su guadaña y su reloj de arena. El señor McSweny escucha mientras fuma un puro de siete centavos.

—Este tabaco de Tennessee —dice— está muy bueno.

Imploramos a Beulah McSweny que venga con nosotros, pero responde que no piensa poner a prueba la paciencia del sur hacia los suyos y, además, cómo se las arreglaría el señor Noone sin él. John Cole recorre a pie el largo camino hasta Muskegon, donde el ejército descarga diez mil mulas y caballos ahora que la guerra ha terminado, y compra cuatro mulas por poco dinero. Escribimos a Lige, que se alegra de que vayamos a ir y nos pide que llevemos mulas para arar, si conseguimos echar mano de alguna. Dice que ahora la gente se come a los caballos, que Tennessee se muere de hambre. Tardaremos una semana en llegar hasta allí. Tal vez dos. Según lo que nos vayamos encontrando. Beulah nos da diez billetes de dos dólares del banco del ferrocarril Erie y Kalamazoo que ha ahorrado.

—No podemos quitarle eso —dice John Cole.

—John —responde—. Será mejor que lo cojas.

También tenemos cinco monedas de oro y dos billetes de cinco dólares, que es todo lo que logramos reunir después de juntar lo que nos queda tras prestar servicio en el ejército con un poco de dinero que nos debía el señor Noone cuando nos marchamos a la guerra. No es ninguna fortuna yanqui. La cuarta mula cargará con nuestros escasos pertrechos. El otro vestido de Winona y el mío, aunque están un poco comidos por las polillas. El vestido con el que me casé vuelve al vestuario del señor Noone. John Cole pide a la señorita Dinwiddie, la costurera, que cosa las monedas de oro en la parte elegante debajo del canesú del vestido de diario de Winona.

Es para esconderlas, pero Winona sonríe y dice que su abuelo hizo exactamente lo mismo hace mucho tiempo cuando cabalgábamos hacia la guerra. Una poderosa medicina, antiguas monedas españolas cosidas en su traje de guerra. Esa noche bebemos más whisky con el señor Noone y compañía de lo que es aconsejable. Fue un momento bonito. El señor Noone pronuncia un discurso sobre los viejos tiempos y los nuevos días que están por venir. Palabras de despedida y promesas de amistad eterna nos llenan la boca y nos ensombrecen la cara.

—Pues parece que ya estamos listos para emprender el camino al sur. Si dejáramos caer una plomada desde Grand Rapids, nos llevaría hasta Paris, Tennessee, así que pondremos rumbo al sur siguiendo la brújula y atravesando Indiana y Kentucky —dice John Cole.

El señor McSweny asiente como si estuviéramos hablando de algo en lo que jamás tendrá que volver a pensar. Nos conmina a que cuidemos de Winona. Puede que el señor McSweny tenga cien años, pero no es tan viejo como para no sentir pena ante la despedida. Supongo que tiene a Winona clavada en el corazón igual que nosotros. Winona debe de sentirse como algo especial en el mundo. Una especie de bendición y recompensa por estar viva. Beulah McSweny extiende sus manos morenas de vello cano y estrecha la suave mano de Winona, tan morena como madera de pino lustrada.

—Gracias por todo lo que has hecho, Beulah —dice Winona.

El poeta McSweny baja la mirada.

—No tienes nada que agradecerme —responde.

—Claro que sí, Beulah —dice ella.

Puesto que compramos unas mulas baratas, no vamos a poder tomar trenes con rumbo a Memphis. Tampoco es posible subir a cuatro mulas a una diligencia. Pero no nos importa. Viajaremos con calma y sin agotarlas. Será un placer enseñar a Winona todo este país, dice John Cole. Aunque descubrimos que los peores caminos de la cristiandad bajan por Indiana. ¿Es que no tienen palas?, pregunta John. Un fango funesto cubre los cascos de las mulas. Los pueblos de Indiana muestran gran actividad y animación. Sitios con aspecto nuevo. Para nosotros no es más que un territorio sin nombre, aunque me imagino que todo tiene su nombre, solo que no lo conocemos. A veces, solo por curiosidad, preguntamos el nombre de un río cuando lo vadeamos, aunque no importe mucho ya que solo estamos de paso. Nuestro objetivo es ir hacia el sur. La gente nos mira por debajo del ala del sombrero como si fuéramos seres indeseables. Deambulamos por la calle principal de una docena de puebluchos y en un par de ellos a Winona le espetan palabras obscenas. En un sitio, un charlatán de cara grande y roja, como de borracho, se ríe de nosotros y dice que parece que viajamos con nuestra puta. Y no es algo infrecuente. John Cole no está cómodo con esos comentarios, detiene a su mula, desmonta lentamente y se encamina despacio hacia el corpulento zafio. Este corre como un conejo gordo y además chilla.

—Solo hay que contestar a un bruto —dice John Cole—. Con eso basta.

Regresa junto a nosotros y, con un impulso, levanta una pierna para subirse a la mula negra. Asiente con la cabeza y seguimos camino. Es posible que aceleremos el paso por si acaso ese valiente tuviese amigos. Winona se muestra orgullosa, como si John Cole hubiera hecho lo correcto. Supongo que lo hizo. Nos fijamos en muchos aspectos de lo que llaman civilización en Indiana. Teatros. Nos entristece haber perdido la belleza de la juventud. Unos viejos prematuros, pero todavía anhelamos el trabajo que hacíamos en el pasado. Aún siento pena por no llevar vestido. Siempre recuerdo el extraño silencio entre el público y la atmósfera que flotaba en el aire. Noches locas. Curioso modo de ganarse el sustento, y a pesar de todo lo hicimos. Me pregunto si Lige Magan cultiva buena comida, si podría devolvernos algo de nuestra flor de juventud. Tal vez. El señor Noone nunca dijo nada al respecto, pero sabíamos dónde radicaba el problema. La belleza vive en el rostro de la juventud. No hay que darle más vueltas. Los hombres nunca desean a una vieja. No me importa ser una matrona si ahora ese es nuestro destino. Supongo que, al fin y al cabo, es algo que les pasa a todas las mujeres.

Mientras avanzamos entre ambas poblaciones por los bosques helados de diciembre y las frías granjas, Winona entona de vez en cuando una canción que le enseñó el poeta McSweny mientras estábamos fuera. Es una canción útil porque dura tanto como dieciséis kilómetros a pie. No hay persona viva capaz de explicar lo que significa la letra. La canción era *The Famous Flower of Serving Men*[11]. Pero ella la canta con una voz ingenua. Me imagino que si alguien supone una gran pérdida para Titus Noone, es ella. Mantiene en su pecho una nota dulce y clara. Brota de ella como un tesoro valioso y escaso en el viejo espíritu del tiempo. Hace que contemples el país con mejores ojos. A lo lejos, la tierra se funde con el cielo y granjas diseminadas salpican los prados desiertos. La carretera no es más que una manga deshilachada y hecha jirones que serpentea entre estas vistas habituales. Como si tres bisontes hubieran pasado en tromba hace mucho tiempo y eso era todo; la gente de Indiana ansiaba tener un camino. Los granjeros se mostraban un poco más afables con nosotros que la gente de los pueblos, aunque seguía habiendo recelo y miedo en el vibrante epílogo de la guerra.

---

[11] Famosa balada inglesa *(N. de la T.)*.

Creo que Winona es la única que parece un ser humano, pero nos encontramos de nuevo con que, a pesar de llamarse Indiana, allí tampoco se aprecia a los indios. Por lo demás, serpenteamos hacia el sur por una tierra de pantanos y ríos. Al caer la noche, llegamos a un lugar viejo y desvencijado, donde un hombre nos dice que nos puede cruzar al otro lado en su barca por la mañana, pero que no lo hará en la oscuridad o con toda seguridad acabaremos encallados en la arena. Es un hombre tranquilo y de trato agradable. No parece tenernos miedo. Guarda nuestras mulas con el mismo cuidado que si fueran suyas y nos indica que podemos echar el petate en su cabaña. No entiendo por qué es tan amable hasta que lo aclara. Después de fumar durante un rato con él y comer sus viandas, sobre todo unos moluscos, nos revela que es indio shawnee. Su nombre de hombre blanco es Joe. Dice que este es territorio shawnee, pero que la mayoría de los suyos se marcharon hace años. Todavía quedan unos pocos, explica, pero el gobierno pretende que desaparezcan también.

—¿Han oído hablar del territorio indio? —nos pregunta.

Por ahora el hombre se queda tranquilo, a la espera, mientras pesca moluscos por las perlas. Con ellas fabrica botones para camisas, que luego vende en el pueblo. No hace muchos. Bueno, la verdad es que era un hombre de rostro moreno, aunque el verano convierte en indios a todos los habitantes de Indiana. Después pregunta a Winona de dónde es y ella responde que es hija de John Cole, pero que antes de eso era una sioux de la tierra de Nebraska. El hombre intenta hablar con ella en indio, pero esa no es la antigua lengua de Winona. John Cole y yo permanecemos allí sentados, mientras el tiempo pasa, embravecido, a través del ventanuco. El pellejo del estómago de una vaca, estirado y seco, hace las veces de cristal. El hombre cuenta que su esposa murió hace mucho a manos de unos hombres que, a su entender, eran unos renegados. El país está agitado, y en un primer momento él creyó que también éramos unos asesinos, pero luego vio a la chica. Una joven con un vestido bonito y la larga melena recogida en una hermosa trenza. Le recordó los viejos tiempos, cuando era joven y las cosas estaban mejor. Parece ser que no nos queda mucho tiempo. No parecía demasiado triste cuando lo dijo. Solo le gustaba hablar por hablar. Para pasar el rato. Tan solo era un viejo indio viudo junto a un río cuyo nombre no conocíamos.

17

Durante toda la noche, los mosquitos han devorado nuestros cuerpos destrozados y hemos dormido mal hasta que, a primera hora del alba, nos ha despertado un diluvio. La choza de Joe no nos resguarda mucho. Al salir el sol, el río crecido presenta un aspecto nuevo y virulento, y enormes ramas, procedentes de alguna ribera desconocida, bajan arrastradas por la corriente como toros con fuertes cuernos. La lluvia sigue cayendo a cántaros y el río se desborda hasta rozar la base de la cabaña de Joe. Hace tanto frío como dentro de una casa de hielo de un caballero y Winona tiembla como una gatita. ¿Alguna vez estuvo tan empapado el género humano? Joe observa el río y dice que esta ribera pertenece a Indiana y que la otra es de Kentucky, pero que bien podría ser la orilla del mismísimo cielo por lo inalcanzable que parece. Entonces los nubarrones se alejan y parecen dirigirse a toda velocidad hacia el este, como si tuvieran que despachar allí asuntos urgentes. El cielo abre sus amplias faldas, se filtra una luz pálida y fría que lo inunda todo y un sol débil recupera su dominio. Nos pasamos todo el día con la ropa mojada a la espera de que el caudal del río baje, y la escarcha endurece nuestras prendas. A última hora de la tarde John Cole y Joe empujan el esquife de pesca de Joe hasta el agua y piden a las escurridizas mulas que nos abran camino en medio del torrente.

Nos sentamos en el bote como extraños viajeros y Joe nos desatraca. La mula de carga se lleva la peor parte. La intensa fuerza del río la tambalea. Joe rema enérgicamente, como si tuviera el deber de arriesgar su vida, y al fin alcanzamos la otra orilla. No encuentra un punto de amarre para el bote, por lo que debemos trepar por la borda en el glacial borboteo y tirar de las cuerdas de las mulas para sacarlas a tierra firme. Así que estamos en Kentucky. Joe se aparta y deja que el bote vaya río abajo formando un ángulo recto con la corriente. Se aleja sobre el agua hasta que encuentra el socaire de alguna vieja roca, se detiene y levanta el sombrero para despedirse.

—Menos mal que le pagué en Indiana —dice John Cole.

Preparamos rápidamente las mulas y no pasa mucho tiempo hasta que nos adentramos en un bosque de pinos, frío y silencioso, y John Cole ordena a Winona que se ponga el vestido seco y me lanza a mí el mío, ya que no hay otra cosa. Él se enfunda sus viejos pantalones y la casaca del ejército con una camisa zuava que se había llevado como recuerdo de una batalla hacía mucho tiempo, así que ahora tiene cierto aspecto de gitano. Tuvimos mucho cuidado de mantener secas las pistolas en el saco alquitranado que llevamos para ese fin, de modo que ahora guardo la pistola en la cintura de la falda. John Cole guarda la suya en la bota. Colgamos las ropas mojadas como banderas y estandartes de algún disparatado regimiento. Cuando salimos al otro lado de aquel bosque, no tengo ni idea de lo que parecemos.

Durante dos días, disfrutamos de los hermosos paisajes de Kentucky, si es que se pueden llamar así, y John Cole opina que alcanzaremos Tennessee al día siguiente. El camino es firme y se encuentra en buen estado bajo el hierro apisonador del frío. Avanzamos a las mil maravillas. La verdad es que tener puesto el vestido me serena y no vuelvo a cambiarme aunque mi otra ropa ya está seca. John Cole nos cuenta lo poco que conoce sobre Kentucky. Las poblaciones que hemos atravesado parecen tranquilas y lo bastante limpias, y unas volutas de humo se elevan de las chimeneas de las granjas. Por todos los santos, ¿acaso no es una lechera ordeñando una vaca...? Algunos hombres desbrozan los campos de rastrojos con cubos de fuego. Los pájaros se afanan con las últimas semillas que quedan en los restos de cultivos como otro tipo de fuego: uno negro, que va y viene como si presintiera amenazas. Nos adelantan carromatos y carretas y nadie nos presta atención ni tampoco nos molesta. Un hombre de mejor condición, vestido con ropa clerical, se descubre el sombrero ante mí. Supongo que no somos más que otra familia camino a alguna parte. Creo que esto es la felicidad. Después llegamos a un distrito con granjas más grandes y vallas que se pierden en un laberinto de colinas. Cercas extrañas que parecen lápidas blancas. Al bajar siguiendo una hilera de árboles, descubrimos junto a la cuneta del camino a treinta negros colgados. Incluidas dos muchachas. Pasamos sin detenernos mientras los rostros hinchados nos miran. Cada cuerpo tiene una nota clavada que dice: «Libre». Alguien lo escribió con carbón. Tienen las cabezas inclinadas debido a las sogas, que los hacen parecer humildes y sumisos. Como antiguas tallas de santos. Las cabezas de las muchachas no son más que hervideros de sangre. Sopla una leve brisa cargada de un frío intenso y los cuerpos se balancean un centímetro hacia nosotros, un centímetro hacia atrás, uno tras otro, al antojo de la brisa. Winona duerme sobre su montura y no decimos una sola palabra para no despertarla.

Nos alegramos incluso de entrar en Tennessee, lo cual demuestra lo poco que sabemos. Apenas llevamos un día allí cuando comenzamos a preguntarnos qué clase de cocinero será Elijah Magan. Nos preguntamos si habrá camas o dormiremos sobre paja. De cualquier manera, pensamos que será agradable dejar de estar sentados a lomos de una mula. No solo tenemos espaldas de soldado, sino también piernas de soldado y traseros de soldado. Winona no se ha quejado ni una sola vez, y eso que ha sido pasto de los mosquitos; nunca he visto una nariz tan enrojecida y descarnada por el frío. Hasta parece disfrutar con el viaje.

Avanzamos sin prisa cuando de repente irrumpen en el camino cuatro tipos vestidos de negro. Atardece y solo vemos delante de nosotros los árboles oscuros y los diez millones de hectáreas de cielo rojizo. El crepúsculo de diciembre parece propicio para extrañas apariciones. Y aquí tenemos algunas. Parecen haber salido de un costado, de unos matorrales y de la nada. Unos jóvenes silenciosos con buenos caballos. Sus abrigos refulgen. Los tipos no parecen demasiado rudos, van bastante bien vestidos, aunque quizá hayan dormido a la intemperie durante un tiempo. Uno lleva una chaqueta corta y azul claro bajo su manto de piel de oso. Desde luego parece un oso. Todos llevan sombreros no muy viejos y, en general, presentan un porte militar muy reconocible. Pero no son exactamente soldados. El hombre con la casaca rebelde apenas disimulada lleva también un bigote negro que cae hacia abajo y una barba oscura con forma de cono. Parece un coronel a medio vestir. Los caballos piafan contra el suelo en el borde del camino, resoplan grandes volutas de vapor y resuellan como Dios estipula que han de hacer los caballos. Cada uno de los hombres sujeta en los brazos un arma decente, de esas que envidia Starling Carlton. Parecen unas Spencer. Nosotros solo tenemos un mosquete detrás de la pierna de John Cole. Por suerte, no tengo que rebuscar demasiado en la falda para desenfundar la pistola si hace falta. John Cole ya ha sacado la suya del cinturón y la deposita como quien no quiere la cosa sobre la crin de la mula. Como si anidara allí de vez en cuando. Algo normal. El hombre bigotudo suelta una risotada y asiente sin quitarnos los ojos de encima. Los otros tres miran, escrutándonos de arriba abajo, quizá intentando comprender quién es Winona, como les pasa a todos los hombres blancos.

—¿Hacia dónde os dirigís? —pregunta el coronel Bigotes.

John Cole no responde, solo amartilla la pistola como si la arañara con el dedo.

—¿Hacia dónde os dirigís? —repite el hombre.

—Paris —contesta John Cole.

—Todavía os queda un buen trecho —responde el hombre vestido de negro.

—Lo sé —responde John.

—¿Es tu mujer? —pregunta otro hombre, más bajito, con aspecto más belicoso y con un parche en el ojo.

Dos pelos mal puestos le caen por debajo del ala del sombrero. Tiene un aspecto más desaliñado que los otros tres. Además, hay un tipo gordo, tan corpulento como Starling Carlton, pero con un rostro atractivo. El sombrero del cuarto hombre descansa sobre una mata revuelta de pelo cobrizo. El señor Parche repite la pregunta con paciencia, pero John Cole ha decidido que no le apetece responder.

—¿Sois nordistas? —pregunta el pelirrojo—. Creo que sí. Creo que son unos panzas azules, ¿tú qué dices?

Ahora dirige la pregunta a su compañero, el coronel Bigotes.

—No me cabe la menor duda —dice el coronel con amabilidad.

El tono afable no deja presagiar nada bueno, lo sabemos. El problema son esas Spencer. John Cole tiene una bala para uno de ellos y yo tengo otra. Quizás, mientras yo mate a alguno, John Cole pueda sacar el mosquete y así alcancemos a un tercero. Si es que para entonces no estamos ya muertos como malditos cuervos. Hay que actuar muy rápido. Puede que no se esperen que una esposa dispare. Sea como sea, algo habrá que hacer, porque tenemos tan claro como la misa en latín que no se van a conformar con preguntas.

—Ha sido un placer hablar con vosotros —dice John Cole, como si se dispusiera a espolear a la mula.

—¿Qué llevas en la mula de carga, amigo? —pregunta el coronel.

—Solo ropa y esas cosas —responde John.

—¿Lleváis oro, tal vez? —dice, con la candidez de un niño. John se echa a reír.

—No tenemos oro.

—¿Dólares de la Unión?

—No, tampoco —contesta John Cole.

—Bueno, no nos gustan los mendigos en este país —afirma el coronel.

Entonces ya nadie dice nada más. Los caballos resoplan y exhalan. Unas rachas de viento despluman los matorrales sin hojas. Un petirrojo desciende y se posa en el sendero delante de los hombres, como si esperase que los cascos de los animales hubieran desenterrado algo que comer. Los petirrojos son pájaros de vista muy aguda. Son amigos de los labradores. Justo cuando diviso el petirrojo, John Cole decide que ha llegado el momento de disparar la pistola. Dos de los caballos retroceden, sorprendidos y asustados. La bala desgarra la mano derecha del coronel, a saber dónde, pero yo no reparo mucho en ello porque busco en la falda, desenfundo la pistola y me esfuerzo por acertar con la bala en el ojo del parche del otro hombre. No es una mala diana, y no debo de haber errado por mucho porque el hombre cae del caballo como si se despeñara de un andamio. Acto seguido, John Cole dispara el mosquete contra el señor Pelirrojo. Todo esto ocurre en tres segundos, y tanto el hombre pelirrojo como el coronel disparan a su vez, pero no sé dónde van a parar los tiros en medio de la refriega. No creo que contaran con que John Cole disparase con tanta temeridad. Yo tampoco, pero aquí nos tienen. El coronel se ha caído del caballo, porque sospecho que la bala le ha atravesado la mano. El señor Pelirrojo parece estar muerto, y el hombre del parche ha recibido una bala en alguna parte. Eso nos deja solo al tipo gordo, que dispara en el mismo lapso de tiempo pero que, a su vez, es alcanzado por otra bala, por lo que durante un instante pienso que una de nuestras mulas debe de tener pistola. Pero no es ninguna mula, es Winona. Apunta con una diminuta pistola de mujer, con la que acaba de disparar al gordo, quien a su vez le ha disparado a ella. Una pequeña pistola Dillinger con una bala que nadie se imaginaría capaz de matar a nadie. La muchacha cae de la mula hacia atrás, como si le hubiese golpeado la rama de un árbol yendo al galope. Dios mío, me bajo de un salto, la subo rápidamente junto a John Cole, vuelvo a montar en medio de un frufrú de faldas y azuzamos a las mulas con pavorosa ansiedad. El coronel se apoya en la grava y mira como si le hubiera atacado la Sagrada Familia. Salimos escopetados y damos gracias a Dios por las mulas, que pueden correr cuando se les requiere. Nunca las hemos forzado más allá de exigirles un ligero trote a lo largo del todo el trayecto desde Grand Rapids, pero ahora necesitamos que se conviertan en auténticas gacelas. Nos complacen, gracias a Dios, mientras la mula de carga y el animal sin jinete sopesan si es mejor seguirnos o no.

En cierta medida, contamos con que nos vayan a perseguir y atrapar, así que mantenemos las mulas a pleno galope todo lo que nos permiten las espuelas. Con el corazón en un puño. John Cole sujeta las riendas con una mano mientras agarra a Winona con la otra. Unos tres kilómetros manteniendo ese ritmo dejan a las mulas exhaustas, y por suerte nos topamos con un frondoso bosque en el que nos internamos sin importar que nos estamos raspando manos y piernas en las zarzas hasta sangrar. Llegamos a un claro y atamos las mulas. Ya es noche cerrada. John Cole me manda recargar las pistolas por si acaso nos alcanzaran mientras él acuesta a Winona en el suelo helado, como se depositaría un cadáver. Cree que es su cuerpo sin vida. Ella tiene los ojos cerrados. Él podría soportar todas las muertes del mundo salvo esta. Comprueba el sitio donde la bala ha rasgado el vestido y agranda la rotura. Busca en su piel el agujero para poder curarla de algún modo. El crepúsculo juega en su contra. Ha visto diez mil agujeros de bala, pero nunca ninguno en Winona. Su rostro es inexpresivo como la noche dormida. Parece estar muerta, pero no lo está, ya que el pecho muestra un aliento de vida. John sacude la cabeza.

—No hay ninguna señal —dice—. Hay que salvarla. Es todo lo que tenemos, hay que salvarla.

Ha abierto toda la parte delantera del vestido. Entonces descubre las monedas de oro que la señorita Dinwiddie cosió en la prenda y una de ellas presenta una considerable abolladura.

—Bendito sea Dios —dice—. Bendito sea Dios.

Nuestra buena fortuna quiere que las mulas no sean tan burras y hayan venido con nosotros, porque ahora debo quitarme el vestido para ponerme de nuevo los pantalones. Aun así, creo que un hombre puede llevar pantalones y seguir siendo afeminado. Vaya, una persona puede necesitar una buena dosis de insensatez para abrirse camino en la vida. Eso es lo que estoy descubriendo. Las mulas que compramos en Muskegon hacen lo propio. Boethius Dilward no tendrá que golpear con el palo estas ancas. Se supone que son tercas y resulta que son fieles como sabuesos. La naturaleza no tiene la última palabra, está claro. John Cole tiene el aspecto de alguien capaz de matarte sin pensárselo dos veces, pero la manera en que cuida de Winona revela otra cosa. La cuestión es que ha resultado herida por la bala de un rifle, una bala muy potente a pesar de haber sido interceptada por la moneda. Tendrá una enorme magulladura por todo el vientre, y además sigue sin volver en sí. Tenemos el mismo presentimiento que las ratas, de que unas personas nos están acechando sigilosamente, de manera que hemos de movernos sí o sí. Tenemos el convencimiento de que el caballero del bigote cayó bastante malherido, tal vez en el vientre, lo que, con un poco de suerte, le impedirá perseguirnos a caballo, pero no lo sabemos con seguridad. Si yo fuera él, estaría como loco, deseando ir tras nosotros. Podría estar aproximándose ahora mismo como un caimán por el despiadado sotobosque, lleno de malditas zarzas y plantas venenosas, y también de serpientes de cascabel y mocasines de agua, si no hiciera un frío tan glacial. Maldito Tennessee, lúgubre y deprimente, con sus condenados asesinos. Hemos de darnos prisa para llegar a la granja de Lige. Por suerte, Winona vuelve en sí.

—¿Estoy muerta? —pregunta.

—No, todavía no —responde John Cole.

Winona dice que puede montar en su mula, pero supongo que no sentirá el dolor hasta más tarde. Esa bala ha sido como clavarle una lanza invisible. Le dolerá bastante. Winona es una muchacha de tal vez trece o catorce años, así que ¿cómo puede ser tan valiente?

—¿De dónde sacaste esa pistola? —pregunta John Cole.

—Beulah me la dio cuando nos marchamos —responde.

Si el señor Lincoln hubiera contado con ella, habría ganado esta guerra con mucha más facilidad. Maldita guerra asquerosa, pero supongo que no queda más remedio que luchar contra ellos.

—En América se mata todo lo malo —dice John Cole—. Y todo lo bueno también.

El muy llorado señor Lincoln es buena prueba de ello. John Cole dirige su mula y la de Winona, y yo me encargo de la mula de carga y de la mía. Habrá avena para estas mulas si logramos llegar a nuestro destino. Salimos al camino en la oscuridad, la luna asoma a lo lejos y alumbra la senda helada. La escarcha refleja la luz plateada. Todo resulta tan extraño que parece como si estuviéramos en un antiguo libro de cuentos. Montamos con cautela y John Cole echa un ojo a nuestra querida Winona y le pide que vaya delante para que pueda verla si se cae de la mula en la oscuridad.

—Estaré bien —dice ella.

—Oye, Thomas, echa un vistazo atrás de vez en cuando por si acaso —replica él.

—Lo haré —respondo.

Seguimos avanzando sin parar toda la noche y ni siquiera nos planteamos detenernos para dormir. El cielo nocturno despeja el camino a capricho. Ahora solo brilla la luna en lo alto, luminosa como una lámpara vista a través de un cristal polvoriento. Uno se pregunta qué habrá allá arriba. Hay quien dice que la luna es como una moneda, la misma moneda que salvó la vida de Winona. Un enorme disco de plata como ese valdrá lo suyo. Hay quien dice que se podría atrapar si se pudiera llegar tan alto. De todos modos, debe de estar lejísimos. El frío se filtra bajo el ala de nuestros sombreros y por el cuello de la ropa. La gélida luz de la luna. Los árboles se tornan plateados ante ella como si siguieran los pasos de la luna de plata. Kentucky con sus bichos y almas diseminadas en duermevela, incluso quizás los árboles duerman también. La luna está tan despierta como una lechuza al acecho. Oímos el ulular de los búhos sobre los fríos pantanos más al oeste. Intentan encontrarse unos a otros en medio de la maraña de árboles. De pronto, me siento más liviano que antes. Doy gracias al cielo con toda mi alma: Winona esté viva. Las mulas caminan con obstinada elegancia y solo resuenan sus pasos quisquillosos. Por lo demás, se oyen los sonidos habituales de la noche. Un crujido en el bosque, un oso o un ciervo tal vez. Quizá unos lobos hambrientos atravesando la maleza. El cielo es pura plata y la luna modifica un ápice el tono para asegurarse de que se la vea. Ahora presenta un matiz amarillo cobrizo. Mi corazón está colmado de Winona y de John Cole también. ¿Cómo es posible que tengamos a Winona? No lo sé. John Cole y yo hemos vivido muchas matanzas. Pero estoy tan rebosante de paz y serenidad como no lo he estado nunca. El miedo me ha abandonado y mis pensamientos se han tornado livianos. Estoy pensando que John Cole es demasiado alto para la mula. Estoy pensando en todas las ciudades y pueblos a los que no he ido; no conozco a las personas que viven en ellos ni ellas me conocen a mí. Sí, no cabe duda, se le ve enorme para esa mula. Como si la mula y él no pertenecieran en realidad al mismo mundo. Después se cala el sombrero. Eso no tiene nada de especial. Tira del ala del sombrero bajo la luna. Rodeado de la oscuridad de los árboles. Y las lechuzas. No significa nada. Qué duro sería estar en este mundo sin él. Eso es lo que estoy pensando. En esta parte del país, se ven dos o tres estrellas fugaces cada minuto. Debe de ser la época del año de las estrellas fugaces. Buscándose unas a otras, como todo lo demás.

Winona se inclina más y más con creciente sufrimiento y su rostro empalidece de dolor hasta que, al amanecer, corto dos largos palos y los uno con un tercero para fabricar un *travois*[12], que relleno con todo lo que podemos escatimar, y cubro a Winona con mi vestido; la llevamos tirando de esa camilla. Pesa tan poco que es como tirar de una hoja. No se queja ni una sola vez, aunque podría hacerlo todo lo que quisiera y más en su situación. Yo habría gemido, y mucho, ya se

---

[12] *Travois:* Especie de camilla de los indios de las llanuras que eran tiradas por perros o caballos *(N. de la T.).*

lo digo yo. Golpeado por una bala como el hermano de la muerte. Desde luego que sí.

La carta de Lige Magan nos aconseja rodear discretamente el pueblo de Paris a través del bosque protector al oeste, que al salir al otro lado, dice, nos toparemos con un riachuelo y que debemos seguir la senda que bordea ese arroyo hacia el oeste, y eso es lo que hacemos.

18

Enseguida advertimos las necesidades a las que se refiere Lige conforme avanzamos por la senda. Un hermoso riachuelo fluye como una barba helada e infinita. Campos y campos en tierras de aspecto inquietante. Altos hierbajos ennegrecidos y algunos cultivos marchitos a medio consumir. La tierra amarillenta y el cielo asustado que se extiende hasta el paraíso; a lo lejos despuntan tocones y agujas de árboles negros y desconocidos. Después, colinas amontonándose en el horizonte y un persistente bosque, y, más allá, quizá montañas con sus kipás judías de nieve. Pero salta a la vista que no hay manos suficientes para sacar provecho de tantos campos. Falta el vigor de una renovada mano de obra. Tampoco es que esté todo perfecto en el ejército. Nos acercamos lentamente a la casa y vemos al viejo Lige con la bendita coronilla blanca y una enorme sonrisa de oreja a oreja dibujada en los labios, que domina una larga y canosa barba de chivo. No lleva sombrero y el pelo parece una voluta de humo. Se me hace raro verle vestido de paisano, eso es seguro. Mi sargento portaestandarte Magan. El que llevó los colores del regimiento. Baja los escalones hasta el suelo de arena batida y nos estrecha las manos. Juro por Dios que le brillan los ojos.

—Hola, Lige, ¿cómo te va?

—Bien, bien.

Después le hablamos de Winona y del hombre de los bigotes, y Lige dice que conoce a ese hombre. Desde luego no es coronel, pero sí tuvo algún cargo en el ejército de los piernas amarillas. Los que iban con él eran tipos que habían estado a sus órdenes. Van por ahí haciendo fechorías y ahorcando a los negros. Le contamos que hemos visto los resultados de su obra a lo largo del camino.

—Eso es —dice Lige—. Puede que volváis a ver a ese hombre, si sobrevive. Se llama Tach Petrie. Creo que lo llaman Tach Petrie.

Tenemos mucho que hacer, caramba, aparte de preocuparnos por Tach Petrie y su posible fallecimiento o resurrección. Lige tiene a una agradable mujer que se llama Rosalee y que atiende a Winona. Se la lleva al interior de la casa. Mi vestido se levanta con la brisa y cae al suelo.

—¿De quién es ese vestido? —pregunta Rosalee—. ¿De la señora Cole? ¿Dónde está?

No tenemos respuesta para eso. Rosalee acuesta a Winona en una mesa de caballete junto a una alargada chimenea. Intento recordar cuándo he visto a Lige tan feliz. Supongo que está muy aliviado. Rosalee tiene un hermano que trabaja con Lige. Tennyson Bouguereau. Ambos son negros liberados y Tennyson trabaja dos hectáreas a cambio de una parte de la cosecha. Lo único que tenían para arar antes de que llegáramos era una yegua vieja.

—Una mula vale por tres caballos aquí —dice Lige—. Una mula vale oro.

Está contentísimo de ver a las cuatro mulas. Le digo que, en mi opinión, son las mejores que han existido jamás. Le cuento lo de la mula de carga y la mula sin jinete de Winona, que nos siguieron en la escapada.

—¡Caray! —exclama Lige—. Quién se habría imaginado que algo así fuera posible.

Le preguntamos si tiene noticias de Starling Carlton y qué tal le va. Lige dice que le llegan todas las noticias al oeste del río North Platte y que, en general, todas las llanuras se han ido a pique. Los sioux lo están arrasando todo. Se había vuelto a ver a Atrapó Su Caballo Primero, con una nueva banda. Todo se va al garete a ojos vistas. Dice que ha oído que Dan FitzGerald ha vuelto a casa desde Andersonville y ahora desmocha árboles en Alaska.

—Qué bien —digo—. Me sorprende escuchar eso. Estaba convencido de que no saldría adelante.

—Ya —dice Lige—. Le ha ido bien.

De alguna manera, nos instalamos como los colonos. Entramos en sintonía con Tennessee. En esta época, tengo a mi cuidado por azar una paloma huilota herida. John Cole la ha encontrado en el bosque con un ala rota. Es lo más parecido a un topillo de lo que ha sido jamás un hombre por su capacidad de moverse con sigilo. Hay días en que no se oye un ruido. Cuando unas venas de largos haces de luz descienden sobre la solemne tierra. A veces, todo se queda tan quieto que no oigo nada y parece como si el mundo se hubiera acabado. Válgame Dios, John Cole llega silenciosamente un tranquilo mediodía con una caja de madera. Se sienta cerca de mí un buen rato y, durante todo ese tiempo en que no deja de conversar, yo escucho ese chirriante balbuceo en la caja. La miro detenidamente. A John Cole le divierte despertar mi curiosidad. John Cole habla del nuevo teatro de ópera en Memphis y de que deberíamos ir hasta allí para verlo. Últimamente John Cole se ha dejado una barba tan poblada que podría pasar por un rebelde. Podríamos haber combatido en Appomattox bajo las órdenes de general Lee o algo peor. Parece un puñetero coronel de los piernas amarillas, pero no quiero decírselo. Porque, así y todo, sigue siendo guapo. El tiempo pasa y John Cole se embala hablando con entusiasmo de los cantantes que hacen giras por todo el país como si fueran reinas y cosas así, y luego extiende los brazos y ladea la cabeza como si dijera: «Me imagino que te estarás preguntando qué traigo aquí». Pues un poco sí, la verdad. Entonces abre la tapa y asoma una cabecita, con un pico curvo y unos ojos saltones. Me pregunta si me gustaría curarla. Le respondo que sí, mucho.

—¿Cómo te gustaría llamarla? —pregunta.

—Bueno, la llamaré General Lee, ya que es un poco la pinta que tienes últimamente.

—No eres demasiado amable —me dice.

General Lee salta fuera de la caja y toma el mando. Después se caga por toda la vieja mesa.

Más tarde, nos dedicamos a quemar tierras para Lige durante todo el mes de enero. Sembramos arriates con semillas de tabaco que luego cubrimos con rollos de tela para protegerlos del frío. Después la nieve nos obliga a permanecer en casa y Tennyson canta viejas canciones mientras Rosalee muestra cierta vehemencia en la tabla de lavar. Lige tiene un violín, y nunca se han oído pasos tan sonoros. Winona taconea y es la más loca de todos, dando vueltas y vueltas, como una llama de bronce. Lige tiene carne de buey salada y las mulas están encerradas en el granero donde se almacena el tabaco; está tan bien sellado que deben de creer que se encuentran en Typee. Les describimos el espectáculo que hacíamos para el señor Noone y entonces me veo obligado a ponerme los pololos con volantes y los zapatos elegantes para enseñarles nuestra actuación. Como me había hecho una peluca de paja, todo resulta de lo más cómico.

—Ese es un número con dos velas —apostillo, y enciendo una tercera para ver mejor.

La luz de la hoguera aumenta el tamaño de mi sombra en las paredes. No sé si perciben el efecto, pero puede ser: Tennyson parece desconcertado y asombrado. Ya no soy tan atractivo como antes, pero la luz me favorece. Supongo que si un extraño nos viera desde fuera se quedaría confundido. Dos negros y un granjero anciano con la mirada clavada en mí. Una dama desconcertante a todas luces. Me llena de gozo.

La nieve desaparece y entonces aramos como si nos fuera la vida en ello. Las cuatro mulas están enganchadas y dan muestra de su valor, arando dieciséis hectáreas arriba y abajo tres veces. El terreno está preparado para recibir las plantas, así que se traen los plantones a los campos y, mientras uno pica la tierra, otro introduce un plantón y un tercero riega y abona el suelo. Entretanto, Tennyson entona sus canciones africanas y, cuando nos agachamos entre los árboles para el almuerzo, Lige a menudo toca el violín y las notas se elevan en el bosque para soliviantar el sueño de los pájaros. Nunca he trabajado tanto ni tan duro, y nunca he dormido tan profundamente. Después, gradamos la tierra entre nuestras matas recién plantadas y recorremos los surcos día tras día despuntando y pinzando las flores, y eliminando brotes. Winona es la asesina despiadada de gusanos del tabaco. Unos rollizos bichos verdes. El verano llega y envuelve la tierra en calor. Entonces es el turno de las camisas finas, las manos sucias y el sudor en abundancia. Y se afianza la amistad entre nosotros como corresponde a buenos chicos del ejército. El padre de Lige había enviado a la escuela a Rosalee y esta sabe más que Sócrates en muchos aspectos. Winona y ella son uña y carne y no sé cómo nos habríamos arreglado sin Tennyson en más de una pelea. Nunca había visto a nadie con tan buena puntería como él, salvo Lige. Coloca una rama pequeña en el poste de una empalizada y la parte por la mitad a quince metros de distancia. Eso no lo hace nadie. Después, vienen semanas de cosechas, hoja amarilla a hoja amarilla, que se atan a un palo y luego se llevan al granero. La estufa está encendida y calienta tanto que las mulas creen que están ardiendo en el infierno. Fanegas de chispas salen por la puerta a medida que se alimenta el fuego con más leña. Como si el granero fuera un enorme motor a vapor con destino a alguna parte. Luego, cuando las hojas han quedado bien secas, se abren las puertas del granero y se deja que entre el denso aire del otoño para ahuecarlas. A continuación se colocan en capas, se atan, se alisan y se juntan en pacas. Después se llevan al mercado del pueblo de Paris y las grandes carretas las transportan hasta Memphis. Y entonces Lige cobra y saboreamos los pequeños vasos de un whisky tan puro como la sal. Recorremos la ciudad de Memphis tan achispados como una buena estufa y luego hacemos cosas que ninguno es capaz de recordar hasta que volvemos a casa. En esos momentos, damos gracias a la vida por tener tantas cosas maravillosas. Lige compra unos caballos. Y llega noviembre otra vez y no hay cultivo que necesite más cuidados y dé más frutos a cambio que el tabaco. A Lige le pagan en oro porque es lo único que vale. El sur rebosa billetes. Para lo que valen, se podrían echar al fuego junto con la leña.

Las flores atraen a las abejas y el oro atrae a los ladrones. Supongo que es ley de vida. Una norma. Me imagino que saben cuándo vuelves a casa con la paga. Por eso tenemos las armas preparadas y Lige aplaca su miedo teniendo a mano dos rifles por si las moscas. Siempre vamos armados y dispuestos para lo que pueda pasar. La escarcha ha refrescado la granja y las largas malas hierbas cuelgan, oscuras, hasta el arroyo. Los osos buscan un hogar para hibernar. Los pájaros que ansían el invierno desaparecen y los petirrojos se resisten. La mitad de nuestro orgullo está puesto en Winona y la otra mitad en el trabajo que hacemos y en nosotros mismos. Quizá John Cole y yo nos hayamos restablecido. Estamos sanos y fuertes. Nuestros rostros parecen despejados como si el fuego hubiera arrasado dos campos.

A menudo hablamos de nuestra vida en esa cama de plumón de oca. Tumbados el uno junto al otro, con la mirada puesta en las telarañas del techo. Recordamos cosas que pasaron y las comentamos hasta llegar al presente. Creemos que ya hemos visto mucho. De una manera u otra, John Cole se pregunta qué podemos hacer por Winona. Dice que necesita desarrollar una pericia. Actuar con la cara pintada de negro no es la solución. Debe de haber escuelas para la gente como ella en alguna parte. A principios de otoño, intentó escolarizar a Winona, pero la escuela de Paris se negó a admitir a una chica india. Y ella vale mucho más que cualquier joven de América, afirma John. Maldito mundo sin corazón. Maldito mundo necio. Almas ciegas. ¿Acaso no pueden ver cómo es ella?

Tach Petrie se toma su tiempo para hacer acto de presencia. Supongo que así debía ser. Me imagino que tenía que curarse las heridas. Una mañana temprano, lo vemos de pie a lo lejos en las tierras de la granja, justo delante del abrigo de unos viejos árboles. Nos encontramos tomando café en la cocina de Rosalee. La víspera cayó una granizada en forma de enormes pedruscos capaces de matar un perro, pero ya no queda ni rastro de ellos. Tiene un aspecto solitario allí fuera con su ropa negra y el arma descansando en el brazo. Los tallos de las plantas de tabaco siguen despuntando a la espera de las nuevas llamas. Pronto habrá que acometer esa tarea y comenzar de nuevo el largo trabajo. No nos intimida. Recuerdo que pensé que sabía que se trataba de Tach Petrie, pero que, desde aquella distancia, ¿cómo podía saberlo? La memoria solo se gusta a sí misma. Dio unos pasos adelante y, entonces, a cada lado surgieron otros dos más. De repente, parecían espectros. Quizá estuvieran tanteando el terreno. Podrían haberse acercado sigilosamente por la ribera del riachuelo, pero en cambio eligieron este otro modo. Es temprano y podríamos estar durmiendo, pero aun así él se detiene justo fuera del alcance de nuestros fusiles. Se sabe la distancia exacta como una vara de medir. Si una bala le alcanzara, resbalaría por su chaqueta como un grano de maíz. Lige dice que tiene fama de cobarde, pero esa mañana fría y luminosa a mí no me parece un cobarde. Tenemos dos fusiles y nuestros dos mosquetes, y enseñamos a Rosalee y Winona a recargarlos en caso de necesidad. Los fusiles son más rápidos y permiten un mayor número de disparos. Lige y Tennyson los cogen y lo tienen ya en el punto de mira. Están sentados en unas viejas sillas y, de espaldas y encorvados así, parecen unos niños dormidos en el hombro de su padre. Pero están vigilando a Tach. Como todo el mundo sabe, Lige es un tirador de primera y no se permite la menor vacilación. Tres hombres van a morir hoy y ninguno de ellos será alguien a quien él quiere o aprecia.

—Malditos piernas amarillas —mascula—. Han perdido la guerra y ahora van a perder esto también.

Justo en ese momento, por detrás de Tach Petrie y de no se sabe dónde, surgen media docena de hombres más. Eso hace que Lige levante la cabeza del fusil. No dice una palabra.

—Será mejor echar un vistazo a la parte de atrás —indica a Rosalee—. Asoma la cabeza y comprueba que no estamos atrapados por ambos lados.

Rosalee atraviesa la casa con estrépito. Ahora el miedo se desliza como una hambrienta cucaracha. Remueve el fondo de las entrañas. Me parece que estoy a punto de echar el café por la boca. Tenemos mosquetes apuntando a los dos tipos que flanquean a Tach, pero carecemos de tropas en la reserva para darles matarile a esos otros hombres. Aún nos queda la protección de la casa. Supongo que se alegrarán si consiguen matarnos hoy. Me figuro que lo sucedido aquella tarde debió de molestarles bastante. Me vienen a la cabeza ideas delirantes, como que debería ponerme ese vestido. Una cabecita loca que piensa cosas alocadas. Tach Petrie se acerca. Tiene cierto aire militar. Los hombres bajan y se ponen en marcha siguiendo la línea de árboles caídos, empalizadas, pilas de leña y lo que les sirva de protección. Puede que ya estén a nuestro alcance. Rosalee regresa y dice que no ve nada inquietante. Atranca la puerta trasera. Cierra rápidamente los postigos de las ventanas. Ha llovido y se han producido tales inundaciones que el terreno entre la casa y el arroyo no es más que un gran lodazal. Ningún hombre intentaría marchar por esa cuesta.

—Es cierto —dice Lige—. Pero no estamos ante un hombre cualquiera, sino ante un demonio asesino.

Rosalee Bouguereau se lleva una mano al pecho. Aun así, aun así. El amplio terreno delante de la casa parece ahora vacío. ¿Dónde se han metido esos tipos? Hace frío para estar esperando, y la estufa no está encendida. Hemos abierto las ventanas para poder disparar y el gélido viento entra a raudales. El porche mantiene la casa en sombras y, con suerte, la fachada se ve vacía y oscura. De pronto divisamos a un hombre corriendo como una liebre en busca de un nuevo escondrijo. Desaparece. Aparece otro. Se acercan sigilosamente como en un juego de niños. Lige ya tiene las napias en la boca del fusil, con la cabeza ladeada, inmóvil como en un cuadro. No, no disparará hasta que tenga a la vista al menos a tres hombres, y entonces con mucho gusto les hará saber que estamos despiertos. Lo más probable es que no tengan ni puñetera idea. Eso esperamos. Da igual, porque Lige ya ha disparado. Un disparo largo y precioso que arranca el sombrero de uno de los hombres que corren y, de paso, también la cabeza; puede verse desde lejos un enorme chorro de sangre. El tipo se desploma. Después Tennyson tiene a otro en el punto de mira y dispara. Un hombre capaz de partir en dos una ramita a cinco metros de distancia no tiene la menor dificultad en alcanzar a un tipejo corriendo. Van dos, pensamos. Abren fuego contra nosotros con la esperanza de dar en la diana a ciegas. Por un momento, todo se queda en silencio, hasta que veo a tres hombres en los cobertizos de tabaco. Se esconden tras el hastial. Un oscuro nubarrón largo y cargado con una lluvia poco afortunada va borrando el color de las cosas. El mundo se vuelve de pronto pardo y negruzco con la vieja mancha de pintura rojiza por encima de los cobertizos. Las inclemencias del tiempo y los días son estupendos decapantes de pintura. Enseguida somos conscientes de que alguien tendrá que salir para ahuyentarlos. Esto de que se acerquen sigilosamente y esperen no es nada bueno. Tenemos que lograr una nueva ventaja. Todo parece indicar que los otros cuatro se mantienen muy separados unos de otros. Pero los tres de los cobertizos no asoman el pelo, lo que significa que se mueven sinuosamente por detrás. Tendré que encargarme yo, ya que es mi cerebro el que discurre así. John Cole sabe lo que estoy haciendo. Lo comprende sin necesidad de palabras. Entonces me agacho, cruzo la habitación y desatranco la puerta trasera. Rosalee la cierra detrás de mí; oigo el sonoro golpe. Solo tengo que recorrer una corta distancia a descubierto. Voy a abrirme camino rodeando por detrás el granero esperando sorprender así a esos miserables. Llevo un mosquete y también la pistola de repetición de Lige. No voy desnudo. Me siento tranquilo y sereno, como si me callara para pescar truchas. Truchas escondidas bajo una oscura roca, por lo que no debo hacer ruido en la ribera. Venga, venga, venga. Oigo disparos a mis espaldas, un estruendo de detonaciones, balas que pasan silbando tanto desde la casa como desde el campo. Eso me escuece. ¿Dónde están esos cochinos hijos de mala madre? Malnacidos que se acercan con sigilo, y ¿cómo es que sus madres nunca les dijeron que matar a otros hombres era algo malo? Asomo la cabeza detrás del hastial del granero. Diviso a los tres individuos, con la cara girada a noventa grados. De pronto, se pone a llover a cántaros y se nos empapa la cabeza. Ellos tienen el viento de frente, que los azota como si fuera un aliado. Solo uno de ellos lleva un largo abrigo negro, pero el resto parece tener tanto frío como unos huérfanos. Disparo al hombre de atrás con el mosquete, lo suelto y desenfundo la pistola para disparar al segundo. Sospecho que solo le he herido en el brazo y entonces tengo que ocuparme del primer hombre o se acabó el plan. Continúan oyéndose disparos desde la fachada de la casa, pero no alcanzo a ver nada. No tengo relación con ningún Dios y no soy en absoluto un soldado de Dios, pero rezo para que cuide y salve a Winona. Estando en medio de un tiroteo, no puedo pensar en nada más que en ella. John Cole puede cuidarse solo. Es astuto. Lige y Tennyson. Rosalee es mayor y sabia. Pero Winona es tierna como una flor y es cosa nuestra. Ahora veo con más nitidez al hombre al que estoy apuntando. Es uno de esos vagabundos andrajosos con cara adormilada. Parece un hombre que acabara de salir de una antigua vida. Irlandés, a saber de dónde. Ha dejado atrás una vida anterior para llegar hasta aquí, con un chiflado al que no conoce de nada y que se precipita sobre él. Disparo dos veces, pero mi vagabundo es rápido y se esconde detrás de un abrevadero. Entonces yo me convierto en el blanco y tengo que tirarme por el aire para ponerme a salvo. Tras unos viejos amasijos de hierro que habían servido de caldera. Las balas del hombre repiquetean en el hierro, una y dos veces, y provocan una especie de acorde musical. La lluvia de Tennessee cesa de repente y uno juraría que el señor Noone o su hermano celestial han levantado un enorme telón sobre este escenario de muerte. Una potente luz de Tennessee desciende sobre nosotros. Una catarata blanca y plateada. Desde la casa, se dispara como si hubiera allí un enorme contingente de hombres, y entre los cobertizos y el granero diviso a Tach Petrie corriendo, haciendo señas a sus hombres, a los que no veo. No puedo alcanzarlo con la pistola desde donde me encuentro. Voy a tener que tomar el maldito abrevadero por asalto y al cerdo que se esconde detrás. Pues que Dios me ayude en esta empresa, rezo. Hago mi jugada. Pongo bocarriba la gran carta de mi vida. Que Dios me ayude, se lo ruego. Doy un salto e intento salvar el espacio descubierto. Noto una bala atravesándome el hombro. O la oreja tal vez. No lo sé. O quizá la cabeza. Da igual, me desplomo. Maldito necio. Mi mano suelta la pistola, que resbala por el suelo. Mi enemigo aparece de golpe y se abalanza sobre mí, encorvado.

—No te muevas, no te muevas —ordena, entre bufidos e improperios.

Me pisa la mano y me susurra:

—Como te muevas, eres hombre muerto. Mueve esa mano un solo centímetro y estás muerto.

Le creo a pies juntillas. Levanto la mirada hacia su rostro siniestro y amargado que me está observando. Tiene ojos inquietantes y la cara picada y cubierta de cicatrices. Es como si lo hubiera cosido el peor sastre del mundo. Siguen las detonaciones de los fusiles hasta que se hace un repentino silencio y suenan unas voces.

—Si te mueves, eres hombre muerto —repite el tipo.

Me sorprende incluso su misericordia hasta ese momento. ¿Por qué no me mata ya y se acaba la historia? Pero los hombres son seres extraños, y los asesinos más todavía. Entonces se reanuda el gran tiroteo y, por el resquicio, veo sombras fugaces que pasan corriendo; tal vez Tach Petrie y sus secuaces estén intentando un nuevo ataque. Se oyen muchos disparos y voces de hombres gritando. Resulta raro estar aquí, en la parte trasera del granero, con el nuevo cielo encabritándose como un caballo, como si inhaláramos una bocanada de silencio. Ese hombre de mirada torva y yo. Aquí es donde se acaba todo, pero no quiero vivir sin Winona ni John Cole. Retumba un nuevo tiroteo y otra vez silencio. El tipo echa un rápido vistazo a la izquierda para ver qué sucede. Desconoce, como yo, el resultado de la refriega.

—Oye, Tach —grita—. ¡Tach Petrie!

No recibe respuesta.

—¡Tach Petrie, maldita sea!

Pero entonces ocurre un milagro. Aparece otro hombre por detrás de los cobertizos. Otro tipo, ni de los nuestros ni de los suyos. Un hombre recio, corpulento y adusto con el rostro envuelto en sudor. Ojos de toro y mirada intensa. Conozco esa cara. Mi enemigo ni siquiera lo ve. El tipo corpulento dispara. Arranca la mitad de la cara de mi nuevo amigo. La sangre me salpica la cabeza y se mezcla con la mía. La Madre de Dios. ¿De dónde ha salido Starling Carlton?

Ni siquiera saluda, se dirige al espacio que separa los cobertizos y el granero y se lía a tiros. Me limpio la sangre de los ojos y el mundo parece un toque de campanas, pero me arrastro por el suelo, me levanto al abrigo de su ancha espalda, echo un vistazo y diviso a Tennyson de pie en el porche apuntando con el fusil y disparando hacia el campo a unas siluetas que huyen hacia unos matorrales. Rosalee se encuentra junto a él con una caja de municiones y Tennyson solo descansa para recargar la Spencer. Después dispara como un verdadero soldado de caballería, y también dispara Starling, y es posible que Tennyson crea que soy yo. Uno de los forajidos casi consigue llegar hasta la casa, pero cae muerto con las piernas y los brazos abiertos. Luego otro más atrás también se desploma y se transforma en un borrón oscuro en la escarcha. La lluvia que ha caído se ha helado en la tierra y esa es la historia que ha contado. Después, una curiosa paz desciende y las detonaciones resuenan en nuestra cabeza; es como si saboreáramos los instantes de la cuenta atrás de la muerte, pero la muerte se bate en retirada. Estoy ansioso por saber lo que ha pasado en la casa y por qué John Cole no ha tomado parte en el tiroteo del porche. Por qué nuestro viejo y rudo amigo ha aparecido de golpe y porrazo, esa podría ser otra pregunta. Mi oreja chorrea sangre y la campana del tiempo dobla de un modo extraño, y puede que en ese preciso momento me desplome. Justo antes de desplomarme del todo, Starling se agacha y carga conmigo sobre su hombro.

—Malditos irlandeses —mascula—. Nunca he podido soportarlos.

19

Starling y yo regresamos rodeando el granero por si acaso, porque no queremos que Tennyson nos mate. Llegamos por la parte de atrás de la casa. Dentro encontramos a Lige Magan arrodillado junto a John Cole. Primero pienso que está muerto, porque tenía los ojos cerrados cuando he entrado. Después los abre y ve a Starling.

—Válgame Dios —exclama—. ¿Qué hace aquí, mi sargento?

—Ha caído del cielo como un ángel —respondo.

—Si ese es un ángel, no pienso ir al cielo —dice Lige—. ¿De dónde diablos has salido, Starling?

Un chorro de sangre mana del muslo de John Cole. ¿Cómo ha podido recibir una bala en el muslo? No tengo ni idea. Le han debido de disparar a través de una rendija en el muro de troncos.

—Dios santo, John —digo—, ¿estás malherido?

Veo a Winona apoyada en la pared de la cocina. Está pálida como un cielo de verano. Rosalee llega ahora; Tennyson debe de seguir en el porche para mantener un ojo avizor porque no viene tras ella. Hurgo en la herida con una tenaza de herrador para extraer la bala y entonces Starling y Lige se sientan encima de John Cole mientras aplico el atizador humeante en la herida y se desprende un olor a John Cole quemado. Suelta un rugido que no avergonzaría a un burro.

—Dios misericordioso —balbuce.

—Ojalá no vuelvan esos asesinos —dice Lige.

—No van a volver porque los hemos matado a todos —sentencia Rosalee.

—Creo que nos hemos cargado a la mayoría —dice Tennyson, que acaba de entrar—. He matado a Tach Petrie, además.

—Lo has hecho muy bien —le felicita Lige.

Una hora más tarde, estamos mirando el café que ha preparado Rosalee. Nadie bebe.

—Bueno, Starling —pregunta Lige—, ¿qué diablos te trae hasta aquí?

Starling Carlton no es hombre al que le guste dar rodeos. Va directo al grano.

—Estoy aquí por varios asuntos —comienza—. No vine para salvar la vida a unos pobres diablos como vosotros. Me sorprende que llevéis unas vidas tan temerarias, rodeados de ladrones asesinos que se os echan encima.

—Vamos, Starling, ¿a qué has venido?

—Bien, os lo diré —continúa.

Y nos lo cuenta. Atrapó Su Caballo Primero ha raptado a la señora Neale y a sus dos hijas. Más tarde, se le ha visto en territorio crow. Es un territorio muy extenso, pero el mayor y doscientos hombres cabalgaron durante días. Ni rastro de los sioux. Al día siguiente llega al fuerte un comerciante alemán con un mensaje de Atrapó Su Caballo Primero. Dice que mató a la mujer y a la niña de pelo negro. Quiere recuperar ahora a la hija de su hermana y asegura que entregará a la otra niña blanca a cambio. Después, dice que sellará un nuevo tratado y que entonces habrá paz en las praderas. Starling explica que el rostro del mayor palideció como si lo hubieran pintado con cal. Jamás había visto a un ser humano tan blanco y demudado.

—¿Y quién carajo es la hija de su hermana? —pregunta Lige Magan.

—La muchacha india que tenéis ahí —dice Starling—. Así que el mayor quería saber dónde encontrarla y yo le dije que lo sabía, que estaba con John Cole y Thomas McNulty en Tennessee. «Pues ve a Tennessee y pídeles que la traigan de vuelta», dice el mayor. «Dios quiera que accedan.»

John Cole gruñe en la cama.

—¡Es la peor idea que he oído jamás! —chilla—. ¡Maldita sea!

Starling Carlton vocifera a su vez y John Cole le responde a grito pelado también. Algo se me remueve en el estómago. Después Winona se acerca a él y le acaricia la mano sobre la sábana raída.

—Tengo que volver —declara.

John Cole se queda mirándola y no dice nada. Supongo que percibe la fuerza de alguna extraña justicia en sus palabras. Está blanco como el corazón de una manzana.

—No voy a permitirlo —dice al fin.

—La señora Neale fue buena y amable conmigo —responde ella—. Se lo debo.

—Eres una buena chica —dice él—. Bien lo sabe Dios, pero no vas a volver allí.

—Lo siento, tengo que hacerlo —insiste ella.

—Pero no lo harás.

El asunto se decide a la mañana siguiente después de que Winona y Starling Carlton se hayan marchado. Ella se ha llevado un caballo del campo. Debieron de salir de madrugada. John Cole no puede moverse, de modo que cojo otro caballo de Lige y parto tras ellos. No pueden llevarme más de seis horas de ventaja. Los alcanzaré. Cabalgo como un poseso durante un buen rato, pero no me puedo arriesgar a reventar a mi caballo. Estamos en pleno mes de diciembre y no es época para dar un paseo hasta Wyoming —así llaman a ese territorio ahora—. Tres días más tarde, llego a Nebraska. Supongo que veo sus rastros de vez en cuando, huellas de los cascos de los caballos en la fina nieve, o eso creo al menos, ya que podría tratarse de cualquiera. Pregunto a todo granjero que se cruza en mi camino en Misuri si han visto a un tipo corpulento con una muchacha india. No cabe duda de que Starling apura el paso. Tras cuatro días de viaje, comprendo que no voy a alcanzarlos y me fastidia cuando cae la noche, pero yo también necesito dormir. Soy humano. Tengo que matar lo que puedo por el camino, pero sobre todo hay pájaros y liebres, y al menos tengo un poco de cecina. Una tarde diviso muy a lo lejos una extensa tortita de humo que se eleva por encima de lo que parece una aparición de oscuridad. Es una manada de bisontes, lo que curiosamente me alegra el corazón. Debe de haber más de mil, pero están demasiado al sur para que vaya a probar suerte. El gran río Platte fluye en alguna parte más al norte de donde me encuentro y sé que hubo un irlandés por cada bisonte cavando la línea del ferrocarril estos últimos años. Dicen que los pawnees merodean por aquí con gran fiereza y casi me da miedo prender una cerilla para encender una hoguera, pero por la noche el termómetro cae hasta niveles mortales. Espero que Starling encuentre agua y comida, aunque solo sea por el bien de Winona. Entonces la nevisca hace acto de presencia. Una tormenta de nieve que me llena de congoja, con un viento tan afilado que te afeitaría la barba. Lo único que alcanzo a ver es la esfera de mi brújula. La nevisca azota durante cinco días seguidos, y cuando cesa, estoy igual que antes. Me llaman la atención las granjas y casas diseminadas que veo por todo el oeste de Nebraska, donde antaño solo había un extraño mar de hierba. Enfilo ahora la senda principal, pero nadie traslada ganado en esta época del año. Si es que ahora siguen tomando esta ruta. El nuevo ferrocarril se extiende hasta el infinito, pero los raíles son tan silenciosos como las rocas. La tierra es blanca como la plata y el cielo aparece cubierto con una odiosa lobreguez. No hay un alma a la vista. La nieve tiene medio metro de grosor y al caballo no le gusta. Llego a una pequeña zona de tumbas donde están enterrados irlandeses y chinos. Apenas un retazo de tierra con una empalizada de madera en medio de ese silencio interrumpido por el invierno. Esa noche se produce un gran jolgorio de truenos y relámpagos, que recortan las colinas lejanas con una negrura de pan quemado, así que maneo el caballo y me resguardo contra una roca. Los truenos retumban con tal fuerza que ahuyentan los sueños de mi cabeza. Los recuerdos se escapan volando. Solo quiero recuperar a Winona. Algo en la pérdida del mayor me corroe el corazón. Pero yo quiero a Winona.

Cuando al fin llego al fuerte, estoy dispuesto a sentir cierto alivio. El centinela me deja pasar sin mediar palabra. Me dirijo directamente a la oficina del mayor sin ni siquiera buscar a Starling. Tengo que ir donde se toman las decisiones. Así funcionan las cosas. Entro y veo al mayor. Tiene el gesto demacrado y pálido. No se parece al hombre que yo conocía. Sale de detrás de la mesa y me coge la mano derecha. No articula palabra. En los pliegues de su rostro macilento veo unas rojeces que parecen pintadas. No tiene buen aspecto. Da la impresión de que se hubiera tragado una serpiente de cascabel viva y le estuviera mordiendo por dentro. Golpeándole una y otra vez sin que él se estremezca. Dice algo de gratitud. Anuncia que todo está dispuesto para mañana y que ya se han enviado los mensajes. Si quiero alistarme por noventa días, me lo puede conceder y rescindir cuando esto se acabe. No logro dar con las palabras adecuadas para explicar a qué he venido. Debe de creer que he llegado con Starling. Sobre su mesa hay un daguerrotipo de la señora Neale, tomado seguramente en la época en que se casaron. Puede que lo sacara el mismísimo Titian Finch. Me ve contemplando el retrato. En sus ojos advierto un destello de su viejo ser. Dice algo acerca de su hija Angel y luego yo le respondo que no puedo creerme que la señora Neale esté muerta.

—La señora Neale está muerta y Hephzibah también —dice—. Así es, tiene toda la razón. Que el capitán Carlton fuera a buscarlos es lo único que me ha mantenido con vida. Ruego a Dios para que mañana tengamos de vuelta con nosotros a Angel. Hemos vestido a Winona con uniforme de tamborilero, para mostrar lo que pensamos de ella.

No encuentro las palabras que John Cole necesitaría que encontrase. Lo miro sin más y, después, saludo y salgo. La vuelta al fuerte me sumerge en el pasado. Unas sombras y voces extrañas regresan como un remolino. Soldados de caballería que yo conocí antaño, la voz desafinada y el carácter amargado del sargento Wellington. Toda vida tiene sus días felices a pesar del maldito destino. Tengo registrados en mi cabeza un sinfín de hombres que han pasado de algo parecido a la admiración a la indiferencia. Pero no ese lívido mayor. Supongo que eso es lo que estoy pensando. El hombre recto que no soportaba la injusticia.

Lo siguiente es encontrar a Winona y comprobar cómo está. Dos semanas con Starling Carlton agotarían al mismísimo san Pablo. Estoy tan hambriento que me comería la cabeza de san Juan Bautista, pero primero voy en busca de Winona. Starling es capitán de la compañía A y ahí la encuentro. Está sentada junto a la estufa con su nuevo atuendo y, válgame Dios, por un instante la confundo con un muchacho de verdad. Ha recogido su lustrosa melena negra en la gorra militar. En cuanto me ve, se levanta de un salto para abrazarme. El tamborilero más cariñoso de la historia del ejército.

—¿Qué tal te trata Starling? —pregunto.

—No abrió la boca en todo el camino —responde.

—¿Ni una palabra?

—Solo me daba órdenes, dónde sentarme, tumbarme.

—Vaya tipo más raro y desgraciado.

Entonces llega Starling con paso pesado, haciendo crujir el suelo.

Se detiene para sopesar mis intenciones y desenfunda el revólver.

—Aléjate de ella —dice— o te pego un tiro, maldito Judas.

—Dios santo, Carlton —respondo—. Tranquilízate. No he venido a llevarte la contraria.

Con paso sombrío y extraño, me dirijo al depósito de suministros y retiro mi uniforme de cabo. Me visto ahí mismo, entre las estanterías, mientras el furriel hace lo que puede como siempre para vestir a un hombre tan menudo como un pajarillo y me da el cinturón y el resto de accesorios; conservo mis propios zapatos. No pienso sufrir con un par de botas militares. La armería me proporciona un rifle y una pistola. Mientras me abrocho la camisa y la remeto en mis atributos, no sé qué pasa. Los años se desvanecen y me siento como el primer día en el cuartel junto a John Cole. San Luis, mil años atrás. Y mentalmente también lo veo a él acostado en la cama en Tennessee con el agujero en el muslo. Lo veo hecho un arrapiezo cuando lo conocí bajo un árbol en Misuri. Me abruman las visiones de John Cole. Me pregunto si estoy traicionando al hombre que más quiero. Puede que sí, puede que sí. Pero también rezo para pedir por cosas que ni siquiera sé nombrar y que se ocultan en los rincones más oscuros de mi alma sin yo saberlo.

El comerciante alemán ha estado más ajetreado que una mosca del estiércol. Nos va a conducir hasta el punto de encuentro. No sé cuántos dólares se va a llevar por este asunto, pero es un ladronzuelo calvo con un sombrero de aspecto extranjero. Me dicen que tiene acciones en el nuevo ferrocarril que va hacia el sur, pero no me lo creo. Lleva puesto un traje blanco de rayas que no ha visto el agua desde que se acabaron las inundaciones. Alguien dice que se llama Henry Sarjohn, pero a mí no me suena muy alemán. En fin, al señor Sarjohn le gusta el tabaco y lo masca formando una voluminosa espuma húmeda en la boca. Cuando habla con el mayor, no deja de girar la cabeza y escupir. Cabalgaremos durante dos días y, por lo que veo, no vamos a llevar ningún cañón. En el fuerte hay cinco regimientos rebosantes de hombres, porque el miedo a los sioux ha calado hondo en el corazón del gobierno. Sellaron un nuevo tratado en 1868, pero el ferrocarril comenzó a mellar la tierra. Me habría gustado cabalgar con cinco mil hombres. Pero Atrapó Su Caballo Primero solo permite que acudan a este *fandango*[13] dos compañías. Eso son doscientos soldados frente a su banda, que, según se rumorea, alcanza los trescientos hombres. Esto no parece preocupar al mayor. Va a recuperar a su hija. Es posible que piense que, si no lo consigue, no importa cuántos soldados queden en el campo de batalla. Morirá con gusto. Tiene esa mirada. De desesperación y recogimiento. Como un hombre decidido a tirarse desde lo alto de un puente. Casi da miedo. Starling Carlton monta un enorme caballo gris y, aunque es el día más frío del año, está sudando. La transpiración le chorrea por el cuello y gotea de las cejas como minúsculos carámbanos. Debe de ser el desgraciado más raro de toda la cristiandad. Cabalgamos a la cola de las compañías con Winona encajonada entre los dos.

—¿Estás segura? —pregunto—. ¿Estás segura? Puedo sacarte de aquí con facilidad, solo tienes que hacerme una señal.

---

[13] En español en el original *(N. de la T.)*.

—Estoy segura —responde, y me sonríe.

—Maldita sea —mascullo—. ¿No te dieron un tambor con ese uniforme?

—Pues no —contesta.

Y se ríe. Yo no me río, no me río. Si aún me queda un corazón, se desangra.

Intento comprender el plan. Vamos a entregar a Winona a su tío y luego a llevarnos a Angel Neale. ¿Qué pasará con Winona después? ¿Creen que volverá a vestir faldas sioux y hablará sioux otra vez? No estoy muy seguro de que la gente esté pensando en Winona. Sé que no. Starling Carlton solo adora a su bendito mayor y hará todo lo que esté en sus manos para socorrerle. Por supuesto que lo hará. El mayor es el hombre más justo que he conocido jamás, pero ha sido desgarrado por la navaja de la tristeza. Todavía siguen en la compañía hombres que conocía muy bien en el pasado y se me hace muy raro ir ataviado de azul otra vez. El pequeño Sarjohn cabalga delante y se balancea en la mula como si supiera lo que hace. Las familiares colinas visten ahora el encaje y los mantos del invierno. Incluso en aprietos, el paisaje parece consolarnos. Supongo que la oscura verdad es que nos atraviesa el corazón.

Starling Carlton dirige mi antiguo regimiento y yo tengo que desempeñar mi papel de cabo. Un tipo raro con cara amarillenta llamado capitán Sowell está al mando de la compañía A. Sus mejillas parecen haber sido talladas en madera y tiene unas patillas como las del soldado de caballería Watchorn años atrás. Se podría decir que el tipo tiene una mata de espinos a cada lado de la nariz. Starling Carlton no está dispuesto a hablar conmigo, así que no pregunto nada. Dudo que confíe en mí, pero no tengo intención de hacer nada, salvo mantener a Winona sana y salva. La llaman ahora para que cabalgue junto al mayor, que monta su estupenda yegua negra. Cuando ves un caballo así, te das cuenta de que te has cruzado todo Nebraska y Wyoming montado en un pobre rocín. Su pelaje brilla en el resplandor plateado de la luz de la nieve. Hace mucho que no cabalgo con el mayor y la antigua medicina de la lealtad me llena el corazón. De pronto siento una honda tristeza al evocar ciertos momentos. La pérdida de antiguos camaradas en el pasado. Los caídos en las batallas. El asesinato de la señora Neale, una mujer tan buena. En alguna parte detrás de todo eso hay algo más. Las sombras de los fantasmas de mi familia desaparecida hace mucho en Sligo. Sligo. Una palabra que ni siquiera ha sonado en los rincones más íntimos de mis pensamientos en más de una década. El vestido roñoso de mi madre flota detrás de mis ojos. El mandil de mi hermana destrozado por la muerte. Los rostros demacrados y fríos. Mi padre tendido como una mancha de mantequilla amarilla. Un borrón. El sombrero de copa negro, aplastado como un acordeón. Hay veces en que te das cuenta perfectamente de que no eres un tipo listo. Pero, del mismo modo, otras veces la bruma de los pensamientos habituales se disipa bajo una repentina brisa de buen juicio y ves las cosas con una inesperada claridad, como en un paisaje despejado. Avanzamos dando tumbos y a eso lo llamamos sabiduría, pero no lo es. Dicen que somos cristianos y cosas así, pero no lo somos. Dicen que somos criaturas que Dios ha elevado por encima de los animales, pero todo hombre que haya vivido sabe que eso no son más que patrañas. Ese día cabalgamos para llamar asesino a Atrapó Su Caballo Primero en un juicio silencioso. Pero fuimos nosotros quienes matamos a su mujer y su hija. Nuestra propia Winona fue arrebatada de estas llanuras. Nos la llevamos como si fuera nuestra hija natural. Pero no lo es. ¿Qué es ahora? Zarandeada por ambos lados, y ahí está, vestida de tamborilero de la Caballería de los Estados Unidos y con la risa a flor de piel. Está feliz de la vida por poder compensar el daño hecho al mayor, porque su esposa fue una vez amable con ella. Winona, la reina de esta tierra sobrecogedora. Maldita sea, un cabo no debe llorar. Y, entretanto, John Cole permanecerá acostado en nuestra cama en casa preguntándose qué estaré haciendo. ¿Acaso no le he traicionado y he incumplido mi palabra? El mundo no es solo tomar y hacer. También hay que pensar. Pero yo no tengo el cerebro para pensarlo todo con claridad. Una nevada compuesta básicamente de resquicios oscuros y un fuerte viento comienzan a azotar mi negra locura. Las compañías siguen avanzando con un mequetrefe alemán a la cabeza. Pero no hay mayor mequetrefe que yo mismo.

Atrapó Su Caballo Primero no se deja ver enseguida. Sus muchachos aguardan detrás de una profunda cañada. Uno se pregunta cómo pueden sujetarse los árboles en esas pendientes tan empinadas. Oscuros árboles de hoja perenne se elevan hacia el cielo como si fueran una especie de fuego fatuo. Con una fría arboleda de abedules plateados abajo, como doncellas en una boda. Encuentro a los sioux cambiados. Ya no llevan plumas en su atavío y parece como si un barbero les hubiera cortado el pelo. Visten cada prenda rara de hombres blancos que se haya puesto a la venta. Fundamentalmente harapos. De vez en cuando, se distinguen pecheras hechas de fino alambre. Estos sioux no nos han ayudado mucho en la guerra, de modo que a estas alturas nadie los aprecia demasiado. Estos últimos tratos no han conseguido limar asperezas. Pero el mayor se sienta muy recto en la silla de montar, escudriñando el horizonte por si pudiera ver a su hija en alguna parte. Reina un ambiente extraño, indios y soldados. Como un espectáculo a punto de comenzar en la sala del teatro del señor Noone. Los soldados se miran unos a otros, a nadie le gusta el brillo y la cantidad de armas que exhiben los indios. Puñales y pistolas también. Por su mirada, parece como si nos hubiéramos reunido con unos vagabundos. Unos gañanes. Sus padres eran dueños de todo lo que había aquí cuando no habían oído hablar de nosotros. Ahora vagan por estas tierras cien mil irlandeses, chinos que huyen de sus crueles emperadores, holandeses, alemanes y muchachos nacidos en el este. Inundan los caminos como una manada que no tiene fin. Cada uno de los rostros que tenemos ahí delante parece haber sido abofeteado. Abofeteado una y otra vez. Caras oscuras que miran con los ojos entrecerrados por debajo de unos sombreros baratos. Unos mendigos, en realidad. Hombres arruinados. Eso es lo que estoy pensando. Entonces, desde la maleza, más allá, aparece Atrapó Su Caballo Primero. No lo he visto en muchos años. Lleva puesto su penacho de guerra y ropa buena. Ha debido de esmerarse especialmente para este día. Su mirada es orgullosa y altiva como Jesús en el Templo. Monta un magnífico semental y no se preocupa por refrenarlo. Al parecer, Sarjohn habla sioux. Parlamentan durante un rato. El mayor permanece sentado en su montura, ahora con aspecto más plácido y tranquilo, como si pasara revista a las tropas en la plaza de armas. Solo le veo la nuca. También su uniforme parece impoluto y con buen aspecto. El ala de su sombrero ha sido enrollada por su subalterno. Seguramente habrá pasado la noche durmiendo sobre el uniforme para arrugarlo. Incluso cuando la hilera de indios retrocede y se abre un pequeño resquicio por donde asoma la hija del mayor, este no se inmuta. Aquello es un avispero y él no piensa darle una patada.

Sarjohn vuelve a buscar a Winona y Starling Carlton se adelanta con ella. En la pequeña franja de hierba invernal que hay entre ambos bandos se lleva a cabo el intercambio. Atrapó Su Caballo Primero da media vuelta a su caballo y espolea la cruz del animal solo con los talones desnudos. Al igual que los soldados confederados, no tiene calzado. Winona le sigue al trote. Los indios se alejan en una repentina masa, igual que si el aire los empujara como en una riada. Aquí está Angel Neale. No debe de tener más de ocho o nueve años. El bosque encendido y la pequeña. Viste como una niña sioux. El mayor espolea a su caballo y avanza unos pasos; se inclina hacia la montura de su hija. La coge como si fuera un paquete suelto y, con un brusco movimiento, la sienta detrás de él. Todos podemos oír sus sollozos. Después, damos media vuelta como un solo cuerpo y volvemos al fuerte.

20

En la sangre anida una vieja tristeza, como una segunda piel, y otra nueva que enloquece y alborota los salones de la razón. Abandono a Winona. Estoy pensando que no volveré a ver a John Cole. ¿Cómo encontraré palabras para explicarle lo sucedido? Un hombre que solo cuenta con ceros en su haber no puede recibir un uno por respuesta. Aquella noche recorrimos la mitad del camino de vuelta y montamos la tienda de los oficiales; pronto todo queda iluminado por lámparas. Las praderas se extienden, oscuras y frías, por todas partes y los centinelas tararean sus canciones en voz baja como si los acallara una noche vertiginosa de estrellas visibles e invisibles. Las compañías se van a dormir y los hombres parecen estar satisfechos. Han hecho algo muy bueno, han rescatado el corazón de su mayor, al que veo garabateando en unos mapas con su hija al lado. Hay una copa de vino en la mesa de campaña y la luz que se filtra a través del cristal le confiere el aspecto de una joya vacilante. De vez en cuando mira a la niña. Me alegra ser testigo de aquello. Sin embargo, mi cabeza está hecha un lío.

Después de dos días en el fuerte, el mayor envía a su hija cientos de kilómetros más al sur, al nuevo pueblo del ferrocarril. La escoltan un joven teniente y dos soldados rasos. La van a acompañar todo el camino hasta Boston para que pueda quedar bajo la protección de su familia materna. Corre el rumor de que el mayor va a dimitir de su cargo para volver a vestir ropa de civil. Me imagino que se ha hartado de comer verduras profanadas[14]. ¿Qué rayos voy a hacer yo? No tengo ni idea. Entrego un mensaje telegráfico al joven teniente para que se lo envíe a John Cole. «Retenido Stop Más noticias pronto Stop Winona a salvo Stop.» Ahí iban tres mentiras por setenta y cinco centavos.

Starling Carlton es un oficial superior, de modo que ya no es tan fácil pillarlo. Hay un tipo llamado Poulson, de Jackson, que es cabo como yo. Fue uno de esos *scalawags* de los que hablaban y luchó por la Unión. Es un muchacho agradable con una mata pelirroja tan espesa en la cabeza que le cuesta calarse la gorra. No es un chico elegante, pero es un buen tipo. El capitán Silas Sowell tiene un trato afable con los subalternos. Es un hombre piadoso al que no le gusta blasfemar, por lo que hablar con él no es coser y cantar. Solo intento averiguar qué me espera a partir de ahora. Avanzo a tientas. El mayor Neale tiene el rostro acalorado y los soldados de caballería dicen que a menudo se le va la cabeza por el whisky. Supongo que busca en él algún consuelo. Tiene a su hija, pero también dos tumbas que atormentan su voluntad. El fuerte es mucho más grande ahora. En el campamento abundan las esposas y las rameras, mujeres indias echadas a perder. Miles de caballos y sus respectivos cuidadores. Los crows siguen trabajando como lobos[15] del ejército y son unos muchachos de primera. Esa noche intento tomar un trago en

---

[14] *Desecrated vegetables:* Apelativo dado por los soldados en la guerra de Secesión a unos cubitos de verduras desecadas que les proporcionaba el ejército *(N. de la T.)*.

[15] Término utilizado por los crows para referirse a los exploradores *(N. de la T.)*.

su campamento porque quiero averiguar si saben algo. Son unos tipos agradables. Se pasan la noche contando chistes divertidos. Unos chistes largos que nunca terminan. Mitad en crow y mitad en inglés. No los entiendo muy bien. Pero no saben nada de Winona.

Al día siguiente, sigo atascado, pero sucede algo. Se forman y preparan cuatro regimientos al completo. Se reúne hasta el último hombre desde el toque de diana. Todas las compañías están dispuestas y los caballos resoplan piafando contra el suelo. El mayor tiene que dirigir esta formación, ya que el coronel se encuentra en San Francisco. Eso dice Poulson.

—Pero ¿adónde vamos? —pregunto.

—Nadie lo sabe —responde—. Recibiremos órdenes más adelante.

Solo se queda un regimiento para defender el fuerte. Todos los demás salimos en tropel por las puertas. Fila tras fila de soldados de caballería. Una serpiente azul de doscientos metros de largo. Tenemos cinco cañones Gatling nuevos. Y toda una batería de cañones de doce libras Napoleón. Pero no hace buen tiempo para una campaña militar. El suelo está duro y pelado, y ni siquiera en las praderas habrá hierba. Debe de tratarse de una incursión rápida y vuelta. Nadie parece saber nada. Lo peor es que Henry Sarjohn, el alemán con aspecto de rata, nos acompaña. No se lo ve nada contento y cabalga con la mirada gacha. Poulson dice que al mayor no le cae bien y yo le respondo que incluso a su madre le costó quererlo. Emprendemos exactamente la misma senda que seguimos antes y no sé si alegrarme o asustarme. Parece que nos dirigimos hacia los pinos y abedules junto a ese arroyo donde estuvimos anteriormente. Anochece, pero el mayor nos conmina a continuar. Bajo la gélida luz de las estrellas, proseguimos nuestro camino. Intento sacar algo en claro de

Poulson, pero el muchacho no sabe nada. Quiero probar con Starling otra vez. Avanzo hasta situarme a su lado.

—Oye, Starling, ¿adónde nos dirigimos?

No abre el pico. Mantiene la vista clavada al frente, aunque no puede evitar echarme una fugaz mirada de reojo. Una luna titubeante se eleva a medias en el cielo con una luz tenue. Como una lámpara quedándose sin aceite. Justo después de los primeros rayos de sol, llegamos al mismo valle con forma de uve. Una abertura en la cima nos permite el paso. Más allá hay una pendiente de piedra gris moteada de nieve. A media distancia, un riachuelo intenta reflejar la luz del sol. El campamento de Atrapó Su Caballo Primero se encuentra abajo. ¿Qué demonios significa todo esto?

Atrapó Su Caballo Primero debe de estar preparándose para sellar el tratado porque ondea la bandera yanqui. Cuelga de lo alto del tipi más grande en el centro del poblado. Hay mucho movimiento en nuestras tropas, hombres formando espirales aquí y allá. Se disponen las baterías y colocan los cañones Gatling con rapidez. Nos encontramos a menos de doscientos metros, por lo que, como disparen, no podrán fallar el tiro ni por asomo. Winona, ¡Winona! Me imagino que estará allí abajo en esa maldita carpa. El mayor ha dado órdenes y los capitanes toman el mando de sus compañías y todo el mundo se sitúa en posición. Vemos a los indios trajinando desde primera hora del día; las mujeres indias se hacen cargo de las hogueras. Algunos se han puesto de pie y nos observan desde el otro lado del espacio que nos separa. Parecen tan sorprendidos como yo. Debe de haber unas quinientas almas a juzgar por la extensión de chozas y tipis. Una suave bruma se eleva del arroyo que discurre por detrás. Después el terreno asciende hasta los límites de un bosque, donde se extienden hectáreas de un verde oscuro. Más allá, asoman las montañas negras, coronadas por un corte de pelo nevado.

El silencio se ha propagado entre las tropas, alcanzando también el poblado, el bosque y las montañas. Toda la Creación está desconcertada y no sabe qué decir. Poulson se ha colocado a mi lado y me lanza una mirada. El mayor Neale recorre la línea a caballo. Vocifera órdenes a cada sección de cincuenta hombres. Mientras habla, unos veinte guerreros se acercan corriendo desde el poblado. Ni siquiera están armados. Solo corren hacia nosotros. Atrapó Su Caballo Primero encabeza el grupo. Ha retirado la bandera y corre con ella. La agita como si fuera una palabra. El mayor Neale llega a la altura de nuestra sección.

—¡Carguen contra ellos y que no quede nada con vida! Ni una brizna de hierba. ¡Mátenlos a todos!

No son palabras habituales en el mayor. El capitán Sowell se acerca a caballo para mostrar su desacuerdo a su superior. Esa es una imagen terrible para un soldado. Una batalla ya es una desgracia en sí misma sin que los oficiales discutan a voz en grito. Los ojos de todos los hombres, unos cuatro mil más o menos, se clavan en ellos con espanto. Atrapó Su Caballo Primero llega a donde está el ejército. También chilla, al igual que hace el mayor con el capitán Sowell. No oímos lo que le responde el capitán.

El contingente entero de soldados de caballería se estremece con intensidad. Divisamos a más guerreros corriendo ahora por el poblado con fusiles. Vemos que las mujeres y los niños comienzan a escapar por la parte de atrás. Una enorme humareda y alboroto de indias. Fuertes aullidos y voces llegan a nuestros oídos. El capitán Sowell no puede hacer nada salvo reunirse con su compañía. Los cañones Gatling disparan contra las mujeres que se alejan. Observamos cómo caen, como si pertenecieran a otro mundo. Los cañones Napoleón abren fuego con otro tipo de alaridos y una docena de proyectiles golpea el poblado. Ahora los hombres van a hacer lo que deben. Alguien ordena el caos y van a cumplirlo. Si no, lo más probable es que mueran. Pero Atrapó Su Caballo Primero ha titubeado. Hace señas a sus guerreros para que retrocedan y echa a correr. Corre a toda prisa como un jovenzuelo. Sus piernas le llevan en volandas entre la artemisa. El mayor levanta su fusil Enfield, apunta y dispara. El gran Atrapó Su Caballo Primero se desploma; muere víctima de su propio desconcierto.

—¡Que no quede nada con vida! —grita de nuevo el mayor—. ¡Mátenlos a todos!

Y allá vamos todos, como aquella riada de antaño.

¿Quién explicará lo que motivó todo aquello? No será Thomas McNulty. Todo lo que tiene el hombre de salvaje anidaba en nuestros soldados aquella mañana. Hombres que conocía de tiempo atrás y otros que acababa de conocer esos días. Todos se precipitan hacia el poblado como un ejército de coyotes. Los guerreros buscan los fusiles y salen a toda prisa de las chozas. Las mujeres chillan y lloran. Los soldados braman como demonios. Disparos y más disparos. Veo a Starling Carlton a la cabeza de su compañía, con el sable apuntando al enemigo. El rostro enrojecido como una herida. Su corpulencia en equilibrio, peligrosa. Alerta como un bailarín asesino. Y la fuerza, el poder y el terror reinan por todas partes. Incluso en el corazón de cada soldado. El pavor a la muerte y a que te alcance un disparo. Recibir una bala en el cuerpo mullido. Mátenlos a todos. Una orden que nunca habíamos recibido. Me abalanzo con los demás y, cuando llego a los tipis, me bajo del caballo. No tengo ni idea de qué hacer salvo avanzar hasta el centro. Rezo al alma del guapo John Cole para que Winona esté allí. De no ser así, todo está perdido. Mientras corro de un tipi a otro, me embarga una extraña sensación de liviandad. Como si adquiriese una velocidad que no poseo. Llego ante la colorida tienda del jefe y entró a toda prisa. Es más amplia de lo que parece y todavía flota en ella el frescor de la madrugada. Enseguida envuelvo un cuerpo que se pega al mío. Hay una docena de mujeres indias, pero la lapa que llevo se llama Winona.

—Dios misericordioso —murmuro—, no me abandones.

Salimos de allí.

—Thomas —dice Winona—, por favor, sálvame.

—Haré todo lo que pueda.

Ni siquiera miro a las otras mujeres. No puedo ayudarlas. Ellas solo me clavan sus ojos vacíos y desesperados. A nuestro alrededor retumban por todas partes las detonaciones, así como el silbido y la maldición de las balas. Algunas balas atraviesan la tienda y salen por el otro lado. Incluso durante los dos segundos que paso junto a ellas, dos o tres indias se desploman. Son la familia de Winona y mi cerebro se incendia. Lo que se me atraganta es amor. No me refiero a amor por ellas, sino por Winona. No me importa que no sea mi hija, solo sé que es un sentimiento feroz.

Salgo, protegiendo a Winona. Pero ¿adónde diablos ir? Quizá deba regresar al risco. Llevarla junto a los cañones Gatling. Por suerte para mí, sigue vestida con el uniforme militar. Me sorprende, pero acepto la ayuda de Dios o del diablo, lo mismo me da. Nos han acompañado en unos ponis dos muchachos con tambor, pero no los he visto bajar. No es una carga de verdad. Pero quizá el uniforme consiga salvarnos. Aunque la bandera no lo hiciera. Dios sabe que un soldado de caballería detesta disparar contra un uniforme azul. Casi hemos salido del poblado y la lucha es feroz y estruendosa. Ahora debe de haber tantos muertos como vivos. No es que preste mucha atención, pero veo todo lo que me rodea como si tuviera cien ojos. Los hombres han entrado a caballo dando estocadas con la espada y pegando tiros a diestro y siniestro. Sin embargo, no veo en el suelo a un solo soldado muerto o herido. Ahora muchos han desmontado y están matando con pistolas y sables. ¿Por qué no han disparado los guerreros? Tal vez se hayan quedado sin municiones. Puede que no les quede nada. Maldigo en el fondo de mi alma y rezo para que esta sea mi última batalla. Si tan solo pudiera sacar a Winona de aquí. De pronto aparece el corpulento Starling Carlton a metro y medio de nosotros.

—Mi capitán —digo—, ayúdanos, por favor, ayúdanos. Es la hija de John Cole.

—Esa no es su hija —brama Starling.

—Starling, lo es, y te lo suplico, apártate y ayúdame.

—¿No lo entiendes, Thomas McNulty? Todo ha cambiado ahora. Tenemos que hacer lo que nos han ordenado. Tenemos que matarlos a todos y no dejar a uno solo con vida.

—Pero se trata de Winona, tú conoces a Winona.

—No es más que una india. ¿Acaso no lo sabes, cabo? Estos son los asesinos de la señora Neale. Son los asesinos de su hija. Apártate, Thomas, voy a acabar con ella. Tenemos órdenes y, por los clavos de Cristo, vamos a cumplirlas.

Su cuerpo parece gigantesco e hinchado. Una víbora a punto de atacar. Transpira como el diluvio universal de la Biblia. Oye, Noé, ¿dónde está tu arca? Que el viejo Starling va a ahogar al mundo. Quiero a este hombre. Hemos compartido cientos de matanzas. Ahora levanta su tesoro, una reluciente pistola Smith & Wesson. Lleva en el cinturón una magnífica carabina Spencer. Por lo visto, ha conseguido su tan anhelado deseo. Starling Carlton, que no es nada y el mundo entero a la vez. Cada alma fabricada por Dios. Alza la preciosa arma. Va a disparar. Lo estoy viendo. Dios santo, desenvaino el sable como un médico saca una espina clavada y este recorre el metro escaso que nos separa; la mitad de la hoja embiste el formidable rostro de Starling y lo hiende más y más hasta que le estallan los ojos. No le da tiempo siquiera a disparar; mi viejo amigo chiflado se desploma. Sigo adelante sin mirar atrás; estoy tan desquiciado como él, al acecho de otra serpiente o asesino que quiera arrebatarme a Winona.

No dejamos de correr entre las carpas hasta la hierba helada. Busco mi caballo, pero debió de escapar, y no lo culpo. Tenemos que alcanzar el cerro detrás de las baterías. Es el único sitio donde estaremos a salvo. Ahora llevo a Winona cogida de la mano y somos dos soldados en plena estampida. La verdad es que no es mucho más menuda que yo. Las balas que vuelan en nuestra dirección no son más que proyectiles extraviados. Ahora no dispara ningún indio. Ni uno solo. Cuando alcanzamos la línea de los cañones Gatling, pasamos ante el cuerpo tendido de Atrapó Su Caballo Primero. El asesino de la señora Neale y Hephzibah, que ha pagado un altísimo precio. ¿Cuánta gracia de Dios hay en todo esto? No mucha.

Ese día parece más bien obra del diablo. «Mátenlos a todos. Que no quede nada con vida.» Los mataron a todos. No quedó nadie para contarlo. Cuatrocientas sesenta almas. Y cuando los soldados terminaron la masacre, se pusieron a cortar. Cortaron los sexos de las mujeres y los extendieron sobre sus gorras. Seccionaron los pequeños escrotos de los niños para secarlos y convertirlos en bolsas de tabaco. Cercenaron a machetazos cabezas y extremidades para que no pudiesen ir a ningún paraíso de caza. Los soldados regresaron al cerro ensangrentados. Cubiertos de zarcillos de venas. Felices como demonios tras perpetrar la obra del mismísimo diablo. Exultantes, iban jaleándose unos a otros. Empapados en un matadero de gloria. Nunca había oído una risa tan desquiciada. Una risa desbordante, que se elevaba más allá de la colina y se extendía por todo el cielo. Palmadas en los hombros. Palabras tan oscuras que eran más oscuras que la sangre seca. Ni el menor asomo de remordimiento. Vigor y vida. Fuerza y deseo del corazón. La culminación de la vida de un soldado. Un legítimo ajuste de cuentas. Sin embargo, en los días en que volvíamos por las praderas, solo se percibía un profundo agotamiento y un extraño silencio. Las mulas arrastraban los cañones con verdadero esfuerzo. Los muleros las arreaban. Algunos soldados habían conseguido recuperar unas monturas que obedecían con paso cansino. Los caballos tropezaban en las madrigueras de taltuzas y tiraban al suelo a los soldados como si fueran jinetes novatos. No eran capaces de comer en los momentos de reposo a mitad de camino. No eran capaces siquiera de recordar sus propias oraciones. Matar hiere el corazón y mancilla el alma. El capitán Sowell parece tan enfadado como el antiguo Zeus y tan enfermo como un perro envenenado. No habla con nadie y nadie habla con él.

La otra criatura silenciosa es Winona. La llevo muy cerca de mí. No me fío de nadie. Lo que hemos vivido es la eliminación de los suyos. Borrados a golpe de cepillo metálico como la suciedad y la sangre de la casaca de un soldado. Un cepillo metálico de un odio extraño e implacable. Incluido el mayor. Me sentiría igual si unos soldados atacaran a mi familia en Sligo y nos amputaran nuestras partes. Como cuando aquel viejo Cromwell vino a Irlanda y dijo que no dejaría nada con vida. Aseguró que los irlandeses eran alimañas y demonios. Que limpiaría el país para dar paso a la buena gente. Lo convertiría en un paraíso. Ahora supongo que nosotros hemos convertido esto en un paraíso americano. En cierto modo resulta raro que tantos muchachos irlandeses hagan este trabajo. Así es el mundo. No hay nada como la gente virtuosa. Winona es la única criatura que no ha sido arrojada a la hoguera. Ha sido testigo de lo indecible, y ya lo había visto antes. Se ha vuelto callada, tanto que el silencio del invierno se antoja estrepitoso. Ya no le quedan palabras.

Tengo que mantenerla cerca de mí. Tengo que volver junto a John Cole y mantenerla a mi lado. Le pregunto sin rodeos qué quiere que haga. Se lo pregunto tres veces, pero no me responde. Lo intento una cuarta.

—Tennessee, Tennessee —masculla.

21

Un espeso manto de nieve cae sobre las llanuras y cubre el campo de batalla a lo largo de dos días de viaje hacia el norte. Ocultará los cuerpos de los sioux hasta la primavera. Se retiraron los cadáveres de los soldados caídos antes de la nevada y fueron enterrados en un cementerio con un funeral. Los cornetas tocaron sus melodías heladas. El frío atenaza las tierras altas y las bajas con la misma fuerza que un cepo de hierro. Apisona el brote de los árboles y acalla los arroyos. Empuja de mala manera a los osos a sus guaridas. Desde el territorio más remoto de Montana quizá vengan el lobo blanco, el zorro blanco y algunos dicen que incluso el oso blanco. El camino que se dirige al sureste ha sido borrado del mapa, igual que toda huella humana. No es un viaje tranquilo porque las tormentas descargan con fuerza y el cielo es una herrería de rayos y truenos, pero no es nuestra guerra violenta.

El fuerte es pasto de rumores. Tengo que esperar a que el mayor rescinda mis papeles para poder marcharme. Así que, entretanto, el mayor aloja a Winona en sus fríos aposentos ahora vacíos de todo cuanto ama. Me imagino que siente que debe protegerla a pesar de todo. Winona se quita el uniforme de tamborilero y vuelve a ponerse su vestido de viaje. El mayor dice que puede llevarse cualquier prenda de su esposa que le valga, que a él ya no le sirve nada de todo aquello. Lo dice sin mostrar la menor tristeza, lo que me apena más que la cara de un bulldog. Todo aquello resulta desconcertante y espantoso. Se vuelve aún más desconcertante cuando el coronel regresa de California. Resulta que el capitán Silas Sowell es su yerno, por lo que hace caso a esa voz. El capitán Sowell sigue furioso y mantiene el gesto acalorado e iracundo. Harry Sarjohn también está soliviantado porque toda su buena fe con los indios se ha ido al garete. Supongo que juntos forman un tornado. Todo esto me lo cuenta mi amigo Poulson. Rumores y más rumores que se extienden por todo el fuerte. Ansío tomar la diligencia hasta el siguiente pueblo. Tiene una parada justo delante de las puertas del fuerte y es una diligencia de seis caballos, muy ajetreada y extremadamente ruidosa. El ejército mantiene la pista despejada, eso es bueno. Tiene que haber una ruta para hacer llegar el abastecimiento desde la estación del ferrocarril. Parece que se avecina un invierno que puede aislar al fuerte. Winona y yo no podemos quedarnos atrapados aquí. Entonces, en contra de cualquier pronóstico, el mayor es arrestado. El capitán Sowell sostiene que enloqueció allá fuera y es culpable de mala conducta. Una tristeza vengativa que causó estragos entre los sioux. Los indios se estaban preparando para un nuevo tratado tal y como indicaba la bandera que ondeaban. Se esperaba en Washington a Atrapó Su Caballo Primero junto con los demás jefes de las praderas. Y ahora todo aquello peligraba de manera intolerable. Sí, era cierto. Fue un acto criminal, esa es la verdad. Lo más probable es que no tuviera nada que ver con más que el dolor del mayor.

Un giro extraño en el rumor saca a Starling Carlton a relucir. El valiente capitán apareció muerto y Harry Sarjohn afirma que vio cómo lo mataba un soldado. Con un sable.

—No *kennt* a ese soldado, pero quizá pueda señalarlo si le veo la cara.

Yo nunca lo he visto cerca de nosotros. Pero es bastante escurridizo. Y acertó con lo del sable, maldita sea. Lo normal sería pensar que se alegraría de que yo intentara proteger a una mujer india, ya que también se quejaba de aquello. Así que se va a pasar revista a la plaza de armas. Bueno, son muchas caras. Pero no me animo a correr ese riesgo. Tengo que mimetizar a Winona con el montón. Voy a ver al barbero del campamento, un buen hombre al que conocía de tiempos pasados y que se llama George Washington Bailey. Es un hombre negro, el mejor barbero que haya afilado una navaja. Le pido que me afeite muy bien apurado, como ha hecho muchas veces, y me quite hasta el último pelo de la cara. Llevo el pelo con el largo que llaman melena sudista, es decir, tan largo como consiente la moral de un hombre. Después cruzo el terreno lóbrego y azotado por el viento para despertar a Winona. La diligencia sale a las cuatro. Faltan dos horas. Ni siquiera voy a por mi equipaje, y tengo que olvidarme de mi silla de montar y mi caballo. Winona también. Me imagino que ahora se convertirán en caballos del ejército. Adiós. Al menos no nos faltan dólares para volver a casa. Me deslizo sigilosamente en la residencia del mayor por la parte trasera. Se encuentra encerrado en la prisión. Así que supongo que incluso en el caos cabe un poco de suerte. Me siguen invadiendo pensamientos disparatados, como que debieron de cavar un agujero enorme para Starling. Jamás en toda mi vida deseé ver muerto a ese granuja y ahora resulta que he sido yo quien lo ha matado. Aquel día de la matanza quizá se endureciera algo dentro de mí.

Las habitaciones del mayor están frías y en silencio. Winona no ha encendido la estufa ni nada. Le digo que por fin nos marchamos, pero que antes he de encontrar un maldito vestido y me tiene que ayudar a pintarme la cara. Winona sabe dónde está el dormitorio del mayor, pero entrar allí es como profanar la tumba de alguien. No tengo el menor deseo de hacerlo, pero la necesidad obliga. Todas las pertenencias de la señora Neale siguen allí. Su hilera de vestidos cuelga en el elegante armario. Parece como si estuviéramos robando su cuerpo. Saco un vestido y, que Dios me perdone, pero me pongo a buscar unas medias. Puedo renunciar a los condenados pololos y demás bagatelas, porque la falda del vestido me cubre hasta el tobillo, pero aun así me llevo unos. En realidad, no es que los esté robando, puesto que la pobre señora Neale ha pasado a mejor vida. Después me recojo el pelo en un moño y elegimos un sobrio sombrero entre un aviario de elegantes diseños con pájaros. Me lo calo. Me siento todo el rato como un ladrón. ¿Cómo he podido llegar hasta el punto de despojar a los muertos así? He de decir que Winona no lo ve de esa manera. Le caía bien la señora Neale, y puede que la quisiese. Supongo que un vestido es una reliquia de su espíritu. Winona me sienta al tocador y se pone manos a la obra. Podría ser Grand Rapids antes de subir al escenario, pero desde luego no lo es. Me maquilla a toda prisa, me pinta los ojos con lápiz kohl, luego los labios, me mira dubitativa y termina empolvándome toda la cara. Parezco una ramera barata de diez centavos el trabajo. No estaré bajo las candilejas de un escenario, así que debemos hacerlo bien. Me borra el lápiz de los ojos y ahora parece como si mi galán me hubiera pegado. No importa. Me suaviza el tono de los labios. Entonces, gracias a Dios, estamos listos, si hemos de estarlo alguna vez. Guardamos todo rápidamente en su bolsa de viaje y me veo obligado a robarle al mayor la cuchilla de afeitar. No sé cuánto tiempo durará este flamante periplo, pero, desde luego, no puedo convertirme en la mujer barbuda.

Afuera, un cielo encapotado amenaza nieve. Enormes nubarrones negros envuelven los tejados. Llega un destacamento y los pasos retumban en el suelo. Esos muchachos llevan fuera varios días y presentan un aspecto desolador y exhausto. También impecable y, en cierto modo, cuidado. Se me antoja que este oficio es una especie de noble locura, algo que nunca se me había ocurrido antes. No solamente vileza. Hay un borboteo de amor por ellos como el que hacen las truchas en el río. Su hermosa juventud entregada al trabajo más arduo. Soldados de caballería pagados con virutas de hojalata. Eso no cambia. Cabalgan hacia el caos y no hay rastro de esa gloria. El primer teniente que encabeza la partida me saluda al pasar a mi lado y por poco le devuelvo el saludo, que me parta un rayo. Guardo la mano al amparo de una bufanda. Sí, he robado una bufanda y un abrigo como hazañas que añadir a mis crímenes. Winona se ha llevado otro abrigo con aspecto de capa, que podría haber pertenecido a una de las hijas. No le queda nada bien y le sobresalen los brazos, pero el frío es despiadado. Salimos por las puertas principales y el centinela también se pone firme y nos saluda. No me conoce, evidentemente, pero debe de pensar que toda mujer se merece un saludo. Sudo más que Starling. La diligencia está allí, pero parece más una *mud wagon*[16]. Ya hay algunos pasajeros en el interior. El conductor no permite que Winona se instale dentro, de modo que sube arriba y yo la acompaño con dificultad. Un vestido es una amenaza a la hora de escalar.

—Usted puede sentarse dentro, señora —dice el hombre—. Pero la india no.

—No pasa nada —respondo—. Me sentaré aquí arriba.

Ahora veo cabos moviéndose por todas partes. Como si hubiera tomado whisky del malo y tuviera visiones. Cabos y cabos por doquier. Juraría que obedeciendo órdenes del alguacil. Me imagino a todos buscando desesperadamente al

---

[16] *Mud wagon:* Un tipo de diligencia más pequeño y rústico que la diligencia tradicional *(N. de la T.)*.

asesino de Starling Carlton. Clavo la mirada al frente. Por Dios, que arranque ya de una vez esta maldita diligencia. El nubarrón se rinde y cae una fuerte nevada, azotándonos. Todo ese viejo mundo de cornetas, piojos y sables desaparece y la diligencia se pone en marcha con un fuerte traqueteo.

Ser zarandeado de un lado a otro durante ciento cincuenta kilómetros es de lo más desagradable. Puedes bajar a por vituallas, pero enseguida se reanuda el bamboleo. Te sacude hasta que se te revuelve el estómago y vomitas ese par de arenques en el agradable aire de Wyoming. Allí arriba otras tres víctimas se marean y se quejan en silencio. Un enviado de unos buscadores de oro asegura que está rastreando oro en las Colinas Negras. Que tenga suerte, pronto será carne guisada para los indios. Otro hombre es un explorador al que reconozco y que formó parte del llamado programa de traslado. Castañeteando los dientes, Winona habla con él en su propia jerga. Le pregunto de qué hablan y me contesta que de la nieve.

—¿Habláis de la nieve? —digo.

—Sí, señor —responde ella.

En la estación de ferrocarril, un enorme tren escupe una densa humareda de vapor. Parece una criatura viva. Algo en permanente explosión. Un cuerpo de largos músculos con cuatro hombres robustos echándole carbón a la caldera. Es toda una estampa. Tendrá que tirar de cuatro vagones hasta el este y dicen que irá bien. La delgada cortina de nieve sisea en la chapa de la caldera. Ojalá pudiese hablar bien del vagón de tercera clase, pero hace un frío de muerte y una espantosa humedad, y Winona y yo tenemos que sentarnos juntos y tan acurrucados como dos gatos. No hay un centímetro de espacio para moverse, porque a nuestros compañeros de viaje se les ha ocurrido llevar consigo todas sus pertenencias. Incluso hay cabras, que dejan un hedor significativo. El hombre que tengo a mi lado es una pavorosa acumulación de abrigos. No sabría decir qué corpulencia tiene bajo tal capa de envolturas. Compramos unas tartas en Laramie y una bolsa de ese famoso pan de maíz. Famoso por los retortijones que provoca. Nos informan de que habrá cien paradas o más, pero el tren avanza como un gigantesco bailarín a pesar de su gran tamaño. En la parte delantera, el quitanieves aparta la nieve como un barco en medio de una embravecida espuma. La nieve levantada cae sobre el techo de los vagones y entra por las ventanas sin cristales para hermanarse así con el hollín y el humo asfixiante. Todo un nuevo lujo, supongo. Atravesamos tierras que habríamos tardado muchas horas penosas en cruzar a caballo. El tren las recorre como un bisonte espantado. Dentro de dos o tres días veremos San Luis. Eso es un absoluto milagro. Avanzamos a tal velocidad que se nos quedan atrás los pensamientos y solo se precipitan hacia delante nuestros cuerpos maltratados. Mareados y congelados. Si hubiéramos tenido a mano el dinero para ir en primera clase, juro por Dios que nos lo habríamos gastado aunque fueran esos los últimos dólares que viéramos jamás. En temblorosas paradas, compramos comida y la enorme máquina bebe, rechina y se estremece. Esa chica desde luego es una bestia valiente. Winona y yo conversamos durante horas y horas. Su mayor deseo ahora es estar con John Cole. Hay algo en John que sosiega mucho. Para mí, a lo largo de todos estos años, es alguien sagrado. Nunca pienso nada malo de John, no puedo. Ni siquiera sé cómo es en realidad. Es un eterno desconocido y me encanta.

Todos los días encontramos un lugar tranquilo y hacemos uso de la navaja de afeitar. Olvidé traerme el cuero para afilarla, por lo que poco a poco deja de tener filo. Tengo cortes y marcas por toda la cara, como si padeciera fiebre amarilla. Winona me maquilla mucho. Lo más increíble es que, a pesar de pasar frío y de estar mojado y dolorido, me siento cada vez más feliz porque nos alejamos de la muerte. Al menos eso parece. Winona también se relaja y ahora se ríe. No es más que una muchacha, y debería reírse más a menudo. Debería jugar incluso, si no fuese tan mayor para eso. Desde luego, se comporta como una dama y sabe cómo hacerlo. Nos gusta jugar a ser madre e hija, y eso hacemos. Doy gracias por ello. Puede que en lo más hondo de mi alma me crea mi propia farsa. Supongo que sí. Me siento mucho más mujer de lo que me he sentido jamás varón, aunque me haya pasado la mayoría de los días luchando como un hombre. He de reconocer que esos indios vestidos de mujer me mostraron el camino. Puedo enfundarme pantalones de hombre e ir a la guerra. Es solo algo que hay dentro de mí que no puedo negar. Quizás asumiera el destino de mi hermana cuando la vi muerta tantos años atrás. Tan inerte como un trozo de alga. Sus delgadas piernas asomando. Su mandil raído. Nunca había visto nada igual ni me había imaginado que pudiese existir tanto sufrimiento. Es verdad y siempre lo será. Pero quizá ella se deslizó sigilosamente y se infiltró en mi interior. Es un enorme consuelo, como si me dieran bolsas de oro. Creo que el corazón me late despacio. Me parece que la explicación resulta tan sombría como una maldición, pero yo no soy más que un testigo de los acontecimientos. Me siento relajado como mujer y tenso como hombre. Me acuesto con alma de mujer y me despierto del mismo modo. No preveo ningún momento en que esto deje de ser así. Quizá naciera hombre y, con el tiempo, me he convertido en mujer. Quizás aquel chico que conoció John Cole ya era una chica. Él desde luego no era una muchacha, eso es seguro. Esto podría ser una ignominia descomunal. No he leído sobre ello en el Libro. Quizá ninguna mano haya escrito esa verdad. Nunca he oído hablar de este asunto salvo a los bailarines que actuaban en un escenario como nosotros. En la sala del señor Noone, eras lo que aparentabas ser. Actuar no es ningún truco ni subterfugio. Una extraña magia cambia las cosas. Sigues una idea y te conviertes en esa cosa nueva. Solo sé que, mientras viajábamos y Winona descansaba apoyada en mi pecho, yo era una mujer plena como la que más. Así me sentía en mi cabeza despeinada por el viento. Aunque mis pechos fueran postizos rellenos de calcetines del ejército.

Al llegar a San Luis, advertimos cambios desde los viejos tiempos. En los muelles hay enormes almacenes, tan altos como colinas. Todos los hombres liberados se han aglutinado aquí como un plantel de almas y casi todos los rostros que vemos junto al río son morenos o amarillos. No hay lugar donde no trabajen. Cargan, enganchan y atan con cuerdas. Pero ya no parecen esclavos. El que manda es negro y los bramidos salen de pulmones negros. Ya no hay látigos como antaño. No sé, pero a mí me parece que esto es mucho mejor. Aun así, Winona y yo no vemos un solo rostro indio. No nos paramos para ver los gorgojos y los gusanos en estas nuevas visiones. Pasamos rápidamente y hay algo allí que no resulta desagradable, aunque la verdad es que se ve San Luis castigada y devastada por la guerra que se aleja, todavía con casas derruidas por los proyectiles a pesar de algún que otro edificio en construcción. Parecen dos mundos dándose la mano. ¿Soy americano? No lo sé. Winona y yo ocupamos nuestro asiento junto a los demás desheredados en la sección de quinta clase. Supone un maldito placer navegar un rato por el río. Ese viejo Misisipi es una muchacha templada la mayor parte del tiempo, con una piel suave y tersa. Algo tan ancestral es eternamente joven. El río nunca se arruga ni frunce el ceño o, si lo hace, se enfurece. Nos tocan días plácidos, aunque los bosques de las márgenes parecen presa de la escarcha y de kilómetros interminables de árboles engalanados de hojas blancas. Las enredaderas trepan por los árboles quietos y envuelven sus extremidades con un manto blanco que da al bosque la apariencia de estar atestado de serpientes heladas. Después se extienden la inmensidad de granjas y campos de algodón, que esperan al sol descarriado, y las tierras de tabaco esquiladas por el fuego. Aquellos cielos que tanto le gusta mostrar a Dios, sin poder evitar lucir con una preciosa luz pálida. A pesar de que sigo mirando a mi alrededor por miedo a que nos persigan, encuentro paz en estas poderosas aguas.

Mientras, mi querida Winona va sanando del horror de las masacres, recupera la alegría y vuelve a hablar; parece una flor que desprecia incluso la primavera. Una hermosa flor que florece con la escarcha. Una niña adorable con un aliento perfumado y un cuerpo del que mana una fragancia a vida y belleza. Calculo que mi hija podría tener quince años, pero quién sabe. La llamo mi hija aunque sé muy bien que no lo es. Digamos que es mi pupila, mi protegida, el fruto de un extraño y profundo instinto que le arrebata a la injusticia una esquirla de amor. Las palmas de sus manos son como dos mapas de casa, las líneas avanzan como viejos raíles. Unas manos hermosas y suaves con dedos afilados. Sus caricias son como palabras sinceras. Una hija que no lo es, pero a la que cuido como una madre lo mejor que puedo. ¿Acaso no es este mi deber en esta tierra salvaje de muertes feroces? Creo que sí. Tiene que serlo. El pecho se me hincha de un orgullo desbocado por llevarla de vuelta a casa. Enviamos desde San Luis un telegrama para anunciar nuestra llegada, ya que, hasta que no alcanzamos el río, no me atreví a armar mucho revuelo. Me imagino a John Cole recibiendo la noticia con el corazón palpitante a la espera de nuestra llegada. Escrutando el horizonte desde el porche por el regreso de sus dos pajarillos. Haremos parte del camino a pie desde Memphis, ya que se han interrumpido algunos tramos de las diligencias. Pero avanzaremos a un paso constante, contemplando las granjas y cada vez más seguros de la cercanía del hogar. Por muchos peligros y contratiempos que encontremos en nuestro camino, llegará el momento de estar juntos de nuevo. Eso pensaba yo. El ancho río se desliza bajo el casco plano del barco. Las canciones de los pasajeros hablando a coro, los silencios de los tahúres que juegan a las cartas. Los negros se encargan de todas las tareas de navegación, como si condujeran a estas exoneradas almas blancas al paraíso. Algo detenido, algo entremedias. Un agradable paseo fluvial.

Llegamos a Memphis. Sé que mi ropa apesta. Los pololos huelen a orina y mierda. Es así. Pero nos tomamos una noche de descanso en una posada para asearnos y a la mañana siguiente, mientras nos preparamos para marchar, nos invade una desagradable sensación cuando los piojos regresan a un cuerpo limpio. Habitaban las costuras de los vestidos durante toda la noche y ahora, al igual que esos emigrantes a lo largo de la ruta de Oregón, se deslizan por las peculiares américas de nuestra piel.

Después viene el largo y gélido camino a pie hasta Paris. Luego, a lo lejos, la granja. Y al final los brazos de John Cole.

22

Es el propio John Cole quien dice a Rosalee y Tennyson que me tengo que dejar puesto el vestido. Compartí con él, en la intimidad de nuestro lecho, todos los pormenores de lo que había pasado, desde los acontecimientos más importantes hasta los detalles más nimios. John Cole dice que en los asuntos humanos a menudo rivalizan tres cosas. Verdades que se enfrentan unas a otras.

—El mundo es así —sostiene.

Lige Magan sentía aprecio por ese hombre sudoroso y le duele profundamente que haya muerto, pero John Cole no le cuenta que lo maté yo. John Cole habría luchado junto a Starling Carlton, y lo hizo muchas veces, y se habría interpuesto para que no le pasara nada, pero se equivocó, en su humilde opinión, al querer matar a Winona. Fue un error malvado y funesto. John explica a Lige que no sabemos lo que nos espera, pero que será mejor que Thomas McNulty no esté aquí. Rosalee no hace una montaña del asunto. A Tennyson tampoco parece importarle. Sigue hablando conmigo, pero ahora se dirige a mí como si fuera una mujer. Se muestra muy educado y se quita el sombrero ante mí. «Buenos días, señora», me dice. «Buenos días, señor Bouguereau.» Así van las cosas. La paloma huilota está cada vez más hermosa, pero sigue sin migrar. John Cole le ha estado dando de comer migajas de sus platos. Eso no es ningún crimen.

No podemos salir de casa hasta la primavera, mientras afuera azotan las virulentas tormentas habituales. John Cole toma como alumna a Winona y compra dos libros titulados *Correspondencia moderna para damas y caballeros norteamericanos en temas de negocios, el deber, el amor y el matrimonio*[17] y *Nueva gramática de la lengua inglesa*[18]. Hablará y escribirá como una emperatriz. La nieve se acumula junto al granero. Cubre las toscas tumbas de Tach Petrie y sus secuaces, que fueron cavadas para su sueño eterno. Cubre las raíces durmientes de las cosas. Los forajidos, los huérfanos, los ángeles y los inocentes. Cubre los bosques.

Hasta que, de pronto, conforme llega la primavera, oímos en el bosque el trino de las otras palomas torcaces. General Lee ladea la cabeza. Rruuuu. Busca pareja antes de que pase más tiempo. Cuando se le cure el ala, la dejaré marchar. Rruuuu. Se buscan, como las estrellas fugaces. Como las lechuzas de Tennessee. Como todas las cosas.

Cuando la primavera irrumpe de verdad, nos llega la noticia desde el lejano Wyoming de que el capitán Sowell ha muerto a manos de un desconocido y, en ausencia de quien lo acusara, el mayor Neale ha sido liberado. Por lo visto, le han dado licencia con honores y ha vuelto a su casa, a Boston. Me imagino que habrá mandado al carajo al ejército que lo encerró. Ignoramos qué ha pasado con los cargos que pesaban contra él y tampoco sabemos nada de la investigación sobre

---

[17] Manual de Henry F. Anners publicado en 1847 sobre la correspondencia moderna para damas y caballeros norteamericanos en temas de negocios, el deber, el amor y el matrimonio *(N. de la T.)*.

[18] Manual de gramática de la lengua inglesa de Noah Webster publicado en 1843 *(N. de la T.)*.

la muerte del pobre Starling. Quizás el alemán no importe mucho. Sopesamos el asunto bajo todos los ángulos, al igual que General Lee cuando observa algo, y esperamos que puedan considerarse buenas noticias. John Cole está muy preocupado porque, en su opinión, Silas Sowell tenía razón. Los indios no son alimañas que deban ser exterminados con fuego de las costuras del mundo. Testigo de ello es su bisabuela que pervive en él. Conduciendo el furgón de cola de John Cole.

—Si yo no tuviese tan buena puntería, quizá nunca habría pasado nada de todo esto —se lamenta Lige Magan—. Yo no pretendía matar a ninguna niña.

—Eso pasó hace mucho tiempo —responde John Cole—. Hace mucho tiempo. Ha llovido mucho desde entonces.

—El mayor me gritaba que me detuviese y yo le oí, así que ¿por qué diablos seguí adelante? —suspira Lige.

—No pienses más en eso —insiste John Cole.

—Pienso en ello todas las noches de mi vida —continúa Lige—. Sí, señor.

—No lo sabía —intervengo.

—Sí —repite—. Todas las noches de mi vida.

Este año sembraremos trigo y maíz y dejaremos en barbecho la tierra del tabaco. También acortará el año de trabajo. Nada de secar y alisar las hojas en el granero y todo aquello. Me remango la falda como cualquier campesina y trabajo codo con codo con los hombres. Winona conduce la carreta hasta el pueblo para hacer todos los recados y parece que los habitantes de Paris se van acostumbrando a su presencia. Dejan de verla como a una muchacha india y comienzan a verla como Winona. John Cole asegura que el joven que atiende el mostrador del comercio textil bebe los vientos por ella. Dice que el hecho de que Winona emparentara con algún tendero no sería lo peor que pudiera pasar.

—No se va a casar todavía —objeto con la típica actitud de una madre.

—Pues espera a ver si no consigue empleo en la oficina del dichoso abogado Briscoe. Winona tiene la mejor caligrafía de todo el país —dice.

El hombre viene a visitarnos en su carreta. Me imagino que no parecemos de dudosa reputación. Un matrimonio blanco y un viejo soldado. Con unos negros agradables. Supongo que eso es lo que ve desde fuera.

Un atardecer de verano, John Cole y yo estamos sentados en el porche contemplando las sombras alargándose. Lige duerme en su silla. Los alocados chotacabras entonan una y otra vez su sempiterno trino. Winona se afana en la cocina con las cuentas de Briscoe. Es extraño estar ahí sentado y saber que se acerca alguien antes de verlo siquiera. Aparecen desde más allá del camino del río, puede que sea una docena de hombres a caballo. La creciente oscuridad los zarandea, aunque, al oeste, un enorme sol trémulo todavía agota sus últimos rayos en un cielo cenizo. El suave color de un huevo de pájaro cubre los cielos más arriba. Hay que reconocerle al mundo el mérito de su gran belleza. Los jinetes se aproximan a paso constante. Avanzan como si conocieran el camino. Pronto advertimos que son del ejército. Por las casacas que una vez vestimos nosotros y los fusiles enfundados. Podrían ser dos oficiales y un puñado de muchachos. Que me parta un rayo si no se parece al cabo Poulson desde lejos. Eso le comento a John Cole. Lige Magan se remueve en su sueño y se despierta. No dice nada. Como siempre, guardamos unos rifles en el suelo del porche, aunque no están a la vista. Un sargento negro y dos cabos no son muchos efectivos del ejército como para tener que preocuparse. Se acercan. Entonces John Cole se levanta como haría cualquiera para saludar. Se apoya en la balaustrada del porche con calma y desenvoltura. Se toca levemente el ala de su sombrero. Hace calor y el sudor en el pecho le ha impregnado la camisa. En ese momento espero estar afeitado y lo más arreglado posible. Me paso un dedo por la mejilla para comprobar. De todos modos, la oscuridad ha sumido en sombras el porche y nos envuelve. Los chotacabras enmudecen. A lo lejos, un trueno estival recorre las colinas. No creo que la tormenta llegue hasta nosotros. Está demasiado lejos. Tengo que controlar mi mano para no saludar a Poulson, porque con mi actual apariencia no lo conozco. Enseguida suena el repiqueteo de los cascos y el ruido de los caballos acercándose. No conozco a los otros tipos, salvo quizá a un par de ellos de vista. No recuerdo bien.

—Buenas noches —dice el cabo Poulson a John y Lige—. Señora —me dice a mí levantando el sombrero.

—¿Cabo? —pregunta Lige, amable como un cuáquero.

—Venimos por un asunto de deserción —explica Poulson—. Venimos desde San Luis.

—Este es el sargento Lige Magan, esta es la señora Cole —dice John—, y yo fui el cabo Cole, creo que de su mismo regimiento si no me equivoco.

—Ustedes son los hombres que andamos buscando —responde Poulson—. Sí, señor. Es nuestro triste deber arrestar al cabo Thomas McNulty por deserción. Y nos dijeron que podría encontrarse aquí con ustedes. Yo lo conocí y era un buen hombre, pero la cuestión es que se largó antes de cumplir el tiempo estipulado. Y ya conocen el castigo.

Me digo entonces que no han venido por lo de Starling Carlton. El condenado mayor Neale no me firmó los papeles antes de que lo detuvieran.

—Y bien, ¿lo han visto por aquí o no? ¿Tal vez esté por ahí fuera trabajando? Dios sabe que no queremos molestarles. Pero estamos obligados a hacerlo. Tenemos una lista de casi treinta hombres que desertaron. El coronel quiere solucionarlo. ¿Cómo podemos combatir en la guerra si no?

—No se puede —asiente John Cole—. Les llevaré hasta su hombre.

John Cole me da un susto de muerte con esas palabras. ¿Está pensando en entregarme? ¿Levantarme la falda y enseñar mis atributos? John Cole baja los escalones mientras el cabo Poulson desmonta.

—Le agradezco mucho su ayuda —dice.

—No es nada —responde John Cole.

—¿Necesito tener lista el arma? —pregunta Poulson.

—No, no —responde John Cole—, está la mar de tranquilo.

Entonces guía a los hombres por los cobertizos, por la parte de atrás del granero, hasta el pequeño cementerio. Se detiene ante una tumba cubierta con una capa de hierba marchita. Mira a Poulson y asiente con la cabeza.

—Ahí lo tiene —anuncia.

—¿A quién? —pregunta Poulson.

—Al cabo McNulty, por el que preguntaba.

—¿Él yace aquí? —dice Poulson.

—Eso creo —responde John.

—¿Cómo murió?

—Nos asaltaron unos bandidos. En estas otras tumbas descansan tres de ellos. Thomas los mató a los tres. Para proteger su hogar.

—Eso sí que suena al muchacho que yo conocí —dice Poulson—. Un tipo decente. Qué triste, aunque nos libra de un trabajo siniestro, bien lo sabe Dios.

—Así es —asiente John Cole—, así es.

—¿No pusieron su nombre en la tumba? —pregunta Poulson.

—Bueno, supongo que nosotros sabemos quién yace enterrado aquí.

—Supongo que sí —dice Poulson.

Entonces sale Winona, que se ha perdido toda la escena, ensimismada como estaba en las cuentas de Briscoe. Su rostro palidece nada más ver a los soldados. Pero la docilidad de los hombres la tranquiliza. Esa noche duermen en el granero y a la mañana siguiente ya se han marchado.

—Fuiste hábil al pensar con tanta rapidez, John —dice Lige—. Yo habría desenfundado los fusiles y probado ese método.

Así que Thomas McNulty está oficialmente muerto, por lo que a nosotros respecta. Tuvo una vida breve de cuarenta años y ahora descansa para siempre. Esa era la visión del asunto. Yo me siento paradójicamente triste, mientras reflexiono sobre su lucha en las guerras y en la vida en general. Pienso en sus difíciles inicios en Irlanda y cómo llegó a convertirse en americano, y en todos los obstáculos que fue encontrando y superando a lo largo de su vida. Cómo protegió a Winona y a John Cole. Cómo se esforzó por ser un amigo leal con todos aquellos que lo conocían. Un alma diminuta entre millones. Aquella noche, acostado en la cama junto a John Cole, pienso en mí como si hubiera muerto de verdad y fuera ahora una persona completamente nueva. John Cole debe de tener parecido estado de ánimo, porque me dice que debemos pedir al cantero de Paris que grabe en una piedra: «D. E. P. T. McNulty». Y poner la lápida detrás del granero. Para quedarnos tranquilos.

Había llegado el momento de devolverle la libertad a General Lee. La solté a la mañana siguiente porque era verano, una buena época para que probara suerte entre los árboles. Salió volando desde la pequeña choza en la que había estado viviendo. Se elevó como una flecha desdibujada hacia el bosque. Tenía prisa por ser un pájaro libre. El ala curada la llevó lejos sin dificultad.

Me imagino que debe de existir una dirección llamada «Paraíso del necio». Justo en este preciso lugar de Tennessee. Unos días más tarde, el cartero nos trae una carta de Paris. Vemos en el remite que es del cabo Poulson. La leo detenidamente y se la llevo a John Cole, que está limpiando la caldera en el granero para secar tabaco de nuevo el año que viene. Está prácticamente cubierto de hollín y negro como el carbón. Tiene las manos aún más manchadas que un cubo de carbón, por lo que me pide que le lea la maldita carta. Estoy helado a pesar del calor abrasador que achicharra incluso en la penumbra del granero. Le leo la carta. La primera señal inquietante es que lleva mi nombre. Cabo Thomas McNulty. Dice así:

Estimado cabo McNulty:

Le ruego me haga el favor de conceder que me tome a mí, Henry M. Poulson, por el mayor necio de la cristiandad si es que cree que no me di perfecta cuenta de que era usted la señora barbuda. Bueno, preferí llevarme a mis hombres de allí, ya que también vi con esos mismos ojos esos rifles guardados bajo el porche, y que me parta un rayo si su amigo el señor Magan no tiene aspecto de gran tirador. Lo he visto luchar con valentía y tiene una larga relación con el ejército de estos estados, y como quizá sepa, yo combatí por la Unión a pesar de ser un muchacho sureño, y también sé que ha puesto su vida en el frágil equilibrio entre la libertad y el mal. Por todo ello, no era mi intención convertir a sus amigos en unos forajidos, como habría ocurrido de haberles disparado a unos agentes de la ley. Por lo tanto, le pido e incluso le ruego que se ponga los pantalones como un hombre y acuda al pueblo, donde le estaremos esperando para arrestarlo. Debido a que existen algunos asuntos por los que debe responder, a mi juicio, confío en que acceda.

Su más humilde y leal servidor,
Cabo Henry Poulson

—Ha escrito una buena carta —dice John Cole—. ¿Qué demonios vamos a hacer?

—Supongo que no me queda más remedio que presentarme y hacer lo que dice —respondo.

—¿Qué? No, ni hablar —objeta John Cole.

—Esto es algo que debo arreglar —digo—. No me buscan por lo del pobre Starling Carlton. Puedo pedirle al mayor Neale que interceda a mi favor. Me había alistado por un servicio corto y él iba a firmarme los papeles cuando lo detuvieron. Ahora ha quedado libre y podrá hablar a mi favor. Es solo un malentendido. Lo comprenderán.

—Te colgarán, más bien —protesta John Cole.

—Fusilan a la mayoría de los desertores —puntualizo.

—Los piernas amarillas fusilan, los casacas azules ahorcan —replica John Cole—. Da igual. No vas a ir.

—Pero no pienso convertir a Winona en una forajida —me opongo—. Si me quedo, Poulson volverá.

Ese argumento le deja sin habla.

—Podemos huir —dice—. Los tres juntos.

—No, señor, de eso nada —objeto—. Sería lo mismo. Eres padre, John Cole.

Entonces él sacude la cabeza ennegrecida. El hollín chorrea como una nieve negra.

—¿Estás diciendo que te vas a marchar y nos vas a dejar aquí solos sin ti? —pregunta.

—No tengo elección. Un hombre puede pedirle a un oficial que interceda a su favor. Apuesto siete dólares de plata a que el mayor lo hará por mí.

—Bueno —dice—, tengo que limpiar esta caldera.

—Lo sé —contesto.

Salgo de la oscuridad del granero para sumirme de lleno en el aire abrasador. Uno juraría que Dios tiene una caldera en alguna parte. La luz me estruja la cara como un pulpo. Siento que soy hombre muerto. No tengo la menor fe en ese mayor que se ha vuelto loco. Entonces oigo la voz de John Cole a mis espaldas.

—Tú vuelve aquí lo más rápido que puedas, Thomas. Hay mucho trabajo que hacer y yo no puedo dar abasto con tan pocas manos.

—Lo sé —respondo—. Volveré pronto.

—Más te vale —dice.

Con un sentimiento de tristeza más que de ira me quito el vestido y me enfundo ropa de hombre. Aliso el vestido y lo cepillo durante un rato antes de colgarlo en el viejo armario de pino que pertenecía a la madre de Lige Magan. Todavía guarda sus vestidos de granjera. Unas prendas bastas y viejas, que solía ponerse en su época. Me imagino que Lige debe de echarles un vistazo de vez en cuando y pensar que su madre está viva durante un fugaz instante. Recordará los días en que era un niño aferrado a esas faldas. Bueno, tengo que confesar que no puedo evitar llorar a lágrima tendida. No soy indiferente. No soy una piedra. Sollozo como un necio cuando Winona aparece en el marco de la puerta. La niña de mis ojos. Así es. Ahora me siento muy desdichado.

—Tengo que ir al pueblo —digo.

—¿Quieres que te lleve? —pregunta.

—No, no hace falta. Me llevaré el caballo alazán. Puede que tenga que coger la diligencia a Memphis después. Puedes ir a buscar el caballo por la mañana. Lo dejaré atado en la tienda textil.

—Claro —responde—. ¿Qué vas a hacer en Memphis?

—Voy a comprar entradas para la ópera que le gusta a John Cole.

—Es una idea magnífica —responde entre risas—. Una idea magnífica.

—Sé una buena chica —digo.

—Lo seré —responde.

Me dirijo al pueblo. Ese pequeño caballo alazán avanza a buen paso. Camina mejor que ningún otro caballo que haya tenido. Los cascos repiquetean en la tierra reseca con un suave tactac. Qué vida más placentera. Me encandilaba esa vida de trabajo duro en Tennessee. Adoraba esa vida. Me levantaba con el canto del gallo y me acostaba al caer la noche. Podría haber vivido así eternamente. Y, cuando acabara todo, me parecería justo. Uno tiene su tiempo. Todos esos momentos de la vida cotidiana a los que escupimos a veces como si fueran tiempos desperdiciados. Pero es todo lo que tenemos y es suficiente. Lo creo sinceramente. John Cole, John Cole, el guapo John Cole. Winona. El bueno de Lige. Tennyson y Rosalee. Este ágil alazán. Nuestro hogar. Nuestro tesoro. Todo lo que poseo. Es más que suficiente.

Sigo avanzando. Bonito día para una ejecución, como dice la gente.

23

Poulson no es mal tipo. Pero cuando se junta un grupo de hombres y uno de ellos está encadenado, algo cambia. Supongo que eso es un hecho. En Paris, tienen una ambulancia reconvertida y nos disponemos a viajar hasta San Luis en ese vehículo para luego subir al vagón de cola, destinado al ejército, de un tren rumbo a Kansas City. Todo eso nos llevará unos cuantos días, y al principio bromeo con los otros muchachos, pero después las cadenas me silencian un poco. Poulson explica que me juzgarán en Fort Leavenworth. Le pregunto si el mayor Neale sabe algo de todo esto y él dice que no tiene ni idea, pero que, debido a mi excelente hoja de servicios, seguro que buscarán atenuantes. Eso espero. No dejo de confiar en que tendré esa suerte y de pronto me imagino de camino de vuelta a Tennessee. Si nunca han tenido una sensación así, no puedo describirla mejor que diciendo que es como tener la cabeza hecha un melón repleto de azúcar y agua. Le pregunto si puede enviar una carta de mi parte y me responde que no ve por qué no. Dice que lo más probable es que llamen a declarar al mayor de todos modos, ya que era el oficial al mando cuando se cometió el delito. El presunto delito, precisa. Deserción.

—¿Cuál es el castigo para eso? —pregunto.

—Creo que suelen fusilarte —responde.

En el vagón de cola, los tipos se pasan el tiempo jugando a las cartas y gastando bromas. Solo intentan provocar carcajadas como hacen todos los soldados, mientras el tren avanza a toda velocidad hacia Kansas City.

Cuando llegamos a Fort Leavenworth, ya no me siento tan optimista, como decía aquel tipo. Los grilletes que llevo en las manos me han dejado las muñecas en carne viva, y los de las piernas intentan competir con ellos. Se me ocurre que quizá sea mejor escapar con John Cole y Winona. Me envalentoné al principio, pero ya no las tengo todas conmigo. Tengo el cuerpo agotado, y Poulson y sus muchachos están deseando coger sus monturas y pertrechos para irse de juerga. Se lo han ganado. Ha sido un largo camino y no han hecho nada malo. Poulson dice que le darán treinta dólares por haberme atrapado. Me parece bien. Me entrega como si fuera un bulto de equipaje adicional y enseguida me encuentro sentado en mi nueva garita como un perro recién adquirido, y me entran ganas de aullar. Pero no lo hago. Aullar no me llevará a ninguna parte. Sopeso si escribir o no a John Cole para que venga de inmediato con Lige Magan y me saquen de aquí. Es un fuerte gigantesco y el lugar está atestado de soldados de caballería y de todo tipo, de lo que parecen ser nuevos reclutas y de una multitud bíblica de parásitos. Por lo que me cuentan, mi consejo de guerra tendrá lugar en un par de semanas, y hasta entonces puedo tomarme la sopa de pato y estarme calladito. Maldita sea. Me tratan de cabo, lo que, en estas circunstancias, parece una señal de mal agüero. El hombrecillo que cierra con llave me dice que todo irá bien, pero me imagino que se lo dice a todos los muchachos con los ánimos por los suelos.

No sé nada de lo que está pasando, ya que vivo encerrado como una paca de tabaco en el secadero. Así que cuando llega el gran día, siento un enorme alivio al divisar al mayor

Neale sentado en la sala cuando me animan a empellones a ocupar mi sitio en el banquillo del tribunal. Hay una mesa alargada y reluciente, donde están sentados varios oficiales con aspecto relajado. Cuando llego, el mayor Neale está charlando con un capitán. Resulta ser el presidente del tribunal del consejo de guerra. Supongo que yo soy alguien llamado cabo T. McNulty, tropa B, Segundo de Caballería. Al menos eso es quien dicen que soy. Yo no menciono a Thomasina en ningún momento. Leen los cargos y ahora debo permitir que los oficiales replieguen las piernas, porque hasta entonces las tenían estiradas hacia delante. Los papeles hacen frufrú y algo en la sala encoge de tamaño. Creo que puedo ser yo. Deserción. A continuación describen el delito que creen que puedo haber cometido, preguntan cómo me declaro y otro hombre responde «no culpable». Entonces el mayor Neale intercede a mi favor y explica el servicio temporal por el que me alisté para rescatar a su hija debido a mi gran bondad. Algo por el estilo. Después arremete contra su propia detención y se refiere al capitán Sowell en un tono muy severo; le preguntan por el capitán Sowell y se produce un extraño revuelo en la sala. Como si alguien hubiera dejado caer tinta en un vaso de agua. El mayor dice que no sabe nada del capitán Sowell, solo que murió. Pero hace un gran esfuerzo por reconducir la cuestión e insiste en que, debido a la situación por la que estaba atravesando, se vio obligado a desatender los papeles que habrían permitido licenciar al cabo McNulty tal como estaba previsto. Dice que el cabo McNulty puso en riesgo su propia vida para ayudarle en un momento de gran necesidad contribuyendo de manera notable a darle un atisbo de esperanza en una época de profunda desesperación. Entonces advierto que la piel del mayor ha empeorado mucho. Está enrojecida como la pinza de un cangrejo. Sospecho que no se debe a un ataque de vergüenza, sino a que no se encuentra bien. Luego el presidente del tribunal pregunta si hay más testigos que puedan aportar algo al caso y el mayor responde que no lo sabe. Y en ese momento el mayor conduce el asunto por los peores derroteros y declara con voz airada que fue el capitán Sowell, junto con otro testigo, quien lo acusó de crueldad en su campaña contra los mismos sioux que se habían llevado y asesinado a su amada esposa y a una de sus hijas y que había raptado a su otra hija, Angel. Cuando profiere estas palabras, el rostro se le torna morado, de manera que no solo debe de tratarse de una enfermedad.

El capitán Sexton (ahora escucho su nombre correctamente) protesta, tan acalorado ahora como el mayor, pues no le gustan ni un pelo las palabras subidas de tono de este.

—He venido hasta aquí desde Boston para ayudar al cabo y hablar a su favor, no se me está juzgando a mí.

—Nunca he dicho que fuera así —replica el presidente.

—Maldita sea —protesta el mayor—, pues es lo que parece.

Y da un fuerte puñetazo con la mano derecha encima de la mesa. Los papeles y el vaso dan un respingo.

—¿Quién era ese otro hombre que le acusó? —pregunta el presidente.

—Un condenado alemán llamado Sarjohn —responde el mayor.

—Vaya —dice el capitán—. Conozco a ese hombre. ¿Se refiere a Henry Sarjohn?

—Sí —asiente el mayor.

—Henry Sarjohn es teniente de los exploradores en Fort Leavenworth —anuncia—. Bueno, creo que lo llamaré a declarar.

Entonces el capitán Sexton pide que se suspenda la sesión hasta que se llame a declarar a Sarjohn. ¡Que Dios me ampare! Si el presidente hubiera llamado a declarar al mismísimo Belcebú, no me habría asustado más. Si hay un hombre en toda la tierra de Dios que yo no quiero que me ponga los ojos encima es Sarjohn. ¿Por qué diablos tiene que encontrarse en el fuerte, maldita sea? Aunque supongo que pese a estar a cientos de kilómetros lo habrían mandado llamar a declarar. Maldición. Así que me tomo la sopa y la expulso por el otro lado durante unos cuantos días más. Un hombre puede albergar en su mente nobles pensamientos, como una hilera de pájaros, pero a la vida no le gusta nada verlos allí. La vida pegará un tiro a esos pájaros. Luego volvemos todos a la sala, incluido el alemán. Henry Sarjohn ahora es teniente, Dios mío, y dicen que los exploradores de la zona son sobre todo mestizos de padres irlandeses y madres indias. Eso pretende ser gracioso, pero a mí no me lo parece. El mayor Neale no está presente, y me comentan que está en su derecho como oficial retirado, y entonces el presidente le pide a Sarjohn que dé su versión de los hechos y cuente qué diantres le pasó al capitán Sowell. El hombrecillo alemán nos cuenta lo que pasó, algo que confiesa no saber en realidad. Se interpuso una denuncia contra el mayor Neale y este fue arrestado, y luego Sowell apareció muerto y el tribunal desestimó el caso. Eso es todo lo que sabe. Después me lanza una mirada dura como un grajo. Se acerca mucho a mí. «Maldita sea.» Casi maldigo en voz alta, aunque lo tengo prohibido. Pues el aliento de ese hombre huele a muerte. Y entonces declara:

—Y este es el hombre que mató al capitán Carlton.

—¿A quién? —pregunta el presidente, totalmente sorprendido.

—Al capitán Starling Carlton, yo lo vi —dice el alemán—, y he mantenido los ojos muy abiertos todo este tiempo. Sabía que lo reconocería en cuanto lo viera, y ahí lo tienen.

Esto no presagia nada bueno para el curso del juicio y tampoco es nada bueno para mí. Me conducen de vuelta a la celda mientras siguen deliberando, supongo, y unos días más tarde presentan un nuevo cargo contra mí: asesinato. El jurado me considera culpable de los cargos. Eso es lo que dice.

Supongo que lo era. No sé cuántas personas querían a Starling Carlton, y aunque fueran solo un puñado, yo era una de ellas. Pero levantó la mano contra Winona. No fui capaz de solucionarlo de otra manera, por mucho que diera vueltas al asunto en mi cabeza. El capitán Rufus Sexton dice que el jurado me ha declarado culpable y que se me pondrán los grilletes y me sacarán cuando llegue la hora de mi ejecución. Nadie habla de atenuantes, porque ¿hay alguien ahí para defenderme?

Son días aterradores. Se me permite escribir a John Cole y le doy la mala noticia. Acude desde Tennessee, pero al tratarse de un hombre ya condenado, no están dispuestos a permitir que me vea. Me duele en el alma, pero al mismo tiempo, como llevo a John Cole dentro de mí, pienso que no cambiará nada a largo plazo. Me lo imagino a mi lado y me imagino besándole la cara. Me lo imagino diciéndome cosas hermosas mientras le susurro que es el mejor hombre que he conocido jamás. No pienso abandonar este mundo sin decir una última vez lo mucho que amo a John Cole, aunque él no esté ahí para escucharlo.

La amargura devora lo amargo. Pero si de verdad fuera un asesino, me gustaría matar a ese alemán. Lo digo porque es verdad. Habrá quien diga que solo ha cumplido con su deber como mejor le ha dado Dios a entender. A toda esa gente le diría que es un maldito entrometido y punto. Me pregunto quién mató al capitán Silas Sowell. Nadie lo sabe, y apuesto a que nadie lo sabrá. Como decía John Cole, tenía un punto de vista y había que respetarlo. No se puede ir por ahí masacrando a todo el mundo como en los tiempos del rey Enrique. El mundo no se hizo para ser así.

Se había dictado sentencia y el verano descansaba al otro lado de mi ventana. Una enorme joya de luz solar adornaba lo alto de la pared. A menudo recuerdo cómo solía cabalgar con un calor así, con el corazón ansioso por los días de vida que me esperaban, sin más. Cada viernes oía cómo ejecutaban a varios hombres. Me fusilarán al amanecer «con mosquetería», según han decretado. Habrá un día sin mí, luego una noche, y después será así para siempre. La vida busca nuestra derrota y nuestro sufrimiento, por lo que yo veo. Hay que esquivar todo eso como se pueda. Un niño debe estar preparado para hacer piruetas y burlar todos los obstáculos y, al final, quebrar la decrépita contradanza del paso del tiempo. Pero yo me esfuerzo por comprender cómo ha sucedido todo para terminar varado en este punto. Intento averiguar el instante en que quizá me desvié del camino recto, pero no soy capaz de ver nada. ¿Qué he hecho yo en verdad? Salvar la vida de Winona. Es un consuelo. Si hubiera podido hacerlo sin clavar el sable en el rostro de Starling, lo habría hecho.

Escribí a John y al poeta McSweny para despedirme, pero recibí una carta de nuestro viejo camarada el señor Noone diciéndome que el poeta McSweny estaba DEP y que sentía mucho saber que pronto yo también lo estaría. No utilizó esas palabras exactas. John Cole me escribió una carta que le partiría el corazón a un verdugo, y con ella venía una de las famosas misivas de Winona. Metió en el sobre una ramita de alguna flor silvestre. Con una caligrafía espléndida.

Granja de Magan, Paris
    3 de junio de 1872

Querido Thomas:
    Te echamos mucho de menos en Tennessee. Lige Magan dice que ojalá el ejército te dejara volver, pues así mataríamos el ternero que hemos cebado. Ha gradado la tierra de los campos cercanos y echa en falta tu

manera de manejar a esos caballos granujas. Entretanto, solo hay tiempo para decirte que te quiero, ya que John Cole está impaciente por ir al pueblo. Te echo muchísimo de menos. Tengo el corazón roto.

Tu amada hija, Winona

No me las estaba apañando demasiado mal hasta que recibí aquella carta.

No estoy seguro, pero lo más probable es que tuviera unos cuarenta años. Soy joven para morir, pero muchos perdieron la vida en la guerra siendo mucho más jóvenes. He visto morir a muchos jóvenes. Eso no importa mucho hasta que le toca a uno. Sé que mi número está en la lista de los hombres que han de ser fusilados, y tarde o temprano llegará mi turno. El día se va acercando sigilosamente. Clavan en la puerta una nota impresa. No se imaginan lo que puede hacer sudar algo así. El corazón se me encoge de dolor y melancolía, y ese no es un buen estado para un cristiano. Incluso la rata que revolotea por la pared siente pena por mí. No vales nada. No vales ni un centavo Lindenmueller. El miedo me invade la mente y se me hielan los pies. Y luego aúllo. El carcelero entra. Se llama Pleasant Hazelwood. Creo que es sargento.

—No te va a servir de nada aullar así —dice.

Yo me balanceo adelante y atrás como un borracho. El terror me quema las entrañas como un nido de chiles mexicanos. Le grito:

—¿¡Por qué no hay ningún Dios que me ayude!?

—Ni ningún hombre tampoco —responde.

Me doy golpes contra la pared como una rata ciega. Como si fuera a encontrar una grieta. Me quedo vacío. Permanezco ahí de pie, jadeante. Ninguna batalla es peor que esto. El sargento Hazelwood se acerca y se retuerce las manos como si fueran dos cachorros recién paridos y luego me coge del brazo.

—He visto a miles de hombres como tú —dice—. No es tan malo como crees.

Amable malnacido. Y feo como un alce. Una especie de ángel que me ha sido enviado con la apariencia de un gordo carcelero que apesta a mierda y cebolla. Pero no ayuda. No mucho. El demonio ha franqueado mi billete y no hay rastro de Dios. ¿Cómo puedo hacer las paces con Él si no está aquí? Me hundo de nuevo en la más atroz de las miserias como una piedra arrojada a un torrente.

A altas horas de una noche, recibo una visita. Sé que no es John Cole, pero el sargento Hazelwood me da el aviso. Dice que un caballero ha venido a verme. Creo que no conozco a muchos caballeros, a no ser que sean oficiales. En efecto, es el mayor Neale.

Bueno, ya no es mayor, ¿no? Se presenta con un traje elegante que le ha confeccionado algún sastre en Boston. Tiene mucho mejor aspecto. Estos meses le han sentado bien. Me cuenta que a Angel le van muy bien los estudios y que a él le gustaría que fuera a la universidad en honor a su madre.

—Claro —digo.

Trae un abultado fajo de papeles. Se ha puesto en contacto con todos los tipos que estuvieron en la batalla y ha preguntado a cada uno de ellos lo que sabían o habían visto. Dice que por último dio con el cabo Poulson. Cuenta más o menos la misma versión que el alemán Sarjohn, pero con una diferencia. Afirma que el cabo McNulty intentaba evitar que matara a una niña india. Que a ese viejo Starling Carlton le hervía la sangre y que nada le hubiera impedido matar a tiros a la chica. «Sí, claro —pienso—, ya que le estaba siendo leal obedeciendo sus malditas órdenes, el muy bastardo». Pero, por supuesto, no digo nada. Poulson añade que lo vio todo pero que mantuvo la boca cerrada hasta que el mayor se lo preguntó. Así son las cosas en el ejército. Digas lo que digas, no digas nada, por si acaso. De manera que el mayor Neale se dirige a Washington y lleva el caso allí. Luego acude al jefe del ejército en Misuri.

—Bueno —dice, con voz más pausada—, no pueden cambiar la sentencia. No lo permiten las leyes.

Cuando dice eso, se me cae el alma a los pies.

—Pero —continúa— pueden conmutar la pena por cien días de trabajos forzados y luego quedaría libre.

El mayor me dice que si no me importa picar piedra durante una temporada, que puedo hacer eso.

Le respondo:

—Mayor, señor, se lo agradezco. De veras.

—No me dé las gracias —repone—. Yo se las doy a usted. Salvó la vida de mi hija, la única que me quedaba, luchó como un perro en la guerra y su servicio a mis órdenes siempre fue ejemplar.

Le digo que lamento mucho la muerte de su esposa y responde que él también. Me pone la mano derecha en el hombro. Hace un mes que no me lavo, pero él no se inmuta. Dice que siempre me recordará y que si puede hacer algo por mí en el futuro, ya sé dónde encontrarlo. Bueno, no sé dónde vive, pero no digo nada, porque es una forma de hablar. Otra cosa que tampoco pregunto en voz alta es si fue él quien mató a Silas Sowell. Le digo que me alegraré de volver a Tennessee con los míos y él me contesta que seguro que ellos también se alegrarán de verme.

Así que me paso cien días convirtiendo piedras grandes en otras más pequeñas. Durante la época de hambruna en Sligo, muchos hombres hicieron ese mismo trabajo para ganarse unos pocos peniques y poder alimentar a sus familias. Se llamaban «trabajos de beneficencia». Pues yo me siento muy afortunado. Pico esas piedras con gusto y mis compañeros de presidio se muestran desconcertados ante tanta felicidad.

¿Cómo podría no ser feliz? Me vuelvo a Tennessee. Llega el día en que he cumplido mi condena, me entregan un conjunto de ropa y me sueltan delante de la cárcel. Las prendas están raídas, aunque, con todo pudor, son apropiadas. Quedo libre como una paloma huilota. En plena euforia, se me olvida que no tengo un centavo, pero no me preocupa, porque sé que puedo contar con la generosidad de la gente que me encontraré por el camino. Los que no intenten robarme me darán de comer. Así son las cosas en América. Nunca he sentido el corazón más henchido de alegría que en esos días cuando deambulaba rumbo al sur. Nunca he sentido mayor dicha. Soy un hombre que no solo se ha librado de la muerte sino de su propia sombra desconcertada. Solo deseo llegar por fin a nuestra granja y divisar las siluetas colmadas de vida de John Cole y Winona saliendo a recibirme. Todo el camino centellea con la belleza de los bosques y los campos. Les he escrito que volvía y pronto estaré allí. Y es verdad. Tan solo es un corto paseo por esos afables estados de Misuri y Tennessee.